THE LAST SHE

SURVIVRE. AIMER. CE SONT LES SEULES RÈGLES.

THE LAST SHE

H. J. NELSON

Traduit de l'anglais (États-Unis) par Luc Rigoureau

hachette
ROMANS

Avertissement de contenus : ce texte met en présence des scènes de violence, de tentative d'agression sexuelle, de combat et de description d'animaux morts.

Visuel de couverture : © Jill Caldwell

Traduit de l'anglais (États-Unis) par Luc Rigoureau

L'édition originale de cet ouvrage a paru chez Wattpad Books, a division of Wattpad Corp., sous le même titre.

Hachette Livre, 58 rue Jean Bleuzen, 92170 Vanves.

À mon père,
qui m'a donné l'amour des histoires

1

ARA

Accroupie sous le pont en ruine, j'essuie mes mains ensanglantées. Dans la rivière, les galets aux reflets gris, ocre et vert s'agitent sous l'effet du courant. Père en aurait ramassé un. Pas moi. Je préfère frotter mes paumes l'une contre l'autre en contemplant les rigoles rouges qui se dissipent dans les flots.

Regarde-moi, Ara, trois ricochets. Tu penses arriver à quatre ?

Aux alentours, les arbres ont pris des couleurs de sang et de pus, comme si le temps s'était figé. Il n'y a pas de circulation sur le pont, dont le tablier s'est effondré, chacune de ses extrémités saillant comme les bras d'amants maudits. Mon sac camouflage est à l'abri d'une corniche. Dessous, un écureuil gît en croix sur un rocher, ventre éclaté, museau en bouillie. Sans arc et sans balles dans mon chargeur, j'ai dû l'écraser avec un caillou. Ne pouvant courir le risque d'allumer un feu, je me suis contentée de manger les reins, le foie et le cœur. Leur goût salé et leur texture caoutchouteuse m'ont rappelé que je n'avais pas avalé de vrai repas depuis très longtemps. Et qu'il me fallait une arme digne de ce nom.

Les nouvelles technologies ne te seront d'aucune utilité, pas plus qu'elles ne l'ont été pour le reste du monde. Ton meilleur ami, désormais, c'est un flingue.

Malheureusement, le mien est vide. Autrement dit, je m'apprête à me lancer dans un plan que mon père aurait désapprouvé. Trouver un groupe de mecs, leur faucher pistolets ou munitions, voire les deux, et filer avant qu'ils comprennent ce qui leur arrive. Je sèche mes doigts, récupère mon sac à dos et remonte la berge escarpée. Le sang de l'écureuil a caillé sous mes ongles, mais je n'insiste pas. Mes mains ont été souillées par des taches bien plus sales.

Me frayant un passage à travers les broussailles, je finis par repérer, sur le sentier envahi de mauvaises herbes qui longe le cours d'eau, les empreintes fraîches que j'ai détectées la veille au soir. Autrefois, l'endroit était le lieu de prédilection des familles avec enfants, bâti de maisons onéreuses et équipé de ces machines modernes que détestait mon père. Ici, dans les faubourgs, les vastes terrains ont accueilli d'énormes baraques à la façade vitrée dominant la rivière. À présent, elles se désagrègent, et la mégapole du Midwest réputée pour son hospitalité est devenue fantôme.

Hier, plusieurs types se sont ravitaillés en eau dans le coin avant de s'enfoncer vers le centre, à l'habitat plus dense. Leurs lourdes besaces ont laissé des traces sur le sol, et je parierais sans hésiter que l'une d'elles renferme une arme.

Il n'existe pas d'homme bienveillant, Ara. Pas dans ce monde. Pas envers toi.

Ajustant les sangles de mon sac, j'entreprends de suivre la piste. Peu à peu, la ville s'impose à moi, avec son silence. Pas de ronronnement de voitures, pas de bourdonnement d'aéronefs, pas de voix. Juste le bruit du vent et le chant solitaire des oiseaux. La pandémie a tué les femmes en premier et très vite, au point que je n'ai connaissance d'aucune survivante à part moi. Même si quelques hommes ont été épargnés, l'univers s'est délité. Les stations-service et les commerces n'ont pas tardé à être étouffés par les arbres, leurs enseignes se sont fanées. La nature a repris ses droits. Je dépasse un aérostat enfoui dans une mer de buissons. Sa partie avant est brisée, comme s'il avait été à court d'énergie et était tombé du ciel. Quand j'étais petite, presque toutes les familles possédaient un de ces engins modernes qui fendaient l'air. Mon père, lui, favorisait les technologies anciennes : acier et pétrole. Au bout du compte, ni le neuf ni l'ancien ne nous ont sauvés.

L'allée renvoie la chaleur de midi. Alors que le quartier devrait résonner de rires d'enfants, de pétarades de tondeuses à gazon et de vrombissements d'aéronefs, la quiétude règne sur la sècheresse estivale, rompue uniquement par la voix de mon père, occupé à charger une énième bonbonne d'eau à l'arrière du pick-up.

— Tu as pensé aux allumettes, Ara ?

— Oui. J'ai aussi pris deux briquets.

— Bien.

Il jette nos sacs à dos sur le reste des affaires encombrant le plateau de la camionnette. Nous avons de quoi tenir trois semaines au cœur du chaînon Sawtooth, dans l'Idaho, puis de monter jusqu'au Canada, peut-être. Provisions d'eau, de nourriture déshydratée et en boîte, deux jerrycans d'essence, deux haches bien aiguisées, nos arcs, et ainsi de suite. Je n'ai jamais apprécié sa manie de stocker. Jusqu'à maintenant. Quand les médias ont commencé à évoquer l'épidémie, quelques semaines auparavant, les magasins se sont presque vidés en l'espace d'une nuit. J'ai entendu mes parents discuter tard dans la cuisine. Au matin, ma mère avait disparu.

« Une visite à ta tante », a marmonné mon père sans conviction. Ensuite, ma sœur Emma et moi avons été séparées, avec interdiction formelle de nous rendre dans la chambre de l'autre. Père nous a apporté à boire et à manger. Le premier soir de ce confinement, j'ai escaladé le toit en douce et cogné à la fenêtre d'Emma. Elle m'a accueillie, ses yeux bleus pleins d'espièglerie. Il y a de cela trois jours, lorsque le courant a été coupé, c'est avec des prunelles blanches et des larmes de sang qu'elle a répondu à mon signal. Terrifiée, j'ai failli tomber de mon perchoir.

Peu après, Père est parti avec elle, me vouant à un silence et une frayeur tels que j'ai eu du mal à respirer. Si le monde extérieur s'était écroulé, je ne m'en étais pas aperçue ou n'y avais prêté aucune attention, jusqu'à ce que le mien se fracasse à son tour. Je suis restée sur le toit toute la nuit, seule avec les stridulations des cigales, les pétarades de coups de feu lointains et le bruit répétitif de la terre martelée, notre voisin s'échinant à creuser deux grands trous dans son jardin.

Ils sont revenus à l'aube. Père portait Emma, blottie dans ses bras. J'ai retrouvé mon souffle. Il ne m'a pas dit où ils étaient allés, s'est borné à entrer dans ma chambre et à m'ordonner de préparer un sac. Ma foi d'enfant m'a persuadée que ma sœur allait se remettre, qu'il l'avait emmenée dans un endroit où on la guérirait. Raison de notre départ aujourd'hui.

Le précieux fusil de mon père est posé sur le siège avant, le pistolet avec lequel il m'a appris à tirer, rangé dans la boîte à gants. Lui-même a revêtu sa tenue de chasse : veste en mouton retourné, pantalon sombre, casquette en tissu camouflage, grosses bottes. Les gens n'ont jamais de mal à m'identifier comme sa fille, contrairement à Emma : mêmes yeux noisette, pommettes saillantes et cheveux auburn.

Il tire la housse de protection sur nos bagages et referme le hayon. Nous avons de la chance qu'il soit un romantique épris de vieilles machines. Quand d'autres ont renoncé aux véhicules pour s'acheter des aérostats, Père a conservé ses armes dans un coffre et sa voiture sous une bâche au garage.

Je grimpe dans le pick-up, dont le fauteuil en cuir crisse. Derrière la vitre, sur la banquette, Loki, notre husky, gémit, mécontent d'être seul. D'habitude, Emma et moi nous asseyons de chaque côté de lui.

— Je pourrais me mettre à l'arrière avec Loki, si Emma préfère être devant, je suggère. Comme ça, elle et moi serons séparées.

Fuyant mon regard, mon père met le contact et recule.

— Emma ne vient pas, Ara.

Encore aujourd'hui, ce souvenir me tord les tripes. Ce que nous avons fait, abandonner ma sœur, est immoral. Ça me hante depuis. Que j'en sois réduite à n'avoir plus qu'un pistolet sans balles et les ultimes paroles paternelles – *Remonte la piste* – est mon châtiment.

Les empreintes quittent le chemin pour s'orienter à l'ouest, à travers des bosquets d'abord, puis sur un sentier de terre battue qui serpente dans des quartiers de maisons aux teintes délavées et aux fenêtres cassées, de rues jonchées de voitures et d'aéronefs, le tout enfoui sous des tas de mauvaises herbes, de feuilles et de poussière.

Le soleil dans le dos, je marche un bon moment avant de parvenir aux restes de ce que je suppose être le feu que les hommes ont allumé la veille. Les cendres en sont encore tièdes. S'ils sont partis à la pointe du jour, ils n'ont que quelques heures d'avance sur moi.

Je n'ai qu'à dénicher leur campement dès ce soir, leur voler une arme, et je me serai volatilisée depuis belle lurette au matin.

Des véhicules rouillés aux carreaux sales encombrent la chaussée. À plusieurs reprises, je dépasse des tas d'os et de chair desséchée sur lesquels je m'efforce de ne pas m'attarder. Les faubourgs cèdent la place à la ville proprement dite. Une dizaine de bus jaunes sont immobilisés devant un bâtiment en brique. « *DIEU NOUS PARDONNE* » a été peint en lettres blanches sur un mur. Bien que ce ne soit pas mon lycée, je le fixe quand même. La fin du monde est survenue il y a trois ans seulement, mais je garde peu de souvenirs de la fille de seize ans que j'étais et dont les soucis principaux étaient de décider de se remettre ou non avec Sean Dennis ou de savoir s'il existait une fac susceptible de lui offrir une bourse de coureuse à pied.

Il est drôle de repenser à cette époque où je cherchais des concurrents à défier, alors que je consacre maintenant ma vie à les fuir. Mes jambes ont minci mais restent tout aussi rapides. Une brise d'automne souffle entre les maisons abandonnées, apportant avec elle des relents de décomposition. Si la plupart des portes et des fenêtres ont été barricadées, certaines habitations ont été forcées et dépouillées comme du gibier par des charognards de mon acabit. Quelques-unes arborant un grand X rouge sur leur entrée principale ont été épargnées. Le soleil continue de grimper, et je me mets à surveiller mes arrières de plus en plus fréquemment.

À midi, je tombe sur la seconde maladresse de mes proies : un filet de fumée obscurcit le ciel à trois kilomètres de là, en plein sur leur trajet. J'escalade l'arbre le plus haut que je trouve, un chêne solitaire auquel un pneu est suspendu en guise de balançoire, et j'inspecte les environs. Partout, ce ne sont que maisons et végétation. Au loin, il devient difficile de distinguer les tuiles manquant aux toits, les façades ternies et les plantes envahissantes. Il n'y a pas un mouvement, à part celui du panache sombre qui monte dans une nue encadrée par les montagnes à l'horizon. Pourquoi ces gars envoient-ils ainsi un signal à la terre entière ? Par bêtise ? Par arrogance ? Les deux ? J'hésite à rester sur mon chêne et à attendre la nuit. J'ignore combien d'hommes errent encore dans les parages. Sauf que je n'ai pas aperçu âme qui vive de toute la journée. Il n'empêche, je joue un jeu risqué.

Je finis par quitter l'arbre et me rapprocher prudemment du feu. L'odeur de chair grillée me parvient bien avant que je me faufile jusqu'au brasier, dont la chaleur est une invitation trompeuse dans la fraîcheur ambiante. Il a été allumé au milieu d'une impasse, entre une Chevrolet rouillée et un minivan bleu privé de ses roues. Le cadavre d'un grand animal noircit sous les branchages qui se consument. La puanteur de la fourrure calcinée est presque intenable mais, malgré les flammes, je distingue des yeux blancs. La bête est infectée.

Dans mon dos, le poids de mon pistolet vide me paraît plus lourd. Au début, Père et moi ignorions que la faune pouvait elle aussi attraper le virus. Puis, une fois, en pleine montagne, nous avons découvert un ours énorme dont les yeux blancs pleuraient des larmes de sang – symptôme identique à celui des humains. La différence était que notre ours se déplaçait de manière saccadée et qu'il attaquait tout ce qui bougeait.

Nous l'avons traqué durant trois jours avant que mon père se résolve à sacrifier deux précieuses munitions pour l'achever. Nous avons incinéré le corps ensemble. Par la suite, nous avons croisé d'autres animaux contaminés, tous d'une taille plus imposante que la normale, les prunelles sanguinolentes, la démarche convulsive et faisant preuve d'une agressivité particulière. Ils chargeaient presque systématiquement, ce qui nous permettait de les abattre plus aisément. Néanmoins, l'idée d'en rencontrer un en étant désarmée me terrifie. Mes cibles sont sans doute au courant du péril que représentent les bêtes infectées, puisqu'elles ont décidé de brûler celle-ci. Du coup, je me demande ce qu'elles savent d'autre à propos de la pandémie. Je n'aurai, bien sûr, pas le loisir de les interroger. Le seul être plus dangereux qu'un animal malade est l'homme.

Je contourne le brasier, incapable de résister au désir d'inspecter le lieu du massacre. Un cœur coupé en deux et écarté. Celui d'un élan. D'un *gros* élan. Les traces sont rapprochées là où il a reçu sa première blessure, s'élargissent là où il a tenté de fuir, se transforment en flaque à l'endroit où il est tombé puis a bondi une dernière fois avant qu'un second assaut le liquide pour de bon. Comme je n'ai pas entendu de détonation, j'en déduis que les gars l'ont tué avec des flèches. Il y a un sacré archer dans la troupe.

Quatre mecs, donc, suffisamment sûrs d'eux pour oser faire un feu en plein jour, armés et assez doués pour descendre un élan contaminé. Je me balance sur les talons en contemplant la fumée qui continue de monter, tel un drapeau noir.

Ils sont bons. Mais Père et moi avons été meilleurs.

Ara… J'ai commis une erreur. Moi, les autres. Remonte la piste… Repars de zéro… il n'est pas trop tard.

Je reprends ma traque. Des feuilles tournoient, s'enflamment et vont se consumer dangereusement près des habitations. Je ne m'en mêle pas. Que le monde brûle. Il ne m'a rien apporté.

Les traces deviennent plus délicates à pister quand elles atteignent le bitume fissuré de quartiers désertés, où de vigoureux buissons jaillissent au milieu des immeubles. Un mauvais pressentiment me glace la nuque au moment où je m'engage dans un boqueteau traversé par une route herbeuse qui sinue entre les arbres. La pénombre plus intense accélère les battements de mon cœur, et je veille à marcher sans bruit. Je m'arrête près d'une vieille guimbarde et en incline le rétro. Il est fendu et poussiéreux, mais je n'ai besoin que d'un coup d'œil pour m'assurer que mes cheveux auburn sont bien cachés sous ma casquette. Ils sont trop longs, et je devrai les couper bientôt. Le miroir me renvoie un reflet plus émacié que dans mon souvenir. Ma peau autrefois pâle a été tannée par la vie au grand air. Mes vêtements sont usés et trop grands, à la fois pour me tenir au chaud et pour me protéger. Rien ne suggère mon genre. L'idée est qu'on me prenne pour un garçon.

Dans le rétroviseur, une silhouette se profile. Je fais volte-face. Mon souffle se coupe quand elle émerge des broussailles, à moins de vingt pas de moi. Le premier humain que je croise depuis longtemps. *Un homme.*

Ni lui ni moi ne bougeons.

La peur me paralyse. Grand, bien bâti, cheveux bouclés, il est doté d'étranges yeux verts. J'ai l'impression que la forêt elle-même me dévisage. Dans un contexte différent, j'aurais pu le trouver beau. Aujourd'hui, je ne vois qu'un ennemi plus fort que moi.

Comment diable s'est-il débrouillé pour se faufiler derrière moi ?

— Belle journée pour chasser, non ?

Il me sourit franchement, presque comme par défi, puis avance d'un pas. D'un mouvement souple malgré mes mains tremblantes, je brandis mon pistolet. Son sourire se fane et les secondes s'étirent tandis qu'il avise mon arme, mes habits défraîchis, ma maigreur. Il lève lentement les mains.

— Écoute… et si tu baissais ton flingue ? Discutons plutôt.

— Je ne suis pas du genre causant.

Ma voix est posée, mais mon cœur bat à tout rompre. En dehors de mon père, ce gars est le premier humain auquel j'adresse la parole depuis presque trois ans. Si j'avais une balle dans mon chargeur, je n'hésiterais pas à la lui expédier en plein torse. Il risque un nouveau pas en avant.

— Je n'ai aucune envie de m'en prendre à toi, précise-t-il. Je m'appelle Kaden. J'habite près d'ici. Laisse-moi t'aider.

— Stop ! je crie en agitant le pistolet.

Il obéit, son regard se durcit.

— OK, vas-y, descends-moi. Je le mérite sûrement.

Sur ce, il se rapproche encore, lent et prudent, le regard rivé sur mon arme qui tressaute entre mes doigts frémissants.

— Sauf que, vois-tu, poursuit-il, je crois que tu l'aurais déjà fait si tu en avais vraiment eu l'intention. Et je suis presque sûr que ton chargeur est vide.

— Tu parierais ta vie dessus ?

Il s'arrête, tandis que je recule et l'invite à passer avec le canon.

— Et si tu t'en allais de ton côté et moi du mien ? je propose. Chacun en paix.

Il ne bronche pas. Seuls ses yeux se posent furtivement sur les arbres dans mon dos.

C'est une ruse. Ne te retourne pas.

— Et si tu te rendais ? contre-t-il. Je t'emmènerai dans mon clan. Je plaiderai ta cause. Un môme futé comme toi nous serait utile. On a de la bouffe. Tu ne mourras plus de faim. Et mes hommes ne t'embêteront pas.

Ses hommes ?

Derrière moi, une brindille se casse net. Je me fige.

N'hésite pas, Ara. Il n'existe pas d'homme bienveillant. Pas dans ce monde. Pas envers toi.

J'appuie sur la détente.

Clic.

Le garçon tressaille. Je lui balance mon flingue à la figure et bondis dans la forêt, abandonnant mon sac pour foncer parmi les troncs. Ma liberté vaut que je sacrifie mes affaires. Débarrassée de leur poids, je file, poussée par un afflux d'adrénaline. Ils ne m'auront pas. En classe de seconde, j'ai battu le record du lycée au 200-mètres. Un coup d'œil par-dessus mon épaule m'apprend que le type aux cheveux bouclés, Kaden, n'a pas bougé. En revanche, un complice court parallèlement à moi, sur ma gauche. Il ne me rattrapera pas. Mes pieds semblent voler…

… jusqu'à ce que je heurte de plein fouet un troisième corps. J'ai l'impression de m'écraser contre un mur. Un mur qui m'enserre entre ses bras.

Mon adversaire et moi roulons à terre, les arbres et les herbes alentour deviennent flous. J'entraperçois des cheveux roux, des membres élancés. À force de ruer et de me démener avec l'énergie du désespoir, je parviens à me remettre debout et à sauter de côté. Mais une main me crochète la cheville et je m'écrase au sol, face la première. Malgré la douleur, je continue à tenter de m'échapper.

Soudain, Kaden me tombe dessus et la bagarre prend un tour différent. Il enfonce son genou avec violence dans mes reins. Les ongles griffant cailloux et poussière, j'essaie de le désarçonner, mais il se contente d'augmenter la pression qu'il exerce et je m'effondre, nez dans les graviers. Je voudrais appeler Père à l'aide. Malheureusement, je suis seule, avec pour unique atout ce qu'il m'a enseigné. Glissant mes coudes sous moi, je m'efforce de basculer sur le flanc afin de désarçonner Kaden. Il appuie encore plus fort et des étoiles dansent devant mes yeux. J'ai le souffle coupé. Un étau m'écrabouille les poumons, m'empêchant de réfléchir et d'agir. Je me débats de plus en plus faiblement, tandis que sa masse pèse de plus en plus. Plus je m'entête, plus les lisières de mon champ de vision s'obscurcissent.

— Hé, mollo ! me lance-t-il, inquiet, en relâchant un tout petit peu sa prise. Tout va bien. Calme-toi.

Il t'a juste sonnée. Ça va aller. Respire.

— C'est le gamin qui nous suivait ? demande une voix grave et traînante sur ma gauche.

— Ouais, répond Kaden. Il a l'air à moitié mort de faim. Il devait chercher de quoi becter.

En dépit de mon affolement, je me rassure : il ne sait pas que je suis une fille.

— Il est accompagné ?

— Non.

— Il fait partie d'un clan, à ton avis ?

— Non… il suffit de le regarder.

Le poids de quatre paires d'yeux me fixant est tout à coup aussi lourd que le corps de Kaden et le silence qui s'installe. Que je ne sois pas en mesure de les voir me déplaît.

— Jeb ! Aide-moi à le fouiller. Il avait un flingue, il est possible qu'il ait aussi un couteau.

Je me raidis. L'ordre donné risque d'amener à des découvertes fâcheuses pour moi. Je me prépare à saisir l'instant où Kaden se relèvera et à fuir pour la course de ma vie. Je n'en ai pas l'occasion : des paluches puissantes emprisonnent mes bras et m'immobilisent. Puis la pression de Kaden s'allège et je bats des pieds comme une dingue : un bruit sourd, une exclamation de douleur étouffée. J'ai au moins cette satisfaction.

Brève. Une souffrance fulgurante envahit ma cuisse quand un des types me frappe avec un objet dur. Je ravale un gémissement. D'autres mains entravent à présent mes jambes. Tremblante, je retiens mes larmes.

Quelle torture vont-ils m'infliger quand ils découvriront qui je suis ? Des doigts habiles remontent le long de ma cuisse, la pinçant avec un malin plaisir, histoire d'ajouter à la peine, et je tressaille. Puis ils poursuivent leur chemin. Avec un peu de chance, ils ne tâteront que mon dos. Je m'autorise une lueur d'espoir quand ils s'arrêtent à ma taille.

Le bruit métallique d'une lame tirée de son fourreau met fin à mes rêves. Le couteau lacère ma chemise de bas en haut, l'air frais caresse mes épaules. Je ferme les paupières.

— Qu'est-ce que c'est que ce bordel ? jure l'homme chargé de me fouiller en apercevant mon soutien-gorge.

De plus, maigre ou pas, un corps féminin reste différent d'un corps masculin.

— Tourne-le vers moi.

L'étau se desserre. Telle une vipère, je bondis et j'expédie mon pied en plein dans la tronche de mon bourreau.

J'aurais mieux fait de viser Kaden. Celui-ci me tacle aussitôt et s'affale sur mes hanches avant que j'aie le temps de me relever d'un bond. Merde ! Ses yeux étincelants plongent dans les miens quand il comprend.

Sans même s'embarrasser d'un poignard, il déchire entièrement ma chemise. Puis il me retire ma casquette, et mes cheveux emmêlés dégringolent. Ils sont l'un des rares atouts dont je suis fière : épais, raides, la lumière y dessinant des reflets roux. Je me maudis de ne pas les avoir coupés. À présent, c'est trop tard. Je suis en soutif, captive d'un type bizarre, en plein cagnard.

— C'est une fille, reprend Kaden, rompant le silence ambiant.

Sur un ton tellement incrédule que je me sentirais insultée si je n'étais pas aussi terrifiée. Je résiste à l'envie de lui cracher dessus. Ses compagnons se rapprochent. De nouveau, mes larmes menacent sous l'effet de l'humiliation et de la peur.

« J'ignore comment on t'a élevé, mais s'asseoir sur une nana n'est pas la façon la plus courtoise de faire connaissance. » Voilà sans doute ce que je devrais dire.

Au lieu de quoi, je débite un chapelet d'injures qui s'achève par :

— Dégage ! TOUT DE SUITE !

Kaden sourit, pas le moins du monde impressionné. Sans bouger, il s'adresse à ses copains.

— Une fille, répète-t-il, aucun doute là-dessus.

— Impossible. Il n'en reste plus.

Cette remarque vient du rouquin aux taches de rousseur et aux membres déliés, celui qui, d'après mes déductions, s'est lancé à mes trousses. Ses prunelles semblent trop grandes pour son visage et pleines d'une sorte d'innocence avide, comme s'il voyait en moi une mère ou une sœur perdues. Je préfère ne pas penser à ce qui traverse l'esprit de ses complices.

C'est inutile, au demeurant.

— On devrait vérifier que c'est bien une meuf. Jusqu'en bas.

C'est le vilain à la voix rocailleuse et traînante, doté de petits yeux de rat, qui cause. Celui dans lequel j'ai foncé. Il a le cheveu rare, ses bras sont couverts d'eczéma. Sa sale gueule est rouge sur le côté, et je comprends avec plaisir que c'est lui qui a reçu mon pied dans la figure. Il me reluque sans vergogne.

— Pas la peine, réplique Kaden.

Son ton laisse entendre qu'il commande. Son regard vert s'attarde sur moi et je m'empourpre, non sans le toiser avec hargne.

Soudain, il est debout. Je m'assois lentement en surveillant le groupe. En plus du roux aux cheveux sales, de Kaden et de la mocheté que j'ai cognée, il y a un homme de haute taille qui porte une hachette à la ceinture. Il n'a pas participé à la bagarre. Sa peau sombre contraste avec sa barbe poivre et sel. Détail important : à part mon père, je n'ai croisé aucun survivant à l'épidémie ayant plus de trente ans. Je me lève en m'appuyant sur ma jambe valide.

— Donne-moi ta veste, Sam, ordonne Kaden.

Le plus jeune de la bande obtempère, et Kaden me lance le vêtement. Tentée de le jeter à ses pieds, je décide cependant de l'enfiler, tout en continuant à fusiller le chef des yeux. Ils sont plus nombreux que moi, et j'ai mal à la cuisse. À la course, je battrais n'importe lequel de ces gars, à part Kaden, peut-être. Même immobile, il semble rapide, avec ses guiboles interminables et sa carrure d'athlète.

Me surprenant à l'examiner, il sourit de nouveau. Je conclus que je serais capable de le distancer, à condition de le poignarder d'abord, histoire d'assurer mes arrières. Je croise les bras dans un geste de défi. La veste est usée, douce et tiède. J'en hume le cuir, capte des effluves métalliques – du sang dans ma bouche. Je me suis mordu la joue en tombant, je m'en rends compte seulement maintenant.

— Comment t'appelles-tu ? me demande Kaden.

Une question toute simple, mais qu'on ne m'a pas posée depuis longtemps.

— Et toi ? je riposte.

Il me l'a déjà dit. Néanmoins, je suis déstabilisée, pas sûre de vouloir révéler quoi que ce soit sur moi à ce groupe de mecs.

— Kaden. Et voici Sam, Issac et Jeb.

Sam, le gamin, me gratifie d'un sourire doux de bébé, très éloigné du rictus de Jeb, le laideron. Issac me fixe sans flancher et m'adresse un petit hochement de tête compatissant. Il doit être le plus vieux du clan, plus âgé que mon père, même.

— Ara, je finis par céder.

Le diminutif d'Arabella.

Kaden ramasse une corde, celle dont Jeb s'est servi pour me frapper la cuisse, sûrement. Je recule vivement quand je comprends ses intentions.

— Tu ne vas pas me ligoter ! je m'exclame.

Il rigole, me toise de sous ses cils d'une longueur curieuse.

— Accepteras-tu de nous accompagner, sinon ?

— Non.

— Tu ne me laisses donc pas le choix.

Un vent frais souffle, porteur d'odeurs de forêt qui, depuis trois ans, me sont familières et m'ont protégée. Jusqu'à maintenant. Kaden lie mes poignets devant moi avec la méticulosité d'un pro tandis que je m'écarte de lui autant que possible. L'adrénaline, la douleur et la panique se mêlent en moi et m'incitent à échafauder un plan. *Ce ne sont que des hommes. Ils meurent aussi facilement que les bêtes.* Je peux encore voler une arme. Je peux encore rentrer chez moi.

Pendant que Kaden me ligote, Sam court récupérer mon sac à dos et mon pistolet, dont il examine le magasin.

— Vide, constate-t-il, dérouté.

Kaden a le petit rire satisfait de celui qui a vu juste. Je fais mine de ne pas le remarquer. Il tire sur la corde, me forçant à avancer d'un demi-pas.

— Tu sais, lâche-t-il, la plupart des gens tirent quand ils ont une arme à feu. Je préfère ton style. La lancer est bien plus fair-play. Dommage que tu vises mal.

— File-moi une balle et je te montrerai comment je vise.

Il s'esclaffe. Puis, avec une aisance très intimidante, il passe derrière moi, noue mes cheveux en chignon et les rassemble sous ma casquette. Je m'efforce d'ignorer son contact.

— Je ne crois pas que je le ferai, princesse, dit-il.

2

KADEN

Il y a trois ans, ma petite sœur Kia a poussé son dernier soupir dans mes bras. J'avais enterré mes frères la veille, sous le ciel moribond du Montana. La solitude à laquelle me vouait Kia a provoqué en moi une peur aussi violente que le chagrin. Vivante, elle ne restait pas en place ; morte, elle était figée, à part pour une larme de sang qui roulait de ses yeux blancs. *Libère les chevaux, Kaden.* Tels étaient les derniers mots que j'avais entendus de la bouche d'une fille. Jusqu'à maintenant.

Un vent froid agite les feuilles et siffle entre les fenêtres brisées avec un hurlement aigu et inquiétant qui masque le bruit de nos pas. Tendu, je suis en alerte maximale, et j'ai du mal à ne pas jeter de coups d'œil à Ara quand je surveille nos arrières. Une heure plus tôt, je croyais que mon souci le plus important serait d'annoncer à Gabriel que nous avions échoué dans notre mission et perdu notre fusil. À présent, je vais être obligé de lui dire, ainsi qu'à tout le clan, que nous avons trouvé une nana, la première que je vois en trois ans. Une nana qui, à en juger par sa jambe raide et son regard furibond, n'est pas très contente de notre compagnie.

— Tourne ici, je chuchote à Sam.

Avec un hochement de tête, il bifurque sur un sentier qui serpente au milieu d'un parc public, lequel a plutôt l'allure d'une forêt désormais, la végétation ayant envahi l'ancien gazon. Les contours d'une aire de jeux pour enfants, noyée sous les lianes, sont l'unique témoignage de ce qu'était l'endroit autrefois. Malgré mes efforts pour rester à l'affût d'un éventuel danger, je ne vois que ces yeux, ces pommettes saillantes et ces cheveux brun-roux enfoncés sous une casquette qui ne dissimule pas totalement qui elle est. Il semble injuste que l'unique survivante sur terre soit aussi belle. Mais bon, Dieu a déjà prouvé qu'Il n'était qu'un impitoyable salaud.

Issac me surprend en train d'observer la prisonnière et, d'un geste du menton dans sa direction, m'invite à lui parler. Sauf que je suis en proie à des doutes qui ne me ressemblent guère.

— Faisons une pause pour boire un coup, je lance à Sam.

Nous sommes au pied de l'immense chêne planté au cœur du parc. L'automne a paré ses frondaisons de rouges et d'orangés explosifs. Sam tient la corde d'Ara, heureux comme un gosse à qui l'on vient d'offrir un chiot. Les odeurs de terre et de feuilles supplantent la puanteur de pourriture qui émane de la ville.

— Tu as soif ? je demande à Ara.

Elle réagit en plissant les paupières d'un air suspicieux. Normal. J'avale donc une grande rasade d'eau avant de lui tendre la bouteille. Après une seconde d'hésitation, elle me l'arrache et se désaltère. Quand elle a fini, elle la lâche par terre au lieu de me la rendre. J'arque un sourcil, sans protester cependant. Sam nous observe alternativement puis s'enquiert :

— On repart ?

— Tu ouvres la marche avec elle.

Il obéit, et elle me toise en passant devant moi. Issac, le roi de la communication silencieuse, regarde la bouteille au sol, sourit et avance à son tour.

— La ferme ! je grommelle en ramassant l'eau.

Je lui emboîte le pas, perdu dans mes réflexions. Si nous étions seuls, je lui objecterais que je n'ai pas eu le choix. *Imagine ce qui serait arrivé si d'autres que nous lui étaient tombés dessus les premiers. Elle n'a plus de munitions et ne possède que quelques vivres dans une cité aux mains de clans qui s'affrontent. Elle a eu de la chance que ce soit nous.* Bien sûr, Issac se bornerait à hausser les épaules, se tairait, m'obligeant à envisager les autres options possibles. Je suis peut-être le grand méchant loup. J'aurais sans doute dû l'aider au lieu de la capturer. On ne traite pas de cette manière la dernière femme sur terre.

Foutu Issac.

La nuit est presque là quand nous atteignons le centre commercial, une énorme structure surmontée d'un dôme qui surplombe les immeubles environnants. Les couleurs du crépuscule atténuent le délabrement de l'édifice, qui paraît presque imposant. Il est entouré d'un parking désert, à l'exception de quelques aérostats luisants et de voitures rouillées, de mauvaises herbes et d'un char de l'armée abandonné.

— Plus aucun de ces véhicules ne fonctionne, j'informe Ara.

Elle se fige, bien qu'elle observe avec attention le sommet du tank, dont la tourelle bée.

— C'est un bon endroit où se réfugier en cas de besoin, je précise. La trappe se verrouille.

Elle ne dit rien, mais je décèle dans son regard une lueur qui me laisse à penser que, à la moindre occasion, elle se sauvera.

J'entraîne le groupe vers un accès latéral au grand magasin. Jeb nous y attend. Il est rare qu'il nous serve d'éclaireur. Aujourd'hui, j'ai jugé préférable qu'il s'y colle. Les lieux sont assez proches de notre QG pour nous protéger de nos rivaux, sauf que, dans ce monde, la sécurité n'existe pas vraiment.

Nous débouchons sur un vestibule modeste qui donne sur une ancienne réserve. La paroi du fond est percée d'une unique fenêtre, le sol est en béton, le plafond soutenu par trois poutrelles d'acier est haut et, primordial, les murs et les portes sont solides. Lors de notre première incursion, on y a apporté un barbecue fauché dans une boutique de loisirs et on a percé un trou dans le toit pour l'évacuation de la fumée. On y a ajouté quelques caddies et des fauteuils poire qu'adore Sam.

— Tu vas voir si tout est OK ? je demande à Issac.

Il acquiesce et s'éloigne dans le ventre du centre commercial. Non que je n'aie pas confiance en Jeb, mais j'ai plus confiance en Issac. Ce n'est pas lui qui a suggéré qu'on vérifie qu'Ara « est bien une meuf ». Je me suis retenu de lui envoyer mon poing dans la figure, une impulsion à laquelle je cède un peu trop souvent en sa présence. Je débarrasse Sam de la corde pour qu'il lance un feu afin de cuire le lièvre qu'il a abattu un peu plus tôt dans la journée. Jeb boude dans un coin, sans cesser de reluquer Ara, qui fixe les portes derrière lesquelles Issac a disparu. Gabriel a affecté Jeb à ma section il y a six mois. Je regrette maintenant de ne pas m'être opposé à notre chef. Jeb est excellent cavalier et a un don pour flairer les sources de nourriture, mais il va tout raconter de cette mission à Gabriel. Y compris Ara. Ce qui me ramène à mon problème immédiat, la jeune femme qui se tient près de moi, raide comme un piquet. Me raclant la gorge, je lui indique le pied de l'une des poutrelles.

— Assieds-toi là.

À mon grand soulagement, elle obtempère. Je ne sais pas ce que j'aurais fait si elle avait résisté. Je l'attache au support métallique. Histoire d'alléger mon sentiment de culpabilité, je me répète que c'est juste le temps de préparer le repas et d'installer le campement. Le feu crépite, je déballe nos affaires pour la nuit. Une fois n'est pas coutume, nous travaillons sans bavarder. Issac ne tarde pas à revenir et se charge de tourner la broche sur laquelle grille le lièvre. À présent que nous sommes tous réunis, je ne peux plus repousser le moment que je redoute. Je m'éclaircis la voix et déclare :

— Je crois que nous devrions voter.

Les hommes et Ara me dévisagent.

— Le règlement stipule que nous confrontions nos prisonniers au clan. Mais là… c'est différent.

— C'est une captive, rétorque aussitôt Jeb, et elle était sur notre territoire. Ça ne mérite pas un vote, d'autant que c'est une meuf. On sera fêtés comme des héros quand on la présentera aux autres. Je suis pour qu'on respecte le protocole. C'est ce que voudrait Gabriel.

Raison de plus pour ne pas la conduire là-bas.

— Sam ? je réponds en fixant le foyer.

Il se tord les mains. C'est sa réaction qui m'inquiète le plus. Je n'ai rejoint le clan que pour lui. Pour lui offrir la sécurité et un sentiment d'appartenance. Toutefois, son souci premier n'est pas lui-même contrairement à Jeb.

— Le QG sera l'endroit le plus sûr pour elle, décrète-t-il. Gabriel ne la traitera pas comme une prisonnière.

— Issac ? je demande avec lassitude.

La pause qui suit est si longue que je ne suis pas certain qu'il se décidera à répondre. Puis sa voix résonne dans la pénombre :

— Je propose qu'on la relâche.

La stupeur s'abat sur la section. On n'entend que le crépitement des flammes. Issac n'ajoute rien, et je sais qu'il est inutile d'insister. Je jette un coup d'œil à l'intéressée, qui contemple le feu d'un air impassible.

— On la conduit à la base, je décrète enfin.

J'espérais que formuler la sentence calmerait la tension ambiante et soulagerait la raideur douloureuse de mes épaules et de ma nuque. Malheureusement, le résultat est pire. Le silence est de plomb. Normalement, le soir, on se chamaille et on s'insulte jusqu'à ce que les braises s'éteignent. Devant Ara, j'ignore comment me comporter. Sam s'empare de son arc et en caresse la corde. Il songe sûrement qu'il va bientôt devoir la cirer. Il n'a pas flanché quand l'élan infecté a attaqué. Il n'est plus le petit garçon que j'ai découvert caché dans une cabane au milieu des arbres. Ce qui ne l'a pas empêché de tenir Ara en laisse avec délicatesse. Si elle nous toise avec haine, son regard s'adoucit lorsqu'elle l'observe. Ce qui me donne une idée.

Je sors de mon sac le dernier morceau du pain que nous avons apporté du QG et m'agenouille près de Sam.

— Je m'occupe de la cuisine, je lui souffle.

Je lui passe le quignon, hoche le menton en direction d'Ara et lui fais un clin d'œil. Il sourit quand il comprend, se redresse et s'approche de la fille. Celle-ci le fusille d'abord des yeux puis se détend en constatant que c'est lui. Entre ses bras trop grands et son sourire de travers, il séduit tout le monde.

— Tu as faim ? s'enquiert-il.

Je suis le seul à l'entendre. En revanche, je ne capte pas la réponse d'Ara, qui a parlé trop bas. Sam se met à lui donner la becquée, et je regrette que Red ne soit pas là, lui ou un autre de nos chevaux. Ça m'aurait permis de partir en balade et de réfléchir à toute cette affaire. Je n'aurais pas dû ligoter la fille. J'aurais sûrement mieux fait d'écouter Issac et de la libérer.

Sauf que Jeb aurait mouchardé à Gabriel dès notre retour, et que ce dernier aurait mis la ville sens dessus dessous pour la retrouver. Elle nous traquait… Si j'avais l'occasion de passer un petit moment seul avec elle, elle accepterait peut-être de me révéler pourquoi. Je me déplie, m'étire, me réfugie dans l'ombre et tourne autour d'elle et Sam. J'arrive juste à temps pour la surprendre en train de dire :

— Tu ne voudrais pas me délier les mains une minute, Sam ? Je ne sens plus mes doigts.

— Non ! je m'interpose, et les deux sursautent. Je prends la relève, Sam.

Tête basse, il récupère les restes de pain et regagne le brasero. Je m'accroupis devant la captive, dont les yeux se durcissent aussitôt. Malgré ça, j'ai du mal à ne pas la fixer avec un peu trop d'intensité. Les lueurs du feu soulignent ses traits – les pommettes saillantes, les lèvres délicates, toutes ces infimes différences que je croyais ne plus jamais revoir.

— Tentée par un bain, princesse ?

Elle crispe les mâchoires sans répondre. La culpabilité m'étouffe. A-t-elle peur de moi ?

— Je vais te détacher.

Je me place derrière elle, qui se penche en avant pour réduire le contact. Le nœud qui l'entrave à la poutrelle se détend, mais je ne desserre pas celui qui ligote ses poignets. L'attrapant par les aisselles, je la hisse sur ses pieds. Je l'entraîne vers les portes qu'a franchies Issac tout à l'heure.

Sur le seuil, je marque une pause pour que ma vision s'accoutume à l'obscurité nocturne. Nous sommes dans une caverne à ciel ouvert, haute de trois étages et immensément longue, dont l'extrémité opposée s'enfonce dans les ténèbres. Le toit vitré s'est effondré, et la lumière des étoiles se reflète sur les milliers d'éclats de verre. Des escaliers en colimaçon conduisent aux niveaux supérieurs, d'où partent des couloirs bordés par des centaines de devantures plongées dans le noir. Au début, je n'ai eu aucune difficulté à arpenter ces corridors en compagnie de Sam. Me rappelant la cohue et le vacarme, je lui montrais les vestiges de la zone de restauration et la boutique de jeux vidéo, avec sa dernière affiche publicitaire collée à la vitrine pour l'éternité. À l'époque, j'avais l'impression que le monde avait été court-circuité et que, dès qu'on l'aurait réparé, les employés reviendraient laver les sols, nettoyer les vitrines et annoncer une réduction quelconque, et que la clientèle, tel un hamster dans sa roue, relancerait la machine du capitalisme. Au lieu de quoi, à chacune de nos visites, nous avons été accueillis par une végétation toujours plus sauvage, des fenêtres toujours plus cassées, des débris toujours plus éparpillés dans les magasins jadis impeccables. J'ai fini par oublier à quoi ressemblaient les lieux. Non que je tienne particulièrement à mes souvenirs de galeries commerçantes, mais j'ai eu le sentiment de ne pas être à la hauteur en nourrissant les futurs souvenirs d'adolescent de Sam avec des chasses aux bêtes contaminées et des captures de prisonniers plutôt qu'avec des jeux sur des machines à sous et des tentatives de draguer des nanas.

À cause de sa jambe, Ara ralentit notre progression. J'ai envie de lui demander si ça va et si elle m'autorise à l'ausculter, mais je devine que ça risque de l'effrayer encore plus. Ce con de Jeb l'a frappée fort. En même temps, je m'interroge : est-ce une posture ? Elle a réussi à survivre jusqu'à maintenant, elle doit être maligne.

Nos pas résonnent dans le vaste espace, tandis que nous nous frayons un chemin entre les bancs renversés, les ordures, les bouteilles brisées et les vêtements abandonnés. Nous passons devant un tas de fourrure mitée, et j'espère qu'il s'agit des restes d'un manteau et non d'un animal. C'est difficile à déterminer. Ara prend note de tout, ses yeux suivent un ensemble d'escalators immobiles qui montent au premier étage. À l'angle d'une allée, nous tombons sur une fontaine imposante. Au milieu, la gracieuse statue en cuivre verdi d'une femme deux fois plus grande que nous brandit un cerf-volant. Deux enfants rieurs couleur émeraude la poursuivent, les doigts tendus. À côté se dresse une pompe à eau maculée elle aussi de taches vertes. Derrière, deux autres escaliers mécaniques.

Je m'approche du bassin vide et lâche la corde en observant Ara. *Si tu as l'intention de filer, tu en tiens l'occasion.* La pompe est rouillée, et je suis contraint de mettre tout mon poids dans la manœuvre. C'est Sam qui a découvert cet endroit. Il s'en est souvenu comme d'une espèce d'attraction touristique où chacun avait le droit de pomper l'eau, à l'époque où gosse, il venait ici.

Le système est sans doute relié à un puits, car il fonctionne encore. Un gargouillis s'échappe des entrailles de la mécanique, et je redouble d'efforts. Ara recule d'un demi-pas lorsqu'un jet de liquide rougeâtre jaillit du robinet et dégouline dans une goulotte. L'eau s'éclaircit vite cependant.

— Laisse-moi te libérer.

Je défais le nœud et j'abandonne la corde sur le sol. Plus rien ne retient Ara à présent. Elle n'a plus aucune raison de ne pas s'enfuir. Je vais fourrer mon crâne sous la cascade. Le froid me saisit. Je m'écarte et m'ébroue.

— Allez, princesse, je ne t'ai pas amenée ici pour regarder mais pour bosser.

Je montre la pompe.

— À moins que tu ne t'en sentes pas capable, j'ajoute car elle ne répond pas.

Cessant de scruter l'obscurité, elle me dévisage. Je me débarrasse de ma chemise. Ara arque un sourcil, ne détourne pas les yeux cependant. Je retire mon pantalon. Normalement, je me baigne nu, mais je ne veux pas l'affoler complètement. En revanche, je ne m'attendais pas à ce qu'elle me regarde me déshabiller sans ciller. Au lieu de décamper, comme je le redoutais, elle s'approche de la pompe. Elle s'empare du bras et le pousse à fond, l'eau recommence à couler par à-coups. Je me mouille les mains et les jambes, j'attrape le bout de savon que Sam entrepose sous un rebord de la fontaine et je me mets à frotter la poussière du chemin.

L'obscurité règne, et je suis heureux que Jeb et Issac aient inspecté les lieux au préalable. Le centre commercial est situé aux confins de notre territoire revendiqué. Comme il est vaste, le défendre entièrement n'est guère possible. Gabriel a beau croire que tout le monde respecte les frontières, ce n'est pas le cas des nombreux solitaires qui ne rendent de comptes à personne. Juste avant notre départ en mission, on nous a rapporté qu'une horde de mecs semait le trouble en ville. Si les divers clans réussissent à maintenir une paix fragile, les vagabonds restent très dangereux. Ils n'ont rien à perdre. Contrairement à moi qui, soudain, ai beaucoup à perdre.

— Tu n'y arriveras pas, je dis.

Je souris quand elle me fixe avec étonnement.

— Je te rattraperai, j'ajoute. Je faisais de la course à pied au bahut.

— Moi aussi.

Nos yeux se livrent une bataille, chacun s'efforçant d'imposer sa volonté à l'autre. Elle peut s'enfuir si elle le souhaite, je la récupérerai toujours. Mais ce n'est pas le moment de s'y risquer, ce qu'elle a l'air de piger, car elle recommence à pomper.

Après m'être rincé, je bondis hors du bassin et m'essuie avec mes paumes. J'enfilerai des vêtements propres plus tard. En attendant, je remets mes fringues sales.

— À toi, princesse.

Elle tressaille.

— Soit tu te laves toute seule, soit je te jette à la baille et je m'en charge. Sans vouloir te vexer, tu pues.

Elle recule et je rigole. *Essaie un peu, princesse. Tu vas voir ce que tu vas voir.* Elle continue de s'éloigner.

— Tourne-toi pendant que je me déshabille, m'ordonne-t-elle.

— Rapproche-toi, je contre.

Nous nous toisons, drôle de jeu du chat et de la souris. Après un coup d'œil par-dessus son épaule, elle soupire et revient vers la fontaine. Elle retire ses chaussures et ses chaussettes, enjambe le rebord. Puis elle ferme les paupières et ôte sa casquette, libérant sa tignasse, qu'elle coiffe de ses doigts. Ayant soudain honte de la surveiller, je m'échine sur la pompe. Je me demande pourquoi elle n'a pas coupé sa chevelure… tout en me réjouissant qu'elle ne l'ait pas fait. Les cheveux longs et les rires haut perchés me manquent… comme bien des traits féminins. L'eau gargouille dans les tuyaux, moqueuse. Le niveau monte dans le bassin, où la lune se reflète. Ara se débarrasse de la veste de Sam et, le souffle un peu court, je me force à contempler les ténèbres.

— Tu as des ciseaux ?

La question est si inattendue que j'étouffe un éclat de rire.

— Pour me couper les tifs, précise-t-elle. Pas pour te poignarder. Une brosse serait la bienvenue aussi.

Cessant de manœuvrer le bras de la fontaine, je tente de me rappeler où nous avons trouvé le savon. Il me revient que la boutique n'est pas loin du tout, même si nous ne la fréquentons pas souvent.

— Attends-moi, j'en ai pour une seconde.

Je gagne le magasin, saute par-dessus un garde-corps. À l'intérieur, le noir est d'encre. *Si elle a l'intention de fuir, ça sera maintenant.* Est-ce que je le désire ? Ces dernières années, j'ai débourré plusieurs chevaux sauvages. Je le regrette en partie, j'aurais préféré qu'ils restent libres. Je suis plus conscient que mes camarades des secrets et des dangers du clan : une fois qu'on y est admis, il est difficile d'en partir.

Je trébuche sur un panier en osier, je le ramasse et j'entreprends d'y jeter divers flacons, des espèces d'essuie-mains qui ne sentent pas trop mauvais et une brosse en bois. En moins de deux minutes, je suis de retour à la fontaine. La surprise – et quelque chose d'autre que je ne tiens pas à identifier – m'envahit. Ara n'a pas bougé. Jambes fuselées, taille fine, cascade de cheveux nimbés de lune. Je m'approche en évitant soigneusement de la mater.

— Écoute, princesse, je…

— Écoute toi-même, connard. Je m'appelle Ara.

Sa colère me déstabilise. Malgré moi, je la regarde et me retrouve privé de parole.

— Deux syllabes, enchaîne-t-elle, ce n'est quand même pas si compliqué. Un singe y arriverait, alors tu devrais t'en sortir.

Tête basse, je dépose le panier par terre et me remets à pomper.

— Merci, finit-elle par dire quand l'eau recommence à jaillir.

— De rien.

Je garde un ton léger, bien que la vision de cette fille à moitié nue sous le clair de lune soit gravée dans mon cerveau.

— Tout à l'heure, je poursuis, on ira faire du shopping. On ne peut pas te présenter aux gars du clan vêtue comme une clocharde.

Même si on ne parviendra pas à cacher que tu es une nana.

— Il est où, votre QG ? s'enquiert-elle d'une voix circonspecte.

Que lui révéler exactement ? L'appréhende-t-elle comme un refuge ou comme une prison ? Plutôt une prison, à mon avis.

— Pas loin.

Elle sort de la fontaine, j'arrête de m'escrimer sur le bras de la pompe et je me détourne. La nuit est froide, nous allons devoir lui dégoter des vêtements neufs. Les siens sont usés jusqu'à la trame. Au bout d'un moment, elle se racle la gorge. Je lui fais face.

— Waouh ! Ça change !

Elle a brossé ses longs cheveux, qui pendent, humides, et je suis soudain content de ne pas avoir trouvé de ciseaux.

— Allons te chercher des fringues.

Je l'emmène dans un magasin pour surfeurs qui a encore quelques présentoirs intacts. Ara me suit sans discuter, même si ses yeux repèrent chaque issue.

— Sers-toi, je dis avec un geste de grand seigneur.

Elle ne répond pas. Soit je suis à côté de la plaque, soit elle est plus soupçonneuse que la moyenne, parce qu'elle est la dernière femme sur terre. Pendant qu'elle se change dans la cabine d'essayage, je ressors examiner le couloir qui se perd dans l'obscurité. Le vent a forci et balaie les feuilles mortes, l'odeur de pluie supplante celle de décomposition. Un orage couve. Il aurait peut-être été plus raisonnable de rallier la base ce soir. Ça ne me dérange pas que nous ne l'ayons pas fait, cependant. Dès l'instant où nous serons là-bas, il est clair que je n'aurai plus l'occasion de mieux connaître Ara, d'apprendre comment elle a survécu et pourquoi elle est ici. Certes, jusqu'à présent, je n'ai pas été très efficace en la matière. Je regagne la boutique. Ara apparaît, et un sifflement admiratif m'échappe. Levant les yeux au ciel, elle me tend la veste en cuir de Sam, celle dans laquelle il a l'air si adulte et cool.

— Tiens.

— Garde-la. On lui en trouvera une autre demain.

Nous retournons au campement, peu désireux de tenter le sort plus avant. Depuis que Jeb a perdu notre fusil il y a quelques jours, je ne suis plus armé que de mon couteau, qui semble bien insuffisant pour protéger la personne la plus rare du monde. Sam a fini de préparer le dîner et a installé les poufs en rond. Chacun est aussi vaste qu'un matelas et m'arrive à la taille. Après le repas, je conduis Ara vers le plus grand.

— Donne tes mains.

— Je pensais qu'on en avait fini avec ces mesquineries. Tu crois vraiment que je vais essayer de filer ?

Oui.

— Non. Tu n'imagines pas à quel point il est difficile de descendre de ces sièges sans faire de bruit.

Je la pousse, elle tombe à la renverse sur le fauteuil poire en étouffant un cri. Comme nous ne disposons que d'un duvet par personne, je la couvre du mien et me résigne à une nuit d'insomnie glacée.

Sam, Jeb et Issac vont se coucher. Je reste près du feu, en y ajoutant des branches de temps en temps.

Je ne peux pas la ramener au clan.

Je ne peux pas.

Au bout d'un moment, Issac se réveille et désigne son duvet de la tête, m'incitant à m'allonger dedans pendant qu'il monte la garde. Malheureusement, le sommeil me fuit. J'ignore si je suis le seul à ne pas dormir.

3

ARA

Réveillée par un homme qui me secoue, j'ai du mal à retenir un hurlement. C'est Kaden.

— Debout, princesse ! On retourne faire les courses.

Il me tend la main, je ne réagis pas. La journée d'hier me revient en mémoire. Je ne comptais pas dormir, je voulais me sauver. Pourquoi diable ai-je sombré ? Ce lit, mon ventre plein, le bain, les vêtements propres… Merde ! Kaden patiente, le bras toujours offert. Je m'en empare et me laisse hisser avant de m'écarter aussitôt debout. Trop tard, je m'aperçois que je ne l'ai pas rabroué pour le surnom, sauf que j'ai des soucis plus urgents. L'entrepôt est glacial, le feu de la veille s'est éteint.

— Sam, Jeb et Issac sont partis en reconnaissance, m'explique mon geôlier, comme s'il répondait à ma question informulée. On est seuls tous les deux aujourd'hui.

— Il y a de quoi manger ? je demande, des crampes dans l'estomac.

— Tu lis dans mes pensées, sourit-il.

Après qu'il m'a détachée, nous avalons une espèce de petit déjeuner constitué de viande séchée et de pommes, puis nous regagnons le cœur du centre commercial. Le soleil est déjà haut dans le ciel. Kaden m'a laissée me reposer tout mon soûl, ce qui me gêne et me met sur la défensive. Pourquoi est-il aussi sympa avec moi ? Au grand jour, l'ambiance mystérieuse et hantée des lieux laisse place à une triste sensation de vide. Malgré mes efforts, je ne parviens pas à me rappeler mes excursions dans ce genre d'endroit, avec mes copines rieuses, quand nous parcourions ces grands couloirs lumineux et immaculés. La fille insouciante que j'étais alors n'existe plus.

Je surveille Kaden en douce et rougis chaque fois qu'il me prend sur le fait et m'adresse un clin d'œil amusé. Il ne m'intéresse pas. Pas comme ça, du moins. J'ai un plan. Régulièrement, ses doigts tâtonnent du côté de ses reins. Mon père avait le même geste inconscient quand il portait une arme dissimulée sous sa ceinture. Sauf erreur de ma part, Kaden en a une, et je dois la voler avant de m'échapper.

Et si je lui demandais… Quoi ? De retirer sa chemise ? Si les épaules larges et les muscles durs entraperçus hier sont un régal, je ne vois pas comment formuler ma requête. Je décide d'oublier ça pour l'instant. Puisque je suis condamnée à frayer avec l'ennemi, autant essayer de faire plus ample connaissance.

Le plus bête, dans tout ça, c'est que je ne considère plus Kaden comme tel. Ce que je n'admettrais jamais devant mon père. Je le crois quand il assure ne pas me vouloir de mal. Non que je ne lui reproche pas de m'avoir capturée ou que j'aie une quelconque envie de rencontrer son clan. Mon intuition me souffle cependant que je n'ai rien à craindre de lui. Si la vigilance s'impose, la peur est inutile.

— Vous venez souvent ici ? je lance.

— Toujours, quand on est à pied. C'est l'endroit préféré de Sam, et il a le mérite d'être situé sur notre fief.

C'est bien les hommes, ça, de se battre pour un fichu bout de terrain !

— Parce que vous vous déplacez autrement qu'à pied ?

— À cheval, en général. C'est plus rapide.

— Vous avez des chevaux ? je m'étonne.

— Trente-deux. Je suis responsable des écuries.

S'il rayonne de fierté, je reste de marbre. Trente-deux canassons ! Bon sang ! Cette bande est drôlement organisée. Que possède-t-elle encore ? Des chiens susceptibles de renifler ma trace ? Il vaudrait peut-être mieux que je tente ma chance et décampe maintenant.

Kaden interrompt mes réflexions :

— Commençons par une boutique de loisirs. Ils ont de solides vêtements pour femme.

Il a raison. Je dois m'équiper avant de filer. Surtout avec l'hiver qui approche. Nous entrons dans un magasin aux vitrines poussiéreuses. Le carrelage autrefois blanc est maculé par des empreintes de divers rongeurs que je me garde bien d'examiner de plus près. Certains rayons sont intacts, d'autres ont l'air d'avoir été détruits au bulldozer. Kaden et moi enjambons des piles de débris, en quête de quelque trésor caché. Je découvre un grand sac à dos, ainsi qu'un duvet qui, plié, tient dans une boîte à chaussures. Je m'approprie une parka, des godasses de marche, une paire de tennis, un jean, des tee-shirts et une surchemise en coton. Moi qui n'ai jamais été une fan de shopping, j'ai plaisir à me servir gratos. L'impression de faucher est enivrante. J'arrive même à barboter des trucs quand Kaden a le dos tourné : un canif, un calepin et une boussole, indispensable pour m'orienter.

— Depuis combien de temps es-tu membre de ton clan ? je demande quand nous quittons les lieux.

— Deux ans.

— Tu es d'ici ?

— Du Montana.

Est-ce de la nostalgie que je perçois dans sa voix ? Je suis allée dans le Montana pour des vacances en famille. Comment a-t-il atterri ici, à Boise, dans l'Idaho ?

— Et toi ? s'enquiert-il à son tour.

— Quoi, moi ? je riposte, aussitôt sur mes gardes.

— D'où viens-tu ?

Je saute par-dessus une fougère ratatinée qui s'est renversée, couvrant le sol crasseux de terre. Ça me rappelle un jour où j'ai amené Emma ici. Elle avait besoin de fringues pour la rentrée. À la place, on s'est gavées de milk-shakes et de frites. J'ai cru qu'elle avait mangé les siennes, puis me suis rendu compte qu'elle les cachait dans les plantes en pot, pour les oiseaux qui vivaient sous la verrière. Je regrette de ne pas avoir plus souvent préféré sa compagnie à celle des garçons. Que penserait mon père en me voyant avec un type comme Kaden ? Pour un peu, j'en sourirais.

— D'ici, je finis par répondre.

— Ah bon ? Mais d'où arrives-tu ?

Des montagnes. Des rivières. De là où mon père me conduit.

— De nulle part, j'imagine.

Il n'insiste pas, et je ne lui pose plus de questions personnelles. Il a peut-être compris que, comme les siens, les miens, famille et amis, sont morts depuis longtemps. Nous avançons, avec le vent et les mannequins pour seuls comparses. La visite dure plusieurs heures, avant que Kaden s'arrête pour un nouveau repas de pommes et de viande séchée. En fin d'après-midi, le ciel se couvre et la température chute. En pareilles circonstances, Père et moi aurions commencé à chercher un abri pour la nuit. Apparemment, Kaden n'est pas soucieux.

— Tu as besoin de trucs de fille ? m'interroge-t-il soudain.

Nous venons de quitter une boutique de chaussures où j'ai remplacé les miennes par une paire robuste mais assez légère pour me permettre de courir. Interloquée par l'expression, je mets un moment à comprendre, jusqu'à ce que je voie un magasin aux murs roses.

Oh !

— Absolument, je décide tout à trac.

Surtout pour voir si j'arrive à embarrasser Kaden. Il allume sa torche, dont le faisceau éclaire des rangées de culottes multicolores et de lingerie en dentelle. Sur les affiches, les regards sensuels des modèles prennent des airs inquiétants dans la pénombre.

— Tu diras ce que tu veux, mais c'est l'endroit le plus flippant du centre, bougonne Kaden. Par exemple, c'est quoi, ce machin ?

Il brandit un porte-jarretelles. En riant, je marche jusqu'au fond de la boutique, pousse une porte où il est écrit « Réservé au personnel ». Kaden me suit, ses pas sont aussi feutrés que les miens. Se pourrait-il qu'il soit un partenaire de chasse aussi doué que Père ? Non, personne ne le vaut. Il était patient, félin, ratait rarement sa cible. Il connaissait les habitudes des animaux mieux qu'eux-mêmes. Il avait un instinct incroyable pour se débrouiller dans la nature, instinct dont je n'ai mesuré la juste valeur qu'après sa disparition. Ces souvenirs sont douloureux puisque, finalement, ses talents n'y ont rien changé. La pièce abrite des étagères sur lesquelles sont entreposés des vêtements protégés par des housses en plastique.

— Ils sont sûrement neufs, dit Kaden en promenant sa lampe alentour.

Comme il ne semble pas désireux de fouiller, je m'en charge.

— Quelle est ta théorie ? me demande-t-il pendant que j'inspecte les sacs.

— À quel sujet ?

— Les raisons de la pandémie.

Quelle excellente idée de discuter de la fin du monde tout en triant des dessous !

Il place sa torche de façon à ce qu'elle m'illumine et s'adosse à un mur, bras croisés.

— Tout le monde en a une, enchaîne-t-il. Un mégavirus, un vaccin qui a mal tourné, des extraterrestres, le courroux divin, les ordinateurs qui ont décidé d'en finir avec nous…

— Ben voyons !

— Tu crois que tu… que tu es la dernière…

— Fille ?

La pandémie a frappé avec une brutalité aussi inattendue qu'incompréhensible. Dans les montagnes, j'ai demandé à Père pourquoi j'en avais réchappé un tel nombre de fois que je l'entends encore presque me répondre : *Je l'ignore, Ara. Nous le saurons peut-être un jour*. Aujourd'hui, je pige qu'il ne m'a pas révélé toute la vérité. Je hausse les épaules avec une fausse décontraction :

— Aucune idée. J'espère que non. Sauf que ça n'a pas beaucoup d'importance, si ? On est foutus, de toute manière.

— Ça en a pour moi, se marre-t-il. J'apprécie les femmes. Enfin, je les appréciais.

— Tu m'en diras tant.

Je parie que, de leur côté, elles t'appréciaient aussi.

— J'aime bien imaginer que, quelque part, il existe une ville intacte où les femmes et les enfants ont été épargnés. Et les animaux.

Tout en parlant, il a improvisé un oreiller avec les soutifs et les culottes que j'ai écartés et pose la tête dessus. Pour la pudeur, il repassera. En tout cas, sa posture est si absurde que je réprime un rire.

— Où ce sont les mecs qui sont morts, peut-être, je précise.

— C'est un vœu ?

— Non. Je ne souhaite ça à personne. Même si j'estime qu'emprisonner la dernière fille survivante pour la livrer à son clan doit porter malheur.

— Tu ne peux donc pas leur accorder le bénéfice du doute ? soupire-t-il.

— Non.

— Et à moi ?

— Non plus.

— Qu'est-ce qui t'aiderait à ne pas me détester ?

— Donne-moi ton couteau et sauve-toi sans te retourner.

Il s'esclaffe, puis le silence retombe. Kaden ne m'a pas détrompée quand j'ai évoqué son couteau. Je suis déçue. J'espérais qu'il avait un fusil. Je ne suis pas assez costaude pour m'en emparer par la force, et aucune ruse ne me vient à l'esprit pour l'amener à me le remettre de lui-même. Le plus compliqué, c'est que je prends soudain conscience que, même si je veux lui piquer son arme et décamper, je n'ai pas envie pour autant de le blesser. Ni lui ni ses potes. Ça explique peut-être pourquoi il se livre si aisément à moi. Il est plus difficile d'attaquer un type qu'on connaît, même si les infos se réduisent à savoir qu'il est du Montana, qu'il aime les chevaux et qu'il vous donne un surnom agaçant. Je ne l'ai pas corrigé la dernière fois qu'il m'a appelée princesse, parce que discuter et plaisanter avec un autre être humain m'a manqué. Sa manière de résister à la fin du monde a quelque chose de rafraîchissant. Ses choix ne se résument pas uniquement à sa subsistance ; certains semblent plus relever du défi divertissant. Je respecte cette approche à la fois étrange et téméraire, bien que je soupçonne qu'elle finira par le tuer.

Une fois que j'ai sélectionné des dessous, je les fourre dans mon sac et nous regagnons le corridor.

— Il y a d'autres boutiques qui te tentent ? me demande Kaden d'un ton aussi léger que si nous étions un couple en goguette.

— Il reste à bouffer du côté de la zone de restauration ? Je ne dirais pas non à un burger.

Le plat préféré d'Emma.

— Et moi, à dix. Malheureusement, il n'y a là-bas que des rats, et seul Sam est assez rapide pour les dégommer.

— J'ai vu du fil de fer barbelé dans la boutique de loisirs. Je pourrais te montrer comment fabriquer des pièges qu'on installera cette nuit.

Ma proposition est un test destiné à m'apprendre si nous sommes censés partir pour leur QG ce soir.

— Oui, ça me plairait bien, répond-il après une brève hésitation.

J'ai donc encore du temps devant moi. Bien.

La lumière baisse alors que nous retournons au camp. L'orage qui s'annonce n'arrange rien. Un vent froid s'engouffre par la verrière effondrée en poussant des plaintes menaçantes. Juste après la fontaine, nous tournons au coin d'une allée et nous nous figeons.

Sept chiens énormes nous barrent le passage.

Ils grognent en montrant leurs crocs acérés, l'écume aux lèvres et le poil hérissé. Leurs prunelles au regard vague sont laiteuses et sanguinolentes. Ils ont la démarche saccadée des bêtes contaminées. Le chef de meute est une gigantesque brute toute noire qui a plus l'allure d'un loup que d'un chien.

— Tu as un flingue ? je souffle.

— Un poignard.

Les conseils paternels tonnent dans mon crâne : *Quoi que tu fasses, évite de courir. Sous peine de te transformer en proie.*

Malheureusement, quand le mâle alpha se rue en avant, je perds la raison… et rebrousse chemin à toutes jambes, imitée par Kaden. Un coup d'œil par-dessus mon épaule m'apprend que nos prédateurs gagnent du terrain, malgré la maladie censée les ralentir.

La statue verte de la fontaine surgit devant nous. Le cerf-volant qu'elle brandit frôle le premier niveau.

— Kaden !

Me débarrassant de mon sac à dos, je bondis dans un même élan sur le bord du bassin et me propulse vers la sculpture. J'y atterris avec un bruit sourd et je m'accroche, puis j'escalade le bras. Le cerf-volant est boulonné à une saillie soudée sous la mezzanine. Une secousse me révèle que Kaden a sauté également. Des grognements et des hurlements s'ensuivent, puis un couinement aigu. Je baisse les yeux : le couteau qu'agrippe Kaden dégouline de sang. Je lui montre la queue du cerf-volant :

— Elle est fixée à l'étage. On peut y grimper.

— Fonce !

J'hésite un instant car le filin en bronze est plutôt fin. Les bêtes furieuses font les cent pas autour de la fontaine. L'une d'elles se jette vers Kaden, ses mâchoires claquant dans le vide. Il faut que j'avance. M'interdisant de regarder en bas, je rampe lentement sur la tige métallique, qui m'entame les paumes, aussi prudente que si je progressais sur une mince couche de glace. L'odeur de pourriture qui émane des chiens monte jusqu'à moi.

Lorsque Kaden pousse un cri, je ne me retourne pas et me force à continuer, concentrée sur mon objectif. Quand je l'atteins, je fais appel à toute mon énergie pour me hisser sur le palier. Maintenant que je suis en sécurité, je peux m'occuper de mon compagnon. Il a grimpé jusqu'au sommet de la statue, contre la tête de laquelle il s'appuie. Sa chemise est déchirée et rougie. Le visage blême et tendu, il a perdu son poignard. Ses mains tremblent et ses doigts saignent. Après une brève pause, il entreprend de me rejoindre.

Je scrute l'obscurité du rez-de-chaussée. Les ululements des animaux étouffent les mugissements du vent. Je suis sûrement en mesure d'aider Kaden à arriver jusqu'à moi.

Je suis cependant tentée par une autre option.

Je tiens enfin l'occasion que je guettais de m'évader. Il me suffit de m'éloigner et de bifurquer à gauche pour éviter le campement et les trois autres gars de la section. En quelques minutes, je dégoterais un allume-feu, un filtre à eau et un duvet. En une semaine, je serais à la maison et j'y découvrirais la piste que mon père a laissée. Kaden n'a qu'à rester sur son perchoir en attendant que les chiens se lassent. Ses hommes le sauveront. Comme il est blessé, ils ne se lanceront pas immédiatement à ma poursuite, pour peu qu'ils le fassent. Si ça se trouve, ils choisiront de rallier d'abord leur base.

Incapable de résister, j'avance d'un pas, puis d'un deuxième.

— Ara !

Les accents désespérés de Kaden m'arrêtent. Il vacille dangereusement sur la queue du cerf-volant, le teint cendreux, les paupières closes, une grimace à la bouche. Il ne peut se servir que d'une main, son autre bras est replié contre son flanc. La tige métallique plie sous son poids. Il ne progresse plus, comme s'il lui était trop douloureux de poursuivre le trajet.

Il va tomber.

Je me précipite près du garde-corps.

— Continue, Kaden ! Ce truc risque de casser.

Impuissante, je le vois rester immobile, le visage plaqué contre le bronze, son bras blessé ballottant maintenant au-dessus du vide et dégouttant de sang. En bas, les bêtes sont encore plus enragées et piétinent dans la flaque rouge.

— Kaden !

Cette fois, je hurle, saisie par la même terreur que le soir où j'ai distingué la maladie dans les yeux de ma sœur. Tous ceux sur lesquels je comptais m'ont abandonnée dans ce monde monstrueux. De la même façon que j'ai abandonné Emma. La solitude a sans doute été la meilleure solution, puisque j'ai survécu là où d'autres ont succombé. Il n'empêche. Si j'avais droit à une seconde chance, je ne partirais pas sans ma sœur.

Je me penche par-dessus la rambarde.

— Donne-moi la main, Kaden.

En gémissant, il s'exécute. Je réussis à le tirer vers moi et à le faire basculer à mon côté. Nous nous étalons par terre, ne bougeons plus durant un bon moment.

— J'ai bien cru que tu allais filer sans moi.

— J'ai failli.

Nous n'avons pas le temps de nous reposer. Je me redresse et j'examine mon compagnon. Il est dans un sale état, avec des morsures profondes au bras. La souffrance déforme ses traits. Les bêtes grondent. J'ignore quand elles vont trouver un escalier, et nous sommes désarmés.

— Il faut qu'on décampe, je dis.

Kaden a le regard vide. Comme il ne répond pas, je le secoue et il pousse un cri de douleur.

— On doit se planquer quelque part, j'insiste.

— Il y a une bijouterie… pas loin.

Ayant repéré l'endroit, j'y entraîne Kaden, qui marche à grand-peine. Les hurlements des chiens semblent plus proches. Je constate qu'ils ont repéré les escalators et s'y précipitent à une vitesse alarmante.

Je pousse Kaden sans ménagement, et tant pis s'il a mal. La vitrine n'est qu'à quelques mètres, mais j'entends déjà le martèlement des pattes dans le couloir. Je propulse ma charge de l'autre côté du seuil de la boutique, le lâche comme un sac et m'empresse de descendre le rideau de fer, qui tombe à l'instant où une bête se rue sur la porte. Je suis projetée en arrière. Malgré ses efforts, l'animal ne peut rien contre la grille. Il est rejoint par la meute qui, rendue folle par l'odeur du sang, s'acharne sur le rideau. Soudain, je remarque un second volet métallique coulissant. Je le tire précipitamment. Nous voilà plongés dans le noir. Les grondements s'atténuent.

Le magasin a été pillé et ses vitrines béantes ont répandu leurs éclats de verre partout sur le sol. Je vérifie qu'il n'y a pas d'accès à l'arrière avant de m'agenouiller devant le corps inerte de Kaden. Je retire mon sweat-shirt et le déchire pour essayer de fabriquer des pansements de fortune.

— Sam, murmure Kaden.

Je sursaute.

— Non, moi, c'est Ara.

Il grimace, sa tête roule sur le côté. Je noue des bandes de tissu autour de sa blessure, comme me l'a appris Père. Malheureusement, le sang l'imbibe aussitôt, poissant mes doigts. C'est la première fois que je dois m'occuper d'une plaie aussi large.

— Non, reprend Kaden d'une voix rauque. Sam. C'est mon frère.

Bien que ces deux-là ne se ressemblent pas, Kaden a en effet une attitude protectrice envers Sam.

— Je l'ignorais.

Et je ne comprends pas pourquoi tu m'annonces ça maintenant.

— Tu vas bientôt le revoir, j'ajoute en serrant fort le bandage.

Il me jette un regard dur. Je reconnais que je suis une piètre menteuse, mais je suis encore plus nulle quand il s'agit de réconforter quelqu'un.

— Mon demi-frère, précise-t-il. Les deux membres de la famille à avoir survécu. Il est resté seul pendant trois mois avant que je retrouve sa trace.

Il étouffe un cri, se raidit et poursuit, mâchoires crispées :

— Je n'ai rejoint le clan que pour lui. Je pensais qu'il y serait plus en sécurité. Aujourd'hui, je n'en suis plus aussi sûr…

Kaden commence à délirer, et un grand froid s'empare de moi lorsque je réalise ce qui ne m'a pas traversé l'esprit jusqu'à maintenant : un de ces chiens malades l'a mordu. Est-il possible qu'il soit désormais infecté ? Je ne sais pas comment le virus s'est propagé, juste qu'il a été fulgurant, brutal, frappant l'espèce humaine au point de pratiquement l'éradiquer. Les animaux semblent résister plus longtemps au virus.

Quand je m'écarte de Kaden, je constate avec surprise que mes avant-bras sont couverts de sang. Pas seulement celui de Kaden, celui de mes paumes entaillées également. Ils se sont mélangés. Et si j'étais infectée moi aussi ? Je repousse ces idées morbides. Si tel est le cas, nous n'y pouvons rien. Il n'existe pas de remède. Quand nos yeux auront viré au blanc, la mort sera une délivrance.

À l'extérieur, les hurlements se transforment en gémissements avant de s'éteindre. Le silence n'est rompu que par le souffle heurté de Kaden et les sifflements du vent.

Je m'accroupis près du volet métallique, regarde par une fente. Je ne repère aucun chien. Si je ne vais pas chercher du secours tout de suite, Kaden va mourir. Centimètre par centimètre, je pousse la paroi qui grince. Le centre commercial est désert et d'une obscurité perturbante. La nuit est définitivement tombée. Je me faufile sur le seuil avant de refermer la boutique sur Kaden.

J'ai l'impression de sceller sa tombe.

À présent, seul le rideau de fer me sépare du couloir. Je le relève juste assez pour me glisser dessous, le rabaisse derrière moi. Je tends l'oreille. Puis, tel un oiseau qui s'éloigne à tire-d'aile, je me mets à courir. Mes pas résonnent trop fort à mon goût. Chaque magasin vide que je dépasse, chaque recoin sombre est une épreuve. Le soulagement me submerge quand je perçois des voix au loin.

Toutefois, une appréhension, un instinct viscéral m'empêchent de héler Issac, Sam et Jeb. Maintenant que je suis plus proche, je me rends compte que ces voix ne sont pas les leurs. Je me fige. Aplatie contre un mur, j'essaie de calmer ma respiration pour mieux entendre. Je ne distingue pas les paroles échangées, juste des rires et des bruits métalliques. S'agit-il d'alliés ? J'en doute. Sinon, Kaden m'en aurait parlé. Inconsciemment, je vérifie que mes cheveux sont bien dissimulés sous ma casquette.

Les inconnus sont trop nombreux pour se soucier d'être discrets. Encore une fois, je suis tentée de disparaître en douce. Je ne dois rien à Kaden. Il faut que je pense à moi et aux miens. À Emma, avec son grand regard bleu, à mon père dans sa tenue camouflage, m'enseignant le tir avec patience. À moi.

Mais ma sœur m'a appris la valeur de la vie. Et le prix à payer quand on renonce à en sauver une.

J'imagine Kaden baignant dans une flaque de sang. Ses boucles ternies, ses étranges prunelles vertes fermées à jamais. Je jette un coup d'œil au coin d'un couloir, balayé par la bise qui soulève des feuilles mortes et des détritus. Je compte cinq types dans la zone de restauration. Je recule, le cœur battant.

Derrière moi, un grondement sourd résonne. C'est le mâle alpha. Sans ses prunelles laiteuses et ses dents blanches, je n'aurais pas remarqué sa présence. Dans son dos, les taches claires des yeux de la meute trouent la pénombre.

Un éclair illumine la nuit. Tournant les talons, je détale en direction des restaurants et des nouveaux venus, poursuivie par les bêtes enragées qui hurlent à la mort. La pluie commence à tomber, un vrai déluge. Je cours comme une dératée. Deux mecs me regardent avec stupeur. L'un deux lève son fusil, mais je crie :

— Ils arrivent !

Je continue sur ma lancée, renversant au passage chaises et tables, histoire d'entraver la progression des animaux. Les exclamations surprises des gars laissent la place à des braillements horrifiés lorsque les chiens les attaquent. Cris humains, coups de feu et glapissements bestiaux s'entremêlent.

Au bout de ce qui me semble une éternité, je surgis dans l'entrepôt où nous avons dormi. Les trois acolytes de Kaden me dévisagent d'un air ébahi.

— Des chiens… infectés… nous ont pris en chasse… Kaden… blessé… d'autres types… vers les restaus…

Pliée en deux, j'agrippe mes genoux. Mes bras sont rougis jusqu'aux coudes.

— Sam, reste avec Ara, ordonne Issac. Barricadez-vous. Jeb, avec moi.

Comme étourdie, vidée de toute énergie, je les observe qui virevoltent autour de moi, pareils à des papillons. Issac étale un plan sur le sol. Je lui montre la bijouterie où est Kaden, l'endroit où les hommes sont aux prises avec les bêtes, puis Sam me tire en arrière. Juste avant que nous nous enfermions, Issac me demande :

— Tu es blessée ?

Sa gentillesse me désarme. Peut-être parce que j'ai perdu l'habitude qu'on s'inquiète de mon sort. Je regarde mes mains ensanglantées, croise son regard et réponds :

— Ça va.

Les deux autres partis, Sam et moi tirons les verrous de la porte. Il entreprend de rassembler l'équipement du groupe et de le ranger dans trois caddies. Il installe un duvet dans l'un d'eux, le recouvre d'une bâche. Ensuite, il nettoie mes paumes avec de l'alcool et les panse.

Nous n'avons plus qu'à patienter. Sam a quelque chose d'apaisant, tel l'œil d'un cyclone. Malgré les événements, tant que je suis près de lui, je me sens en sécurité. Il me parle avec douceur et calme, comme s'il s'adressait à un animal sauvage. Même si je n'arrive pas à me concentrer sur ce qu'il dit, son ton me tranquillise. Des pas lourds et des geignements finissent par retentir dehors.

— Ouvrez ! C'est Jeb.

Nous obéissons. Jeb et Issac entrent, portant Kaden. Son épaule a été enveloppée dans un pansement plus professionnel que le mien, bien que le sang commence déjà à le tacher. Il a les paupières closes et soupire quand Sam soulève la bâche et que les deux autres l'allongent sur le sac de couchage. Ils sont obligés de le coucher en chien de fusil pour qu'il tienne dans le chariot. Trop grand et trop viril, il a l'air comique.

Apparemment perdu sans son chef, Jeb interroge Sam puis Issac du regard.

— J'ai reconnu les hommes du clan Borah, précise-t-il à Issac. Les bêtes les ont acculés au fond de la zone de restauration, mais ils ont au moins un flingue. On devrait partir pour le QG avant qu'ils se mettent à notre recherche.

Issac acquiesce. Pendant que ses comparses récupèrent leurs affaires, il me tend un sac à dos. Je découvre avec étonnement que c'est le mien. Si l'extérieur est humide, l'intérieur est resté sec. J'en sors la parka que j'ai trouvée ce matin et je l'enfile, goûtant la chaleur qu'elle me procure. Le poids de mon sac sur mes épaules me réconforte.

D'un geste, Issac intime à Sam de pousser le caddie où gît son frère, tandis que lui-même et Jeb se chargent des deux autres. Je les suis dans un corridor empestant le renfermé qui mène à l'arrière du centre commercial. Les roues des chariots couinent. Nous sommes les clients les plus absurdes qui soient à quitter ce royaume du shopping.

Une hachette à la ceinture, Issac reste aux aguets, mais nous n'apercevons aucun des types du clan adverse, aucun chien non plus. Nous émergeons dans la nuit déchaînée. Le vent est violent à présent, la pluie tombe à verse. Je hume les prémices de l'hiver.

Nous prenons la direction du centre-ville, où les immeubles surgissent et disparaissent en fonction de l'obscurité changeante. Je suis très vite trempée comme une soupe, malgré ma veste neuve. Ça m'est égal. La pluie évacue mon engourdissement. Elle me nettoie du sang qui me macule. À chacun des pas qui m'éloignent de mon but initial, la voix paternelle résonne dans ma tête : *Ara... J'ai commis une erreur. Moi, les autres. Remonte la piste... Repars de zéro... il n'est pas trop tard.*

Il faut absolument que je regagne le foyer familial. Et Emma. Son absence, de même que les secrets de mon père, me hantent. La veille de notre départ, il a emmené ma sœur quelque part. Il y a forcément une raison. Comme il y en a une pour qu'il m'ait dit de remonter la piste. Père avait toujours un plan. C'est ce qui m'a gardée vivante pendant trois ans, et ça continuera.

Sous le déluge, les silhouettes de mes compagnons se floutent. Issac avance sans flancher. Sam agrippe son chariot de ses mains blanches, tête baissée pour se protéger du vent et de la pluie. Kaden est invisible. Il survivra. Sûrement. Ce n'est pas mon problème.

J'ai de quoi tenir. Même si j'échoue à trouver une arme, je sais que ma maison est quelque part à une semaine de marche d'ici. Je respire profondément à plusieurs reprises, j'ôte ma capuche. Les gouttes me dégoulinent sur le visage. La liberté s'offre à moi : les immeubles écroulés et envahis par la nature, un aérostat renversé près d'une voiture rouillée, les lignes jaunes délavées de la rue. J'ajuste les sangles de mon sac à dos.

Un éclair explose. Quand le ciel s'obscurcit de nouveau, je fonce. Un cri résonne derrière moi, je ne me retourne pas. Je sais qu'ils ne me rattraperont pas.

Ce que j'ignore, en revanche, c'est que nous sommes arrivés à destination.

4

ARA

Je m'éveille lentement, le corps douloureux, la tête lourde, sous un plaid en laine qui gratte. La pluie martèle sa symphonie sur le toit. Des chuchotis s'entrelacent. Chacune de ces sensations se manifeste séparément, et chacune menace de m'anéantir.

Je suis dans une cabane exiguë en métal. Quatre lits de camp occupent les quatre parois de la pièce rectangulaire qu'éclaire l'unique faisceau d'une lampe, en provenance de la couche opposée à la mienne. Je cligne des paupières. Sam et Issac m'apparaissent plus distinctement. Ils bavardent à voix basse et observent Kaden, immobile sous ses couvertures remontées jusqu'au cou. Quand je me redresse, mon lit grince. Tous deux se taisent et se tournent vers moi.

— Comment te sens-tu ? s'enquiert Sam.

Je tressaille quand il oriente sa torche sur mon visage.

— La lumière, je croasse.

— Pardon.

Il abaisse sa lampe.

Je me remémore ma fuite sous l'averse, le goût du triomphe sur ma langue. Puis ça me revient. Au coin d'une rue… un homme. Ses traits restent dans l'ombre, mais un éclair assez long me permet d'apercevoir des yeux profondément enfoncés dans leurs orbites. Puis c'est la crosse d'un fusil qui m'arrive en pleine figure.

J'effleure mon front, je grimace. Je me racle la gorge, Sam se lève.

— Ils nous ont donné de l'eau. Tu en veux ?

Sans attendre ma réponse, il s'approche d'un seau placé près d'une trappe. Il me l'apporte et j'avale une gorgée, manquant de m'étrangler à cause d'un fort goût de zinc. De nouveau, je m'éclaircis la voix :

— Kaden va comment ?

Me redressant, je suis prise de vertige. Sam me rattrape par le coude et m'empêche de tomber.

— C'est bon ?

— Oui.

Malgré tout, il me soutient jusqu'à la couche de son frère. Le visage de ce dernier est blême sous un film de sueur. Il a les yeux fermés, la bouche pincée, comme s'il était prisonnier d'un rêve dont il n'arrive pas à sortir. J'ai les jambes en coton.

— Où sommes-nous ? je demande à Sam.

— En quarantaine, dit Issac avec calme. Soit Kaden meurt au matin et ils nous liquident également, soit sa fièvre baisse et ils nous libèrent.

— Ils ?

— Bienvenue au clan Castellano, Ara, murmure Issac d'un ton chagrin.

Je retourne m'asseoir sur mon lit, d'où j'observe notre geôle, toute faite de solide métal. Un deuxième seau est posé dans un coin. La pluie dégringole au-dessus de nos têtes. Au moins, ils nous ont mis au sec. Bien que je n'y connaisse pas grand-chose, je sais que la maladie frappe vite et tue tout aussi vite. Les hypothèses sur les vecteurs de la contamination sont multiples : l'air, l'eau, les contacts physiques, les surfaces. En vérité, rien n'est certain. D'aucuns prétendent que le virus est d'origine humaine, arme de guerre biologique qui aurait échappé à tout contrôle. La raison semble ne plus avoir d'importance, aujourd'hui. Si Kaden ne se réveille pas avec les yeux blancs, nous serons tirés d'affaire. Sinon… Je m'aperçois qu'il manque quelqu'un.

— Où est Jeb ?

Plissant les paupières, Sam consulte Issac du regard, qui ne relève pas la tête.

— Tu as heurté un garde, explique-t-il doucement. Il t'a assommée, et Issac t'a rattrapée avant que ça aille plus loin. Jeb s'est enfui quand il a appris qu'on nous plaçait en quarantaine.

Il s'interrompt et déglutit.

— Je crois qu'un de ses potes y a eu droit et qu'ils ont fini par incendier la cabane.

Issac dévisage le pauvre Sam, qui est tout pâle. Le tonnerre gronde.

— Il a des amis dans un clan en ville, précise le vieil homme. Ils l'accueilleront avec plaisir.

Il pose une main paternelle sur l'épaule de Sam.

— Sont-ils au courant pour moi ? je demande.

— Non, dit Sam. Il faisait nuit et il pleuvait. Issac les a empêchés de se montrer trop curieux.

J'en suis émue. Pourquoi Issac a-t-il pris la peine de m'épargner ? Je contemple Kaden, surprise de constater à quel point son état me fend le cœur. En le voyant, Sam me lance :

— Tu crois qu'il a été contami…

— Non, je le coupe. Il va s'en sortir. Il est fort.

Même si je mens mal, je me sens obligée de le rassurer. Mes mots restent suspendus en l'air, dans un silence que seul rompt le bruit de la pluie. Je me rallonge et tente de trouver une position confortable. Issac prend le lit de camp installé près de la porte, Sam approche le sien du mien. Je remonte la couverture sur moi. Lasse de sentir le regard de Sam, je lâche :

— Tu devrais économiser tes piles.

Il éteint sa torche, nous plongeant dans un noir total. Ça ne m'empêche pas de deviner qu'il ne me quitte pas des yeux.

— Qu'est-ce qu'il y a ? je soupire.

— Tu n'es pas obligée de nous fuir, chuchote-t-il après une hésitation. Tu seras en sécurité, avec le clan.

Sauf s'ils brûlent cette baraque avec nous dedans.

— Je n'en suis pas membre, je riposte en serrant mes genoux entre mes bras.

— Tu pourrais, si tu voulais.

Il a des accents suppliants, presque enfantins.

— Non, Sam.

— Pourquoi ?

Parce que nous vivons dans un monde où les femmes ont disparu. Parce que tes camarades me considéreront comme une possession et non comme une personne. Parce que j'ai trahi tous ceux que j'aimais.

L'obscurité prend tout à coup des allures de refuge, où il m'est possible de confier une partie de la vérité.

— J'essaie de retrouver ma famille. Ce qu'il en reste, du moins.

Un sentiment de culpabilité m'étreint la poitrine. Bizarre. Ce sont eux qui m'ont capturée, je n'ai pas à me sentir coupable. La réflexion n'est pas le fort de Sam, qui s'exclame :

— Tu n'avais qu'à nous le dire ! Attends de rencontrer la bande, on t'aidera à localiser les tiens. Peut-être qu'ils accepteront de venir vivre ici avec nous.

— Bien sûr.

Je ferme les paupières, trop fatiguée pour lui expliquer que mes proches sont sans doute morts et que, en vérité, ce sont des réponses que je traque. Quand je les rouvre, ma vision s'est habituée aux ténèbres. Certes, je rêve que les dernières paroles de mon père aient un sens caché. Que lui, ma mère et ma sœur aillent bien et attendent mon retour à la maison. Je lutte contre ce rêve cependant. Pour survivre sur cette terre, il est nécessaire d'en accepter la noirceur, de ne pas s'accrocher aux fantasmes irréalistes du passé. Mon père a disparu. Ma famille est morte. Ma seule façon d'honorer la mémoire des miens, c'est de suivre les ultimes consignes paternelles.

Un coup de tonnerre secoue la cabane, Sam et moi sursautons. Il part d'un rire nerveux et rallume sa lampe sous ses couvertures.

Je décide d'orienter la conversation sur un sujet moins délicat :

— Kaden m'a raconté qu'il était parti te chercher.

— Ah bon ?

— Il m'a aussi dit que vous étiez frères.

— Demi-frères. Ça m'étonne qu'il t'en ait parlé. Personne n'est au courant. D'après lui, c'est mieux de « garder le secret ».

Il dessine les guillemets en l'air et rigole.

— Il me l'a confié quand il a cru qu'il…

Mourait.

— … quand il a été blessé par les chiens.

Le silence s'étire puis, à ma grande surprise, Sam éclate de rire. Un son étrange dans la pièce froide, sous le fracas de l'orage. Le garçon passe une main dans ses cheveux, qui se hérissent dans tous les sens.

Je me rends compte que ce geste m'est familier, parce que Kaden a le même tic.

— C'était un vrai crétin, tu sais. Il ne venait nous voir que l'été et il n'arrêtait pas de m'embêter. Un jour, il a caché mon château en Lego sur le toit du voisin. Après, il me l'a montré à travers ses jumelles. Il était mort de rire.

— J'imagine qu'on a tous changé, depuis.

— Pas lui. La seule différence, c'est que, maintenant, il me défend. C'est un des meilleurs chefs d'unité. Sans lui, le clan n'aurait ni chevaux ni bétail. Ça lui a pris trois mois, mais il a fini par me retrouver. Ma mère avait réussi à lui transmettre un message.

Un souvenir déplaisant amène Sam à se tasser sur lui-même.

— Quel âge a-t-il ?

— Vingt et un ans. J'en ai treize. Et toi ?

On ne m'a pas posé cette question depuis si longtemps qu'il me faut un moment de réflexion.

— Dix-neuf.

Il est bizarre de penser que je suis devenue légalement adulte dans un monde où être majeur ne signifie plus rien. Il n'existe plus de bars où essayer d'entrer en trichant, plus de candidat pour lequel voter, plus de lycées pour obtenir son bac, plus de facs ni de bourses d'études. J'appuie mon visage endolori sur la paroi métallique fraîche.

— Tu as dit que ta mère lui avait fait passer un message ?

— Oui. Quand elle et mon père se sont mariés, Kaden est parti vivre au ranch de son propre père, dans le Montana. C'est là-bas qu'il a appris à être un super cavalier. Je ne lui ai jamais rendu visite. D'après lui, son vieux était un gros nul.

J'essaie de me représenter un garçon blond aux yeux verts qui monte à cheval.

— Il n'a pas d'autre famille ?

— Une demi-sœur et deux autres demi-frères qui ne s'en sont pas sortis. Bien qu'on n'ait pas été élevés ensemble, il a tenu à me récupérer.

Sam s'adosse au mur, près de moi.

— Bien sûr. Vous avez des liens de sang, c'est plus fort que tout.

Il sourit. Mon mensonge est dur à avaler. Si Kaden a pris soin de son frangin, moi, j'ai abandonné Emma.

— Et toi ?

Perturbée par la curiosité du gamin, méfiante, je fixe le plafond.

— Quoi, moi ?

— Tu m'as dit que tu voulais rejoindre les tiens. Tes parents ? Tes frères et sœurs ?

Il n'est qu'innocence, sa curiosité n'est motivée que par la bienveillance. Pourtant, j'ai du mal à partager mes secrets, tendance naturelle chez moi. Ce gamin mérite ma confiance. J'espère.

— Ma mère nous a quittés assez vite. Je l'ignorais alors, mais elle était atteinte et souhaitait nous épargner. Je ne l'ai pas revue.

Je m'interromps, la suite est si difficile à formuler :

— J'avais aussi une petite sœur. Emma.

Remonte la piste. Il n'est pas trop tard. Trop tard pour quoi ? Pour obtenir des réponses ? Pour Emma ? Pour moi ?

— C'est elle que tu cherches ?

Je n'ai pas envie de répondre à ça. D'ailleurs, je ne saurais que dire.

— Non. Elle est morte. Je cherche… mon père.

Ou ce qu'il a laissé derrière lui.

Sam serre ma main. Dans la pénombre, je ne distingue pas ses reflets roux ou les taches de son sur ses joues. En revanche, ses points communs avec Kaden ne m'échappent pas : même nez droit, même mâchoire carrée. Son visage est plus rond, et il n'a pas encore de barbe. Je m'étonne de ne remarquer leur ressemblance que maintenant.

— Est-ce qu'il y en a d'autres ? Des survivantes ?

Son désespoir est perceptible et m'attriste.

— Je n'en ai croisé aucune.

— Comment t'en es-tu tirée, toi ?

Il est à peine audible à cause du tambourinement de la pluie. Je me pose cette question depuis trois ans.

— Je n'en sais rien.

— Le clan est un foyer pour ceux qui sont perdus, insiste Sam.

Je ne suis pas perdue. Juste prisonnière. Son sourire est cependant si naïf que je n'ai pas le cœur de lui rétorquer que je n'appartiendrai jamais à sa bande, à aucune, d'ailleurs. À la place, je me rallonge et réponds :

— Dis-m'en plus à ce sujet.

Des heures plus tard, il a enfin cessé de pleuvoir. L'obscurité épaisse de la nuit se dissipe. Entre deux coups de tonnerre, Sam m'a raconté des dizaines d'anecdotes sur le clan. J'espérais que ces histoires me révéleraient l'existence d'une faille au sein du groupe. En vérité, elles ont surtout porté sur les escapades folles et quelquefois ridicules dans lesquelles Kaden entraîne sa section pour rapporter des provisions et du bétail. Elles m'ont permis de me faire une meilleure idée de Kaden : un type audacieux, trop parfois, apprécié de ses camarades. D'abord, j'ai eu du mal à comprendre sa témérité, qui le pousse à mettre en danger la vie de son frère. J'ai fini par saisir que, pour lui, la fin du monde est moins une apocalypse qu'une occasion d'aventures. Il est possible qu'il veuille dessiner à Sam une réalité moins sinistre qu'elle ne l'est. Ce n'est pas moi qui le lui reprocherais.

J'ai glané quelques détails utiles. Le clan est dirigé par un certain Gabriel, que Kaden n'aime pas. Il est divisé en d'innombrables unités, bien défendu, assez ravitaillé pour que personne n'ait faim. Sam vient d'achever le récit d'une blague que son aîné a faite au chef – il a introduit un raton laveur dans sa chambre – et je décide de tenter le coup :

— Pourquoi ne s'entendent-ils pas ?

— Des gars estiment que Kaden serait un meilleur leader. Ce qu'il refuse. D'après lui, même si Gabriel est un con, il est doué pour organiser les choses et souder le groupe. Il rencontre chaque nouveau venu et décide s'il peut rester ou non. Mais… sois prudente.

— Pourquoi ?

— Kaden a forcément une raison de le détester.

— Plus d'une, je dirais.

Nous sursautons. C'est Kaden en personne qui est intervenu. Il gémit, tourne la tête vers nous. Ses yeux expriment la fatigue mais ne sont pas blancs.

— Kaden !

Sautant de son lit, Sam se précipite sur lui. Je me redresse à mon tour, m'arrête quand mon crâne douloureux proteste et les rejoins d'un pas lent. Je me demande si le malade a entendu les histoires gênantes de mon enfance que son frère m'a suppliée de lui raconter. Je n'ose croiser son regard.

— Remets ta parka et ta casquette, Ara ! m'ordonne-t-il.

Pour qui te prends-tu ? Néanmoins, j'obéis, ce qui me vaut un acquiescement approbateur.

— Sam, va dire aux gardes que nous allons bien. Ara, aide-moi à me lever.

Le gamin s'approche de la trappe et hèle quelqu'un dans le petit matin. J'attrape Kaden par l'avant-bras et le tire vers moi. Quand il gémit de souffrance, je devine que je vais devoir être un peu plus douce.

— Ça va ? se moque-t-il avec un sourire teinté de douleur.

Je me baisse, glisse un bras autour de son dos. Son corps est chaud, et je suis soudain trop consciente de sa présence physique : de son odeur, de ses cheveux bouclés, du contact de sa peau sur la mienne, du fait qu'il est torse nu. Je parviens à le mettre debout et il me remercie. De son bras valide, il s'appuie sur mon épaule pour garder l'équilibre. Ses pansements sont maculés de sang.

— Tu me donnes une chemise ?

— Où sont tes affaires ?

— Sous le lit de camp.

Je récupère son sac à dos, ce qui me renvoie à une scène identique, lorsque, les doigts tremblants, j'ai fouillé celui de mon père comme une dingue. Je tressaille. Plus de souvenirs. Pas maintenant. D'autant que j'ai l'impression que ma journée risque d'être longue.

— Celle-ci, ça te convient ?

Je brandis une chemise d'un rouge fané.

— Tu es la nana, ce n'est pas toi qui devrais me donner des conseils vestimentaires ?

— Ômondieu ! je roucoule de ma voix la plus idiote. Cette couleur te va à merveille. Quant aux trous et aux taches, c'est très tendance cette année.

Des rides amusées se dessinent aux coins de ses paupières.

Je l'aide à s'habiller, gênée par le poids de ses yeux qui ne ratent aucun de mes gestes. Il est carré, musculeux et tiède. Ce n'est que tout près de lui, si près que je vois sa poitrine se lever et s'abaisser, que je m'aperçois à quel point il est grand.

— Merci.

— De rien.

Je recule, le silence retombe.

— Les gardes arrivent, nous avertit Sam.

La porte s'ouvre sur un costaud armé d'un fusil. Kaden se place devant moi.

— Gabriel vous convoque. Tout de suite.

5

ARA

Nous sortons dans l'aube. Le matin sent la pluie et la terre humide. Le garde prend son temps pour examiner les yeux de Kaden. Concluant que nous ne représentons aucun danger, il nous invite à le suivre d'un signe du menton. Kaden me retient par l'épaule. Confuse, je le dévisage. Il tire un bout de corde de sa poche et me fait signe de tendre les mains.

— Fais-moi confiance, souffle-t-il.

Comme si j'avais le choix. Une fois qu'il m'a lié les poignets, nous emboîtons le pas au sbire. Notre cabane se trouve sur un immense parking vide, à l'exception de quelques aérostats abandonnés dont les carrosseries argentées sont couvertes de rosée. Il y a aussi de rares voitures, dont les portières et les toits sont rouillés ou absents. Quand je passe devant l'une d'elles, je comprends que ces destructions sont volontaires. Des jardinières y ont été installées. Elles débordent de tomates flétries et d'espèces de courges. À l'opposé se dresse un énorme bâtiment flanqué de colonnes en bois. On dirait un gigantesque pavillon de chasse. Des lettres sont gravées au-dessus de l'entrée : Cabela's. Je manque de m'esclaffer. Je vais être emprisonnée dans ce qui était le magasin de loisirs préféré de mon père.

Les lieux sont entourés d'une clôture impressionnante surmontée de barbelés. Malgré l'heure matinale, des hommes armés y patrouillent. Je comprends mieux pourquoi Jeb a décampé. Il est impossible d'entrer ici ou d'en sortir sans être aperçu.

Sam discute avec le garde. Kaden et moi fermons la marche. À mi-chemin, Issac bifurque tranquillement. Le costaud semble hésiter à l'en empêcher, mais un simple coup d'œil à sa stature et à sa hachette l'en dissuade. Kaden salue ceux que nous croisons, qui lui sourient en retour. Nous sommes vite au niveau des colonnes. Les portes autrefois vitrées ont été remplacées par des volets métalliques. Deux baraqués surveillent l'entrée.

— J'ai appris que tu avais été détenu, dit l'un d'eux à Kaden.

Détenu. Comme si ce n'était rien du tout.

— Thomas, Brandon, lance Kaden. Content de vous revoir.

— Quelque chose à signaler ?

Kaden me désigne d'un geste et soulève mes mains ligotées.

— Juste un captif maigrichon.

Les sentinelles se marrent et la colère m'envahit. Les battants s'ouvrent en grinçant et nous pénétrons dans la pénombre. Avant qu'elles se referment sur nous, j'ai le temps de distinguer un second jeu de portes renforcées.

Je fais des efforts immenses pour me rappeler le plan des lieux. Comme Père aimait s'y rendre seul, Mère l'a obligé un jour à nous y emmener, Emma et moi. Nous avons réclamé des caramels, et il nous a laissées gambader à notre guise en nous gavant de sucreries, pendant que, de son côté, il participait à des enchères pour des pièces d'outillage hors d'âge. Je me souviens d'un toit percé de puits de lumière, d'animaux empaillés et d'une mezzanine courant sur tout le périmètre du hall central. Ma mémoire a conservé une image chaleureuse et confortable de l'endroit. Là, il a l'air d'avoir été repensé pour soutenir un siège. Je me rapproche de Kaden quand les secondes portes coulissent. Durant une seconde, toute envie de m'enfuir me déserte.

L'endroit grouille d'hommes. Des jeunes qui sifflent et des quadragénaires qui discutent en cuisinant. Il y a même quelques têtes grisonnantes, pas des vieillards, mais des hommes plus âgés que les survivants de ma connaissance. Je suis fascinée. D'un côté, j'ai envie de pleurer face à autant de monde, de *vie* – ça fait si longtemps que je n'ai pas vu d'êtres humains se comportant comme des êtres humains. De l'autre, je suis terrifiée. Chaque nouveau pas dans cette forteresse m'éloigne des paroles de mon père, que je me dois de respecter : *Il n'existe pas d'homme bienveillant, Ara. Pas dans ce monde. Pas envers toi.* Quand ils découvriront qui je suis… Ma gorge se serre.

Kaden tire sur ma corde et je titube derrière lui sur un étroit sentier de ciment. La majorité de ce qui se vendait ici a été déplacé pour laisser place à des boîtes de nourriture et à des matériaux d'équipement que je n'ai pas le temps d'examiner. Je suis surtout ébahie par le nombre de résidents. Certains s'affairent autour de feux de camp dont la fumée s'échappe par l'une des fenêtres brisées du toit. D'autres conversent dans des chaises longues. La mezzanine, qui autrefois servait à exposer des scènes de la vie au grand air avec tentes et animaux empaillés, est à présent un bazar d'abris en toile, de vêtements, de chaises en plastique et de glacières. J'aperçois même un majestueux élan aux bois duquel on a suspendu des slips multicolores. C'est sûrement ici que dorment les résidents, car j'en vois plusieurs plus ou moins dévêtus qui s'extirpent de leur tente et s'apprêtent pour la journée.

Çà et là, le décor d'avant subsiste. Nous dépassons un rocher sur lequel sont juchés quatre loups naturalisés à l'allure si réelle que je les observe d'un œil méfiant. Au fond du magasin, un monceau de pierres abrite diverses autres bêtes illustrant la vie sauvage d'Amérique du Nord. Un puma et une chèvre des Rocheuses luttent au corps à corps, environnés par des tamias, des biches, un wapiti, des lièvres, etc. Autant de créatures que j'ai croisées, affrontées ou tuées ces trois dernières années.

Au pied de cet entassement, Kaden m'oblige à m'agenouiller.

— Baisse la tête et ne bouge pas avant que je te l'ordonne.

Au signal d'une cloche, les hommes commencent à se rassembler autour de nous. J'essaie de plier mes mains pour me libérer, mais la corde entame mes chairs. De l'autre côté de la balustrade qui entoure l'exposition, mes yeux tombent sur la gueule ouverte d'un loup et les prunelles vides d'un cerf de Virginie. L'assemblée grossit et je me demande combien ils sont à vivre ici. Trois cents ? Quatre cents ? Plus ?

— Bonjour, mes frères !

La voix, calme et pondérée, fait aussitôt taire les bavardages. Elle provient du sommet de la butte.

— Demain, nous célébrerons nos deux ans d'existence. Ce sera un jour de congé consacré aux festivités.

Des hourras accueillent l'annonce.

— Néanmoins, cinq d'entre vous seront tirés au sort pour assurer le service, puis remplacés par cinq autres à la mi-journée.

Le public est soudain refroidi.

— Aujourd'hui, nous travaillerons comme d'habitude. Mais d'abord, que chaque chef de section fasse un rapport sur ses progrès. Kaden ? Tu veux bien commencer ? Tu as presque une semaine de retard.

Les intonations dénuées de toute chaleur me rendent nerveuse et le sang bat à mes tempes lorsque Kaden me force à me relever. Mon regard croise alors celui de l'homme debout sur la montagne artificielle. À mon grand étonnement, il n'a pas plus de vingt-cinq ans. Ses yeux sont aussi perçants que ceux du faucon perché près de lui. Contrairement à ses troupes dépenaillées, il porte une chemise impeccable, est rasé de près – sa peau est d'un brun doré – et a les cheveux bien coupés.

— Nous avons passé la première semaine de l'autre côté de la rivière, relate Kaden, à la suite de témoignages sur une étrange créature qui hanterait la partie inondée de la ville. Nous n'avons rien trouvé. Nous avons essayé d'entrer dans le centre de tests, mais le niveau de l'eau était trop haut. Nous devrons y retourner avec des kayaks. Si nous n'agissons pas rapidement, nous risquons de perdre ce qu'il reste de médicaments là-bas.

Kaden s'interrompt comme s'il jouissait de l'attention que tous lui portent. Seul l'étau de sa poigne sur mon bras suggère que ce n'est pas le cas.

— Et ?

La voix glaciale de Gabriel tranche sur le sourire de Kaden. Les deux se toisent, puis le chef me contemple.

Je m'efforce de soutenir son regard. Il m'ignore un instant avant de revenir sur moi. Quand il se penche en avant, les yeux écarquillés, je fixe le sol, le souffle court.

Il a deviné.

Il a deviné, je suis cuite.

— Qui est-ce, Kaden ?

— Je te remercie de poser la question, Gabriel.

Avec de grands gestes démonstratifs, Kaden lâche ma corde, repousse ma capuche et fait tomber ma casquette par terre.

— Je te présente Ara.

Le silence qui suit est si lourd que le chant d'un oiseau solitaire me paraît assourdissant. Les prunelles rivées sur moi pèsent comme une enclume.

Maudits soient Kaden et sa théâtralité !

6

KADEN

J'ai les épaules et la tête douloureuses mais, à l'instant où Gabriel saute par-dessus la balustrade et attrape Ara par le menton, une colère si violente me saisit que j'ai du mal à ne pas lui flanquer mon poing dans la figure.

— Impossible, chuchote-t-il.

Ara s'écarte sèchement, provoquant les murmures de l'assistance. Je reste à côté d'elle et, le dos bien droit, défie du regard les hommes qui tenteraient d'avancer. La culpabilité d'avoir ainsi exposé la fille m'étreint, mais connaissant Gabriel je n'ai pas vu de meilleure solution. Si je lui en avais parlé en privé, il l'aurait cachée pour essayer de se l'approprier, tel un quelconque objet. À présent que l'ensemble du clan est au courant de son existence, chacun de ses membres la considérera comme une camarade.

La rumeur enfle et la foule se rapproche. Même s'il est un peu tard pour ça, je me demande si je n'aurais pas mieux fait d'y réfléchir à deux fois. Sauf qu'une nuit à trembler de fièvre et un bras blessé ne sont pas les conditions idéales pour prendre de bonnes décisions.

Malgré leur curiosité, les gars observent une distance prudente. La peur est un répulsif puissant. Ara devrait être morte ou, pour le moins, infectée. Ce ne sont qu'échanges incrédules, choqués, voire mécontents. Le cercle se resserre autour de nous et, d'elle-même, Ara fait un pas vers moi.

— Silence ! lance Gabriel en levant une main mais sans forcer la voix. Kaden et moi allons escorter la prisonnière dans un entrepôt jusqu'à ce que nous décidions de son sort. Les festivités prévues pour demain soir sont maintenues. Chefs de section, au rapport auprès de Liam. Fin de la réunion.

Un mutisme rebelle accueille cette déclaration. Personne ne bronche.

— Fin de la réunion ! répète Gabriel d'un ton glacial.

Cette fois, les hommes se dispersent, non sans marmonner et jeter des coups d'œil par-dessus leur épaule. Quand Gabriel se tourne vers Ara, son regard éveille en moi un pressentiment inconfortable. Il est rare que je regrette d'avoir refusé le poste de leader du groupe, mais là, je crains d'avoir commis une erreur.

— Suivez-moi dans mon bureau, nous ordonne-t-il.

Nous lui emboîtons le pas. Tous les yeux pèsent sur nous. Gabriel toise les uns et les autres jusqu'à ce qu'ils se remettent au travail. Nous passons sous un pin artificiel sur lequel est tapi un puma empaillé et atteignons l'ancienne armurerie. Des défenses en ivoire encadrent la porte de bois. Bien que j'évite cette partie du QG, je sais que l'endroit est doté d'une arrière-boutique qui sert de chambre à Gabriel. Je sais aussi qu'il n'y a pas de seconde sortie.

— Si ça ne t'ennuie pas, Ara, j'aimerais m'entretenir seul avec Kaden pendant une minute.

Gabriel pousse le battant et, d'un geste, invite Ara à entrer. Je réprime un sourire : va-t-elle lui obéir ?

Il se peut cependant qu'elle ait deviné qu'avec ce type il vaut mieux rester prudent, car elle obtempère sans protester. À moins qu'elle n'espère réussir à faire fonctionner une des armes antédiluviennes stockées ici afin de descendre Gabriel. La porte à peine refermée, ce dernier pivote vers moi. Son calme apparent laisse soudain place à une fureur réelle.

— Tu n'as jamais beaucoup apprécié mon autorité, mais là, tu dépasses les bornes. C'est quoi ton problème, merde ?

Même en colère, il a le don étrange de se maîtriser.

— Je dirais que le plus gros est en train de me fixer d'un air mauvais en ce moment même.

Il ne mord pas à l'hameçon.

— Tu découvres une femme et tu ne penses pas à me rapporter l'info avant de mettre tout le clan au courant ?

Je serre les poings, ce qui déclenche une douleur qui court dans tout mon bras.

— Ce n'est pas une info mais une personne.

— Tu aurais dû m'avertir en premier. Nous aurions convenu d'un rendez-vous hors de la base.

— Rappelle-moi ce qui s'est passé la dernière fois que nous nous sommes retrouvés à l'insu du clan ?

Son regard devient venimeux.

— La mort d'Everett était un accident. Et il était mon frère avant d'être ton ami.

Sauf qu'aucun de ces statuts ne l'a aidé, hein ?

Il se racle la gorge et recouvre son attitude posée et calculatrice. C'est pourquoi il est taillé pour être chef : la mention d'un frère défunt ne le déstabilise que durant quelques secondes. Il faut peut-être perdre son humanité pour sauver le monde.

— Que sait-elle de nous ? demande-t-il.

Tout à coup, je regrette ma stratégie. Amener Ara a été une ânerie. Certes, il y a des types bien ici, et nous offrons la sécurité, de quoi manger, la stabilité… Malheureusement, il y a Gabriel.

— Juste qu'elle ne risque rien. Sauf que, d'après ce que j'ai compris, elle a survécu seule jusqu'à maintenant. Tu devrais lui donner carte blanche, l'impression qu'elle a le choix de rester ou non.

Lui donner le choix, carrément.

Ce que je ne dis pas, parce qu'il plisse déjà les paupières d'un air soupçonneux. Néanmoins, j'insiste :

— Elle a exprimé le désir de faire partie de l'équipe en charge des chevaux. Avec Sam. Je crois qu'elle s'est attachée à lui.

Ça aurait le mérite de l'éloigner du bâtiment principal et de Gabriel. Il faudra que je pense à lui confier mon dernier mensonge.

— Je vois, marmonne Gabriel. Elle a une expérience dans ce domaine ?

Je ne lui ai pas posé la question, mais pourquoi pas ?

— Bien sûr.

La fatigue s'abat soudain sur moi. J'ai juste envie de retourner aux écuries, de voir Red et mes gars, puis de dormir. Sauf qu'il est exclu que je laisse Ara seule avec Gabriel. Ce qu'il paraît saisir. Il s'approche de la porte, marque une pause, main sur la poignée :

— Et que sait-elle de moi ? s'enquiert-il.

— Que tu es le chef du clan, je réponds avec un sourire froid.

Il me fixe de ses inquiétantes prunelles grises qui m'évoquent toujours celles d'un cadavre.

— Dis-moi que nous pouvons bosser là-dessus ensemble.

Là-dessus ? Ara est déjà une sorte de projet sur lequel bosser ?

Je n'ai pas la force de plaisanter, cependant.

— Si elle souhaite se joindre à nous, je ne l'en empêcherai pas. Après tout, je l'ai ramenée, non ?

— En effet, acquiesce Gabriel, l'air de comprendre qu'il n'obtiendra rien de plus de moi. En attendant que je parle aux autres, elle reste ici, d'accord ?

Il guette mon hochement de tête puis, satisfait, pousse la porte. Je le suis dans l'armurerie.

Les murs sont couverts de vitrines contenant une collection d'armes qui vont du mousquet au revolver. Même moi, je suis obligé de convenir que c'est un spectacle impressionnant. Gabriel a insisté pour que nous les conservions ici, sous prétexte de « préserver la mémoire », une connerie de ce genre. Perso, je les aurais distribuées aux hommes, mais nous sommes à court de munitions, pas de fusils. Gabriel l'a donc emporté. Comme d'habitude. Ara est assise à la longue table rectangulaire qui occupe le centre de la pièce, celle autour de laquelle Gabriel organise ses réunions hebdomadaires. La fin du monde ne signifie pas la fin de ces fastidieuses séances de travail, hélas.

Ara me contemple et je pince les lèvres, regrettant de ne pas avoir eu plus de temps pour la mettre en garde contre Gabriel. Je referme derrière moi et le magasin s'assombrit, la seule source de lumière provenant des rayons qui filtrent à travers les fentes du bois.

— Je tiens d'abord à te souhaiter la bienvenue dans notre clan, Ara, récite Gabriel (et je me retiens de lever les yeux au ciel). Mes hommes et moi ferons notre possible pour que tu sois heureuse et bien traitée. Je repasserai m'entretenir avec toi plus tard aujourd'hui, quand tu te seras reposée et alimentée. Si tu as besoin de quoi que ce soit, n'hésite pas à me le demander.

Bras croisés, Ara ne pipe pas mot. Gabriel s'apprête à reprendre son discours quand on frappe. Un type apparaît, portant un plateau dont la vue suffit à me faire saliver. Obnubilé par Ara, les mains tremblantes, l'homme se débarrasse de sa charge puis couine à l'intention de Gabriel :

— Liam désire te parler.

— J'arrive tout de suite. Ara, des questions ?

— Non.

Un silence pesant s'installe. Je dissimule un sourire. *Bien joué, mon pote !* Gabriel finit par baisser la tête.

— Bien, après la nuit que tu viens de passer, je ne doute pas que tu aies envie d'être tranquille. Mes quartiers se trouvent derrière cette porte. Tu peux t'y détendre, puis nous rediscuterons.

Il se dirige vers la sortie, m'interpelle :

— Kaden ?

— Je te rejoins dans une minute, je réponds sans le regarder.

Il ne bouge pas, nous observe et, pour un peu, je verrais les petites roues cliqueter dans son cerveau. Quels que soient les résultats de ses supputations, il se décide enfin à laisser tomber et s'en va. Dès qu'il est parti, je me détends. Je voudrais m'asseoir et poser ma tête sur la table, mais je sais que je risque de ne pas me relever. L'odeur de la soupe, aux patates et aux légumes, caresse mes narines. Si Gabriel n'était pas aussi habile quand il s'agit d'approvisionnement, j'aurais fichu le camp depuis des lustres.

— Ça va ? je demande à Ara, dont j'ai du mal à discerner les traits dans la pénombre.

— Oui. Gabriel n'est pas aussi terrifiant que ce que tu prétends.

— Parce que tu ne le connais pas encore.

Et pourvu que ça n'arrive jamais. Je me force à sourire, malgré mon corps meurtri.

— Je dois me rendre aux écuries. Les gars ont tendance à se relâcher en mon absence. Mange.

Je pousse le plateau vers elle.

— Je ne peux pas t'accompagner ?

Pris au dépourvu, je me retiens d'acquiescer.

— Non. Gabriel ne veut pas que tu sortes d'ici. Aujourd'hui, du moins. Ton arrivée l'a… dérouté. Il tient à assurer ses arrières avant de te présenter de nouveau aux hommes.

— C'est lui qui dicte les règles ?

— Pour l'instant, oui. Patiente et fais-moi confiance.

M'emparant d'un bout de pain, je le coupe en deux et en fourre la moitié dans ma poche. Puis je me dirige vers la chambre.

— Si tu n'as pas faim, essaie de dormir un peu.

Les murs de la petite pièce aveugle sont peints en blanc cassé. Il y a un bureau et une chaise, un lit équipé d'un duvet rouge et d'une couverture à carreaux. Reflet parfait du cerveau maniaque de Gabriel. Je n'ai rien à ajouter, pourtant j'hésite. J'ai amené cette fille ici pour mieux l'abandonner à elle-même. Elle étouffe un bâillement. Je ne suis pas le seul à être crevé.

— Sois prudente avec Gabriel, je dis juste avant de filer. Son apparence est trompeuse et il est prêt à tout pour obtenir ce qu'il désire.

— Viens-tu de lui donner ce qu'il désire ?

— Peut-être. Mais tout le monde n'est pas comme lui. Certains membres du clan n'hésiteraient pas à se sacrifier pour te protéger.

Elle se raidit, pas très rassurée par mes paroles.

— Écoute, je poursuis à voix basse, j'ai raconté à Gabriel que tu avais de l'expérience avec les chevaux. Tu pourras bosser avec Sam et moi aux écuries. Tu y seras en sécurité. Je t'apprendrai à monter.

— Et que se passera-t-il quand je voudrai partir ?

— Commence par dire à Gabriel que tu souhaites rester. Ensuite, si tu décides de t'en aller, je t'aiderai.

Elle s'approche de moi et, soudain, mes idées s'embrouillent.

— Et si j'ai envie de décamper maintenant ?

— Alors, tu devras t'adresser directement à Gabriel.

Malgré l'obscurité, le dégoût dans ses yeux ne m'échappe pas et j'ai l'impression que c'est la fin de la relation fragile qu'elle et moi avions réussi à établir. Ma faute. Des excuses n'y changeront rien.

— Je t'apporterai tes affaires tout à l'heure, je précise, honteux.

Elle s'assoit lourdement sur le lit tandis que je cherche les mots susceptibles de la réconforter. J'y renonce aussitôt, conscient que, quoi que je fasse ou dise, elle flippera encore plus. Je préfère sortir. À ma grande surprise, elle me hèle :

— Kaden ? Promets que tu m'aideras vraiment à filer.

— Je te le promets, princesse.

Je ne suis cependant pas sûr de pouvoir tenir parole.

7

ARA

Un vent froid balaie les collines, apportant avec lui des puanteurs de purin et le parfum âpre des sapinières environnantes. Accroupi à mon côté, Gabriel contemple son clan et les dernières teintes orangées et rouges dont l'automne pare le paysage. J'ai dormi toute une journée et toute une nuit. Ce matin, il m'a réveillée et a formulé une étrange requête : me montrer son domaine depuis le toit du magasin.

— Les écuries sont en haut de cette éminence, précise-t-il. On les a placées là-bas à cause des odeurs. À droite, il y a une étable avec quelques poules et du bétail.

Je l'écoute attentivement, en quête d'un point faible. En vain.

— Jusqu'à présent, on a surtout chassé et pillé les décombres pour se nourrir. Mais, cette année, la récolte a été bonne. Plein de pommes de terre. J'ai commencé à dégager des champs pour…

— Qu'est-ce que je fabrique ici, Gabriel ?

Il me dévisage de ses yeux gris-bleu intenses, et je m'oblige à soutenir son regard. C'est un bel homme à la peau basanée, ce qui ne l'empêche pas de transpirer la ruse calculatrice. Il a l'air capable d'apprécier en un rien de temps la valeur de quelqu'un et de s'en débarrasser aussitôt.

— Ceci, dit-il en écartant les bras, représente ma vision de l'humanité. Nous avons l'occasion de nous racheter. De reconstruire. Je souhaite que tu participes à ce projet.

— Et si je n'en ai pas envie ? je réplique en observant les gars qui, en bas, s'agitent comme des fourmis.

— Alors, tu me mets dans une position délicate. J'ai été témoin des violences et des horreurs qui ont frappé cette ville.

L'amertume de son ton tranche avec sa maîtrise habituelle.

— Au bout du compte, poursuit-il, les gens n'ont pas été solidaires. Ils se sont entre-déchirés. Il n'est pas difficile d'imaginer ce que des hommes t'infligeraient s'ils te tombaient dessus.

Je resserre les pans de ma veste autour de moi.

— Tu n'as peut-être pas cette impression, enchaîne-t-il, mais tu as eu beaucoup de chance que ce soit la section de Kaden qui t'ait trouvée.

— Tu pourrais te contenter de me laisser partir.

— En effet. Cependant, que penserait le clan, l'Histoire, du type qui aurait permis que le dernier espoir de l'espèce humaine s'expose à des tas de dangers ? Ai-je le droit de sacrifier les besoins de la majorité sur l'autel des désirs d'un seul être ?

Et si tu m'expliquais précisément ce que sont les besoins d'une bande de braillards confrontés à une unique femme ?

— Qu'attends-tu de moi ? je chevrote.

— Aucun de mes gars ne te touchera, répond-il d'une voix plus douce. Tu ne risques rien. Tant que tu restes au sein du clan.

Tant que je serai sa captive, que j'obéirai à ses règles.

Il n'existe pas d'homme bienveillant, Ara. Pas dans ce monde. Pas envers toi. Je ne peux avoir confiance en aucun de ces mecs. Kaden me l'a prouvé, non ? Je lui ai sauvé la vie et il m'a traînée ici. En dépit de sa promesse, je ne crois pas une seconde qu'il m'aidera à m'enfuir. Si je veux remonter la piste, je vais devoir me débrouiller seule. Il m'a toutefois donné un conseil avisé : la meilleure façon de procéder est encore de prétendre que je souhaite appartenir au groupe.

— Un prisonnier n'est-il pas plus en sécurité que n'importe qui ?

J'attends qu'il tombe dans mon piège avec une réponse aussi pompeuse que ma question. Ça ne tarde pas.

— Nous sommes peut-être tous prisonniers des cartes que le destin nous a distribuées. Ainsi, je le suis de mes devoirs de chef. Mes hommes dépendent de moi. Chacun de nous a son rôle à jouer dans la rédemption du monde.

— Et si le monde ne méritait pas cette rédemption ? Si je n'étais que la dernière mauvaise blague du destin ?

— Je suis sérieux. Tout le clan l'est. Tu lui as apporté plus d'espérance en une journée que moi en deux ans.

S'il comptait me flatter, c'est raté. Ces types vont devoir placer leur espérance en quelqu'un d'autre que moi, car j'ai bien l'intention de me tirer d'ici le plus vite possible. Au loin, un filet de fumée s'élève, là où les hommes sont occupés à nettoyer une parcelle à l'extérieur de la clôture. Son périmètre est volontairement nu. J'aurai besoin de toutes mes ressources en matière de ruse pour déguerpir.

— Dans ce cas, je suis d'accord pour me joindre à vous.

J'ai eu du mal à le dire. Gabriel me gratifie d'un sourire aussi retenu que ses mouvements, mais ses yeux le trahissent. Il vient d'obtenir ce qu'il voulait.

— Parfait. Viens, on va l'annoncer officiellement.

Il me ramène à l'armurerie, où il m'invite à m'asseoir. De sous une vitrine, il tire un épais volume qu'il me tend. Je contemple le bouquin puis, sur un signe de tête de Gabriel, je l'ouvre. La première page est jaunie et abîmée. Y figure une liste de noms écrits de différentes mains.

— Ce sont les membres du clan, m'explique Gabriel. Tous sont priés de s'inscrire dans ce livre quand ils adhèrent. C'est une bonne façon de garder un semblant d'ordre.

Tu parles d'un euphémisme ! Il serait plus facile de s'évader d'une prison.

— Donc, je n'ai qu'à signer ?

— Pas tout à fait, sourit-il. Après, il y aura un vote. S'il est positif, nous devrons te trouver un endroit où travailler.

J'examine la liste. *Combien d'hommes ont vécu ici et y sont morts ?* Je m'apprête à tourner la page lorsque les sept premiers noms retiennent mon attention. Tous ont le même patronyme : Castellano. Le dernier des sept est Gabriel Castellano. Issac a précisé que le clan s'appelle ainsi, mais ce n'est que maintenant que je comprends qu'il a été baptisé d'après un nom de famille.

— Tes frères sont ici aussi ?

— Non, répond-il d'une voix polie mais ferme qui coupe court à toute conversation sur ce sujet.

Où sont-ils, alors ? Je réfrène ma curiosité. Après tout, seule ma propre famille m'importe.

— Où est-ce que je signe ?

Il tourne trois pages noircies et me montre un espace en bas de la dernière.

— Là.

J'appose mon nom, Arabella Edana, puis j'ajoute :

— Je sais déjà où je veux travailler.

— Ah oui ?

— Avec les chevaux.

— Kaden l'a mentionné, admet-il après m'avoir longuement observée. Tu en es sûre ?

— Oui.

Je n'ai monté qu'une fois dans mon existence, un poney lors d'une fête foraine. Mais ça ne doit pas être très compliqué. Dès que j'aurai appris à diriger l'un de ces monstres à quatre jambes, je filerai. Avec un peu de chance, équipée d'un fusil et d'assez de provisions pour tenir l'hiver. Gabriel me reprend le volume comme s'il s'agissait d'un trésor et non d'une liste de noms gribouillés.

— On réglera ça demain matin, décrète-t-il. Joignons-nous aux festivités, en attendant. Sam est passé aux nouvelles pendant que tu dormais, il sera ravi de te voir. Kaden est venu également, ajoute-t-il d'une voix plus froide. Avec ton sac à dos.

Gabriel patiente dans l'armurerie pendant que je fouille dans mes affaires. Le couteau que j'ai trouvé au centre commercial est enveloppé dans une veste. J'hésite à l'emporter, puis je décide de le cacher au fond de mon sac. Je me change rapidement, mal à l'aise à l'idée de me déshabiller dans une chambre sans verrou, alors que Gabriel est juste à côté.

Ensuite, il m'entraîne au cœur du magasin, tout en m'en détaillant l'agencement. Partout, les regards pèsent sur moi. Je les soutiens jusqu'à ce que les curieux se détournent, mais ça reste pénible. Gabriel me précise que chacun d'eux contribue en fonction de son talent particulier – pêche, chasse, agriculture, connaissance des plantes comestibles. Certains ont même une formation médicale. À l'écouter, je comprends pourquoi Kaden ne l'aime pas – il est obnubilé par ses projets. Je suis déçue de constater qu'il n'y a pas d'armes en vue dans les rayons chasse et pêche. D'après Gabriel, chaque chef de section est responsable de l'équipement de ses troupes. Je repère quelques types qui portent des fusils en bandoulière ou des pistolets à la ceinture, tous apparemment très possessifs envers leurs joujoux. Je vais avoir des difficultés à en voler un. Un écueil de plus sur ma liste, qui ne cesse de s'allonger.

— Nous avons un stand de tir où s'entraînent tous nos chasseurs, dans la mesure du possible. Nous manquons de munitions et devons économiser celles qui sont réservées à la défense du QG. Les armes de haute technologie ne fonctionnent plus du tout. Nous en sommes réduits à utiliser des fusils. Bientôt, ce ne sera que des arcs et des flèches. Tu chasses ?

Je hausse les épaules. Mon père était champion de tir à l'arc et il m'a formée. Pas question que je révèle ce détail à Gabriel, cependant. Si ça se trouve, je réussirai à dérober un arc plutôt qu'un flingue.

— Les cuisines sont installées dans ce qui était autrefois une confiserie, même si la plupart des gars se font leur popote eux-mêmes. Il n'est pas facile de nourrir autant de monde. C'est l'un de nos soucis majeurs.

Gabriel fronce les sourcils, comme si c'était là un échec personnel.

— Ara !

Une tignasse rousse surgit de la section camping et Sam m'étreint en me soulevant de terre. Je retiens un cri étonné. Je n'ai jamais aimé les contacts physiques, mais l'exubérance du garçon ne me laisse guère le choix.

— Vite, la fête va commencer ! Je t'ai gardé une place.

Il m'éloigne de Gabriel.

— Et moi, il faut que je sonne la cloche ! nous lance ce dernier.

Les réjouissances se tiennent au centre du magasin, où brûle un énorme feu autour duquel une bonne centaine d'hommes sont assis sur des chaises ou par terre, en train de bavarder et de rire. À mon arrivée, ils se taisent et me reluquent. *Tu en es capable, Ara. Tu peux te comporter comme si tu avais ta place ici.* Il n'empêche, chaque pas me donne le sentiment de m'offrir volontairement en sacrifice à une meute d'animaux contaminés.

— Sam ! Ara ! Par ici !

Kaden nous fait signe de le rejoindre au beau milieu du cercle, où deux fauteuils pliants vides flanquent le sien. Je me fraie un chemin parmi les gars, trop consciente de la puanteur des corps mal lavés et des regards lubriques. Je suis prête à déguerpir au premier geste déplacé. Bien que je ne tienne guère à tourner le dos à ces types, je m'assois, et Kaden me présente à ses voisins.

— Voici Jack, Ara. Le meilleur pêcheur qui soit.

Jack me sourit et, malgré la tension qui m'habite, j'ai envie de lui sourire aussi. Il lui manque la moitié des dents, ce qui lui donne des allures de citrouille d'Halloween. Se levant, il me serre la main avec vigueur.

— Ravi de te rencontrer. J'ai cru qu'il n'y en avait plus, des comme toi, alors je suis rudement content.

Je me détends un peu, d'autant qu'un autre type m'apporte un bol de soupe et un bout de pain. Il règne une ambiance festive et, même si nombreux sont ceux qui restent pétrifiés devant moi, de nouveaux membres du clan s'approchent. Je fais la connaissance de Tom le Chasseur, responsable de toutes les parties de chasse, qui arbore une barbe impressionnante et dégage une forte odeur. De Jordan, un géant à la voix douce qui veille sur les cuisines. Du jeune Lukas, dégingandé et bécasson, à peine plus vieux que Sam. Je m'entretiens un instant avec Liam, le lieutenant de Gabriel, et suis abasourdie d'apprendre que nous avons fréquenté le même lycée. Du coup, je me rappelle qu'il était dans la classe supérieure. Il a grandi depuis, a des yeux d'un bleu intense et le sourire facile. Tous sont des amis de Kaden, et nombre d'entre eux n'hésitent pas à ébouriffer les cheveux de Sam en passant.

Les noms se mélangent, et je laisse Liam, Kaden et Sam à leur conversation. Je guette l'instant où une brute va me sauter dessus bien que je me sente, sinon en totale sécurité, au moins en mesure de respirer plus aisément grâce à la présence de mes plus proches compagnons.

— Que voulait Gabriel ? me demande Kaden en se penchant vers moi.

— Que j'adhère au clan.

— Et ?

— J'ai accepté, à condition de travailler aux écuries.

Il part d'un rire de gorge spontané.

— Je t'apprendrai. Le toubib m'interdit toute nouvelle expédition avant ma guérison. Je suis coincé ici pour au moins quinze jours.

— Et après ?

— On partira en quête de médicaments. C'était le but de notre dernière mission, mais notre cible était sous l'eau. Le barrage a cédé l'an passé, et il a beaucoup plu récemment. Il faudra qu'on s'équipe de kayaks.

— Ça a l'air super, je commente d'un ton revêche.

Kaden se marre. En vérité, son projet me révulse. Le centre-ville inondé est dangereux. Par ailleurs, il est situé à l'opposé de ma destination. Quoique… si ça se trouve, il y a là quelque chose de bon à prendre. En l'absence de Kaden, si Gabriel continue de croire que je veux rester, j'aurai peut-être l'occasion de m'enfuir sans l'aide de personne.

La cloche retentit pour donner le signal des festivités et de nouveaux membres du clan apparaissent.

— Pourquoi avoir choisi cet objectif et pas un autre plus accessible ? je m'enquiers. Vous ne vous simplifiez pas la tâche.

— Une exigence de Gabriel. La majorité des hôpitaux ont été dépassés par les événements. Ils ont fini par manquer de fournitures, ou ces dernières ont été détruites. Celui-ci est si compliqué à atteindre qu'il y a des chances pour qu'il contienne encore du matos valable.

Kaden s'interrompt, hésitant sur ce qu'il peut ou non me raconter.

— Gabriel a prétendu qu'il cherchait des antibiotiques, ajoute-t-il en baissant la voix, mais ce n'est pas ce que raconte le docteur Jones. Lui croit que cet hosto est le point de départ de l'épidémie qui a ravagé la ville. Qu'on y pratiquait des recherches sur un éventuel remède au virus.

— Et toi, qu'est-ce que tu penses ?

— Je n'ai pas d'opinion, répond-il avec un clin d'œil. Je ne suis qu'un sous-fifre qui obéit aux ordres.

J'en doute. Kaden se détourne pour parler avec Jack. Dévorée de curiosité, je ne peux toutefois m'empêcher de poser une dernière question :

— Comment s'appelle cet établissement ?

— Le Centre d'essais cliniques de Birmingham.

Soudain, j'ai du mal à respirer.

— Ils arrivent, Ara !

La voix de mon père brise le silence qui règne dans les montagnes. Il est presque midi et il chasse depuis des heures. On aperçoit des pans de ciel bleu à travers les feuilles. C'est une journée de printemps idéale, dont la tiédeur a réchauffé mes épaules. Père surgit, Loki sur les talons. Il me lance son fusil, qui n'est qu'un accessoire désormais puisque nous n'avons plus de munitions depuis des semaines.

Au demeurant, nulle arme ne nous aidera dans le cas présent. Au loin, la rivière gronde, gonflée par la fonte des neiges. Je m'empare de mon sac. Mon père m'arrête :

— Abandonne tes affaires.

Cet ordre me permet de saisir l'urgence du moment, dans la mesure où nos sacs renferment nos seules possessions sur terre. Je fourre le mien dans le trou d'un arbre. Loki gémit.

— Où va-t-on ?

— Tu connais la saillie en grès en amont du cours d'eau ? On s'y retrouve dans deux jours.

L'heure est vraiment grave. Lui et moi ne nous séparons jamais.

Les aboiements distants des chiens supplantent le fracas des flots déchaînés. S'y mêle le bourdonnement d'un aérostat. Voilà trois ans que je n'en ai pas vu un fonctionner.

Mon père me surprend en m'attirant à lui. Ses paumes agrippant mes épaules, il murmure d'une voix agitée :

— Ara… J'ai commis une erreur. Moi, les autres. Remonte la piste… Repars de zéro… il n'est pas trop tard.

Les geignements de Loki s'accentuent. Le poil hérissé, notre husky va et vient entre la rivière et nous.

— Tout ce que j'ai fait, je ne l'ai fait que pour te sauver.

Sur ce, Père s'enfonce avec le chien dans les sous-bois, armé de son seul poignard et de son arc. Je file avant qu'ils aient disparu. Ils m'abandonnent pour me donner une chance que je n'ai pas le droit de gâcher. Silencieuse et rapide comme une biche, je cours à travers la forêt puis passe le reste de la journée à marcher pieds nus dans l'eau pour éviter de laisser des traces derrière moi. Malgré la fatigue et la faim, je reste prudente et brouille les pistes.

Pendant cinq nuits, je patiente sur la saillie rocheuse en surveillant les alentours et en m'interdisant de songer à la suite. Si mon père m'a appris à survivre, c'est lui qui a toujours choisi nos diverses destinations, et je l'ai suivi avec confiance. J'attends donc, me nourrissant de myrtilles, me réfugiant dans un arbre quand un ours décide de se joindre à la récolte. Je bois à la rivière, tellement froide que l'eau me fait mal aux dents.

Finalement, je me lasse et, le sixième jour, je retourne à notre campement. J'y retrouve mon sac à dos et son matériel essentiel : allumettes, couteau, bâche, purificateur d'eau, boussole, amadou et duvet. Je plonge la main dans le trou du tronc. N'y décelant rien, je sens l'espoir renaître en moi. Mais, quand mes doigts effleurent le tissu du sac paternel, mon cœur se brise.

Il n'est pas revenu le chercher.

Je sursaute en percevant un bruit lointain. Personne n'a pu me suivre, il doit s'agir d'une bête. Sans armes, j'ai quand même l'impression d'être un poisson dans un torrent peu profond n'offrant aucune cachette. Je fouille une dernière fois dans les affaires de mon père. Je suis comme un bateau à la dérive. Il m'a ordonné de remonter la piste, mais où commence-t-elle ? De rage, je jette son sac à terre. C'est alors que je découvre une minuscule croix à l'intérieur. Elle marque une poche exiguë qu'on a ajoutée. Avec la lame de mon couteau, je la découds. Un bout de papier abîmé en tombe. Je le déplie, prête à découvrir de longues explications. Sauf qu'il ne comporte que quelques mots : Centre d'essais cliniques de Birmingham.

— Ça va, Ara ?

Kaden pose la main sur mon épaule. Il continue de s'adresser à moi, ses paroles se perdent dans le brouillard. Je suis obsédée par ce nom : Centre d'essais cliniques de Birmingham.

Il faut impérativement que je sois de sa prochaine mission.

— Ce soir, nous fêtons les deux ans de notre formation.

L'assemblée se tourne vers Gabriel, qu'éclairent les flammes du feu. Des applaudissements tapageurs résonnent.

— Toutefois, avant, j'ai un vote à vous soumettre. Qui accepte de défendre la cause d'Ara ?

Si, jusqu'à maintenant, je ne voulais rejoindre le clan que pour mieux m'en sauver, il est désormais vital que j'y sois acceptée. Je pensais que la source mentionnée par Père était une référence à notre maison. Et s'il s'agissait plutôt de ce mystérieux centre ?

— Moi ! lance Sam, rompant le silence qui s'est installé.

Il se lève, sourit et commence :

— Le clan est devenu ma famille après que j'ai perdu la mienne. Ara est seule elle aussi. J'ai appris à la connaître, et je crois qu'il est temps que nous intégrions une fille à nos troupes.

Des gars rigolent, d'autres lui assènent des tapes dans le dos quand il se rassoit. C'est au tour de Kaden de quitter son fauteuil. Cette fois, le silence est différent : tendu, pesant.

— Si Ara souhaite se joindre à nous, elle mérite que nous l'accueillions. Elle m'a sauvé la vie.

Je m'empourpre et baisse les yeux.

— Je suis d'accord avec Kaden et Sam, reprend Gabriel. Ara sera un atout pour nous. Que ceux qui sont en faveur de sa présence lèvent le bras.

Bien que je continue de fixer le sol, j'entends les signes de nombreuses réactions.

— Bienvenue dans le clan, me dit Kaden avec un sourire triste.

La fête se résume à dévorer de la viande rôtie et à brailler, faux, des chansons paillardes. Gabriel a également fourni des paquets de bonbons dont la date de consommation est passée depuis belle lurette. Kaden et moi nous partageons de la réglisse ramollie, tandis que Sam et Issac se régalent d'une barre chocolatée.

C'est maintenant ou jamais.

— Kaden ?

Il se tourne dans ma direction. J'inspire et je m'incline en veillant à ce que mon bras frôle le sien.

— Tu m'apprendras à monter à cheval, demain ?

C'est la première fois que je flirte ouvertement avec un homme. Le souvenir que je garde de mes amourettes d'adolescente n'évoque que maladresse et puérilité. Inutile de compter dessus pour me faciliter la tâche avec Kaden, qui est beau et plus âgé que moi. Je m'aperçois cependant que mes soucis sont vains : il fait une proie presque trop facile. Ravi, il passe un bras autour de mes épaules. Je rougis lorsqu'il me murmure :

— Ce que tu dois savoir avant tout…

Au bout d'une heure environ, il ne reste plus rien à manger et un des membres du clan va chercher un ballon. Aussitôt, c'est la ruée dehors, où des équipes se forment. Quelques personnes me proposent de participer, ce que je décline.

— Tu n'as jamais joué au foot ? s'enquiert Kaden tandis que nous nous asseyons au pied d'un mur.

Malgré le match, les sentinelles montent encore la garde.

— Non, la saison correspondait à celle de la course.

Il me paraît absurde aujourd'hui de repenser que j'ai couru pour le plaisir et non pour sauver ma peau.

— J'ai l'impression que c'était une autre vie, j'ajoute.

— Je suis sûr que Sam adorerait t'initier, si tu le lui demandais.

Remonte la piste. Il n'est pas trop tard. J'inspire un bon coup.

— Je préfère que tu m'enseignes l'équitation. Et que tu m'emmènes lors de ta prochaine expédition.

— Nous devrons traverser le centre en bateau. Ce sera dangereux.

— Raison de plus pour que je t'accompagne. Tu auras peut-être besoin que je te tire du pétrin encore une fois.

Il sourit tout en observant le jeu. Je retiens mon souffle.

— Pourquoi veux-tu venir ? finit-il par lâcher, soupçonneux.

Un instant, tandis que je contemple ses yeux verts, je suis tentée de lui dire la vérité. Je fuis les autres depuis si longtemps, tout en essayant de me nourrir et de suivre les injonctions de mon père, que j'ai oublié ce que c'est que de travailler en équipe. Mais c'est Kaden qui m'a amenée dans ce nid de guêpes. Aussi, j'opte pour une réponse qui, je l'espère, le satisfera :

— Je ne tiens pas à rester avec Gabriel si tu n'es pas là.

Il acquiesce. Le silence retombe. Ce n'est pas un oui, ce n'est pas non plus un non.

Lorsqu'il fait trop sombre pour que les joueurs distinguent le ballon, tout le monde rentre. La garde est relevée, les nouvelles sentinelles s'éclairant à la lueur de torches trempées dans une sorte d'huile. À l'intérieur du magasin, les résidents grimpent sur la mezzanine à l'aide d'échelles ou de cordes à nœuds.

— Tu dors là-haut toi aussi ? je demande à Kaden.

— Non, c'est trop enfumé. Je loge aux écuries. Je viendrai te chercher demain matin.

J'aimerais mieux rester avec lui mais, ayant déjà poussé le bouchon un peu loin aujourd'hui, je ne proteste pas. Des conversations résonnent autour des feux de camp éparpillés çà et là. Nous regagnons l'armurerie.

— Tu as toujours ton couteau dans ton sac ? me souffle soudain Kaden.

J'ignorais qu'il était au courant… Sauf que c'est lui qui m'a rapporté mes affaires.

— Oui.

— Bien. Garde-le près de toi.

Nous nous arrêtons devant la porte en bois.

— Attention, Kaden, nous sommes dangereusement proches de devenir amis.

Il s'agit une blague, mais il répond avec sérieux :

— Trop tard, princesse !

Je me rends compte de notre proximité. Ses yeux verts transpercent l'obscurité et je suis soudain gênée par sa présence imposante.

— Bonne nuit, je dis.

J'entre et je referme soigneusement derrière moi. Je l'entends s'éloigner avec un petit rire.

Ce type n'est qu'un moyen d'arriver à mes fins. Rien de plus.

Rien de plus.

8

KADEN

Red mâchonne un poteau en bois, sa queue rouge en panache. Il hennit et trépigne. Depuis que je me suis rallié au clan, c'est la première fois que, hors mission, je ne le sors pas pour une balade matinale dans les collines. C'est également la première fois que trente hommes qui n'appartiennent pas à mon équipe se pointent pour « aider ». Un bien grand mot, d'ailleurs. La plupart sont adossés à des pieux et observent ce qui se passe dans l'enclos.

— Comme ça ? me lance Ara.

Elle rit en poussant Dawn, la jument docile que je lui ai choisie. Red proteste de nouveau, je ne lui prête pas attention.

— C'est bien ! je réponds. Change de direction, maintenant.

Des rênes, elle intime à sa monture de bifurquer. L'animal obtempère. La journée est claire, des feuilles virevoltent sur la piste. Les arbres sont presque nus. J'aurais préféré être seul avec mon élève, mais il m'a été aussi impossible de renvoyer les curieux qu'il me l'est de détacher mon regard d'Ara.

Du coin de l'œil, j'aperçois Gabriel qui monte à grands pas vers nous. En souriant, je me faufile sous la clôture.

— C'est bon. Arrête-toi.

Elle tire sur la bride, toujours aussi contente d'elle-même. Le soleil joue dans ses cheveux et, malgré le froid, une chaleur soudaine m'envahit.

— Quand est-ce que j'aurai droit à une selle ?

— Quand je te le dirai. Penche-toi.

Je saute à califourchon derrière elle en frimant un peu. Elle se raidit mais ne s'écarte pas.

— OK, Liam ! Ouvre la barrière, on part pour une petite promenade.

Les prunelles bleues et vives de Liam s'illuminent. Il ne résiste jamais à un défi. Mes hommes le vénèrent, et Gabriel a eu raison de le prendre comme lieutenant. Notre chef peut parfois se montrer très con, mais il n'est pas idiot. Il sait que certains de nos membres aimeraient mieux que je sois à sa place. D'une légère pression des jambes, j'invite Dawn à avancer. Ses oreilles se dressent à la perspective d'un brin de liberté. Je n'ai pas besoin de me retourner pour deviner que Gabriel s'est mis à courir derrière nous. Je l'entends même m'appeler. J'enfonce mes talons dans les flancs de la jument, qui démarre au galop. Par prudence, j'enlace Ara par la taille, elle n'a pas peur. Au contraire, elle pousse des cris enthousiastes.

Rattrape-nous si tu peux, Gabriel.

Au sommet de la colline, hors d'haleine après notre chevauchée, nous contemplons la base. J'ai lâché Ara, qui est restée collée à moi. Liam et quelques autres ont sellé leurs montures et nous ont suivis à distance. J'imagine que c'est un ordre de Gabriel. Même si j'ai eu plaisir à l'agacer, je ne suis pas assez fou pour entraîner Ara hors de la vue de mes compagnons. Gabriel ne représente pas le plus grand danger qui existe dans cette ville.

Du doigt, je montre les immeubles les plus hauts.

— Notre clan règne des abords du centre jusqu'au pied des collines.

— Vraiment ? répond Ara, sceptique.

— C'est ce que croit Gabriel. Nous sommes les plus nombreux et patrouillons sans cesse sur ce territoire. Remarque, ça n'empêche pas des groupes plus modestes ou des voyageurs solitaires de le traverser.

Agités par le vent, ses cheveux chatouillent mon visage et mon cou. Je résiste à l'envie d'en emprisonner des mèches entre mes doigts.

— Tu n'as jamais pensé à t'en aller ?

Sa voix est amère. Malgré notre cordialité, je reste celui qui l'a capturée.

— Tout le temps.

Je ne devrais sans doute pas être aussi franc, mais j'estime qu'elle mérite de connaître la vérité. Elle ne dit rien pendant un moment, perdue dans sa contemplation du paysage. Les nuages dessinent des ombres dans la vallée et la brise emplit nos narines du parfum frais et pur de la sauge.

— C'était une si belle ville, finit-elle par murmurer.

— Elle l'est encore, je réponds, même si mes paroles ne se rapportent pas réellement à la ville.

Ara se tourne vers moi, le regard clair et malicieux :

— Comment aurait réagi Gabriel si nous avions fiché le camp ?

— Tu as de la chance, l'embêter est mon occupation favorite. Il aurait sûrement monté une opération de recherches aériennes, se serait débrouillé pour remettre les aérostats en état de marche.

Cette fois, c'est aux contreforts des montagnes derrière nous qu'elle s'intéresse. Son envie de filer se lit dans son expression. Je voudrais lui demander comment elle a survécu ces trois dernières années, où elle est allée, avec qui, mais je me mords la langue. Comme les chevaux sauvages, elle exige une approche lente et patiente.

— Il nous aurait rattrapés ? s'enquiert-elle.

— Sans doute, avec Dawn. Pas si nous avions pris Red. Il est plus rapide que le vent. Nous nous serions fondus dans le crépuscule et personne ne nous aurait retrouvés.

Plus exactement, Issac, Sam et moi aurions emmenés la moitié du troupeau, *mon* troupeau, pour le conduire jusqu'à la côte à travers les montagnes. Lorsque Gabriel est super pénible, je me surprends à imaginer notre escapade point par point. Je viens d'y ajouter un détail : une fille aux cheveux auburn qui chevauche près de moi.

— Quand pourrai-je monter Red ?

Ils formeraient un sacré duo, ces deux rouquins.

— Pas tout de suite. Il est rétif.

— Je suis plus costaude que tu ne crois.

Une bouffée de chaleur me submerge. À ma grande surprise, c'est Ara qui donne le signal du départ à la jument. Nous regagnons le camp.

Gabriel est plus furieux que jamais. Il insiste pour s'attarder aux écuries. N'ayant l'usage que d'un bras, je n'envisageais pas de confier le sale boulot à Ara, mais le spectacle de la tronche rageuse du chef mérite qu'on se tape la corvée de purin. Chaque fois que nos yeux se croisent, Ara et moi réprimons notre hilarité.

À plusieurs reprises, elle me frôle, effleure mon épaule ou retire un brin de paille de ma chemise. J'ignore si elle est consciente de la façon dont mon corps réagit alors. Pourvu que non. Elle est astucieuse, mordante, se moque de Sam et de moi sans répit. Elle s'intègre avec une facilité déconcertante. Quand le soleil est à son zénith, Gabriel nous quitte sous prétexte d'affaires à régler. Si le clan est à lui, les écuries sont miennes. Il n'a pas manqué de remarquer que mes hommes sont ravis qu'Ara ait choisi de bosser avec nous. Avant de partir, il se plante devant moi :

— Au rapport après le dîner, Kaden. Ara doit être rentrée une heure avant la nuit, tous les soirs.

Après avoir gâché ma bonne humeur, il s'éloigne. J'ai pigé le message : je suis maître dans mon domaine, mais Ara n'en fait pas partie.

9

ARA

Kaden me réveille en me secouant par l'épaule. Je me redresse, la couverture plaquée contre mon corps.

— Debout ! Nous partons avant l'aube. Tout est prêt.

— D'accord, je marmonne.

Si je suis habituée à me lever dans le petit jour froid, sous ma tente couverte de rosée et entourée de l'odeur des pins, voilà deux semaines que j'ouvre les yeux dans une chambre obscure, chaude et sèche. Et que je travaille avec Kaden et ses hommes, sous la surveillance accrue de Gabriel. Nous n'avons pas réitéré notre balade dans les collines.

Je perds la notion du temps en compagnie de Kaden. Il m'est de plus en plus difficile de me rappeler que je le drague avec un but bien précis. Lui aussi a perdu toute sa famille. Il m'a raconté comment il a traversé deux États à cheval pour retrouver Sam. Bien que l'épreuve ait dû être horrible, il en a parlé comme d'une simple aventure. M'étonnant moi-même, je lui ai confié quelques détails sur ma vie dans les montagnes avec mon père : son habitude de cacher des plumes pour que je les cherche, ce qu'il chantait autour du feu de camp, autant d'instants qui me sont précieux et dont je comprends toute l'importance en me les remémorant.

Ce qui nous a le plus rapprochés, lui et moi, c'est d'avoir planifié notre expédition en secret, comme s'il s'agissait d'une amusante mission sous couverture. Ça n'a pas été simple. Kaden mise sur la rapidité : passer à l'acte au tout dernier moment et mettre le moins de monde possible dans la confidence. Avant l'aurore, ses gars ont chargé les kayaks et les provisions à bord du chariot. Boden, un grand type taciturne, nous conduira jusqu'à la zone inondée et reviendra seul au QG. Kaden connaît un lieu où dissimuler les embarcations quand nous en aurons terminé. Apparemment, il a plusieurs planques de ce genre dans toute la ville. J'ai l'impression qu'elles sont censées lui servir à lui plus qu'au clan.

Je m'habille, les mains tremblantes sous l'effet de l'impatience, j'attrape mon sac et entre dans l'armurerie.

— Prête ? me demande Kaden.

— Oui !

Nous traversons le magasin endormi et sortons par une porte à l'arrière des cuisines, seule issue en dehors de l'entrée principale, qui est gardée. Pour la première fois, m'enfuir n'est pas ma priorité. Je suis enfin tout près de découvrir la piste dont Père m'a parlé.

Dehors, il fait froid et venteux. Le jour ne se lèvera que dans une heure. Le ciel est nuageux et, en frissonnant, je resserre ma parka autour de moi. Des feuilles volent sur le parking. Les chevaux attelés au chariot baissent la tête pour se protéger des rafales.

J'ignore ce qui nous attend à destination mais, si j'ai raison, j'espère que Père m'a laissé des indices au Centre d'essais cliniques. Ensuite, seulement, je décamperai. Même si j'ai hâte que ça arrive, je tiens à profiter de ce qui risque d'être mes derniers instants avec des types qui sont peu ou prou devenus des amis.

Issac est déjà installé à l'arrière du chariot. Sam est assis à l'avant à côté de Boden.

— Bon, déclare Kaden, allons voir si ce connard…

Il s'interrompt brusquement quand son frère se passe une main sur la gorge comme pour la trancher. Gabriel apparaît, tout sourire.

— Je pense qu'il serait bien que je vous accompagne, lâche-t-il.

Kaden et moi échangeons un regard – incrédule pour lui, effrayé pour moi.

— Gabriel… que fais-tu ici ?

Je crois que je n'ai encore jamais vu Kaden être pris de court comme ça. Un silence pesant s'ensuit. Nous guettons la réaction du chef, mais il se contente d'ajuster sa capuche sur son crâne.

— Hier, j'ai reçu un rapport inquiétant sur l'un des clans du centre-ville. Je me suis dit que, au cas où, un homme supplémentaire serait le bienvenu.

La stupeur de Kaden est comique. La peur m'a désertée. Quelles que soient ses intentions tordues, Gabriel ne nous arrêtera pas. Qu'il vienne avec nous s'il le souhaite ! Je suis sur le point de remonter la piste, c'est tout ce qui compte. Et puis, peut-être qu'il sera nul sur un kayak et qu'il coulera comme une pierre. Après un clin d'œil à Kaden, je saute sur le chariot et l'invite à m'y rejoindre. Il obéit, hilare. Le regard torve de Gabriel ne m'échappe pas, mais je m'en fiche. Sam secoue les rênes et les chevaux démarrent d'un pas lourd.

Assise à côté de Kaden, les jambes pendant dans le vide, j'évite de m'appuyer contre lui mais je profite de la chaleur qui émane de son corps. Il est rare que j'aie la chance de voir la ville défiler sous mes yeux. Je me réjouissais de notre expédition commune : maintenant que Gabriel est là, j'hésite à faire la conversation. Kaden prend l'initiative.

— En quoi ce rapport est-il si alarmant qu'il t'a décidé à venir ? demande-t-il au chef.

Ce dernier m'observe d'un air qui déclenche ma colère. Estime-t-il que je ne suis pas capable d'entendre ce qu'il a à dire ou se méfie-t-il de moi ?

— Oui, je renchéris, aussi moqueuse que Kaden, explique-nous ça, Gabriel.

Il ne répond pas tout de suite, perdu dans la contemplation des restes squelettiques d'un immeuble.

— Le clan Timberline a disparu, finit-il par chuchoter.

Kaden et Issac échangent un coup d'œil dont je ne saisis pas le sens.

— Tu veux dire qu'ils sont partis ? s'enquiert Sam en pivotant sur son siège.

Même Boden se retourne.

— Non. Une de nos unités s'est rendue chez eux pour négocier des produits. Le bétail avait été massacré, les bâtiments brûlés, et tous les hommes tués et abandonnés sur place. Le seul survivant était un chien qui fouillait les décombres.

Je ne m'attendais pas à ça. Kaden s'est figé.

— J'en connaissais certains, dont leur chef, poursuit Gabriel. Un type qui avait la tête sur les épaules et se préparait à affronter l'hiver. C'est insensé. Pourquoi avoir achevé le bétail ? Incendié les lieux ? Il suffisait aux agresseurs de s'emparer du camp et d'y passer la mauvaise saison.

Je suis la première à réagir, ce qui m'étonne.

— Reconstruire la société n'est pas la priorité de tous.

D'aucuns aspirent même à l'anéantir encore plus. Gabriel me dévisage. Une fois n'est pas coutume, il a perdu son arrogance de leader. Il n'est plus qu'un homme paumé.

— Mais quel barbare souhaiterait réduire le monde à néant ?

Personne ne répond à ça, même si j'ai ma petite idée : *quelqu'un d'extrêmement dangereux.* Au bout d'une minute, Kaden se racle la gorge :

— On va être super prudents. Boden laissera le chariot aux abords du centre-ville et rentrera à la base à cheval. Quant à nous, à bord des kayaks, nous serons intouchables depuis la terre.

La troupe accepte en silence ce changement de plan. On est loin désormais de l'excitation que j'imaginais. Ma détermination n'en est que plus forte. Mes compagnons ont leurs problèmes, j'ai mes priorités. Ce soir ou demain, je leur aurai faussé compagnie.

Il est midi lorsque nous parvenons à destination. Nous déchargeons le chariot et mettons les embarcations à l'eau. Celle-ci, peu profonde au début, ne tarde pas à se transformer en un paysage aquatique hérissé d'habitations et de rues submergées. Peu à peu, l'ancien monde disparaît sous une masse liquide sombre dont les émanations délétères couvrent les parfums de végétation et de terre humide.

Le kayak de Kaden heurte le mien avec un bruit sourd qui se noie sous les glouglous traîtres des tourbillons. Alentour, des gratte-ciel cachent le ciel et émettent des craquements sinistres.

— Ça va ? s'inquiète Kaden à mi-voix.

— J'ai cru voir un truc bouger là-dessous.

Je scrute les vaguelettes qui viennent de former un dessin étrange ressemblant à une énorme créature. Non. Je refuse d'y penser. D'ailleurs, je commence déjà à douter de moi. Si ça se trouve, ce n'est qu'un bus englouti et agité par les courants. L'eau nous joue souvent des tours.

— J'ai dû me tromper, je dis.

— Ne t'éloigne pas, on y est presque.

Des volutes de brume planent à la surface, j'ai les doigts trempés et glacés à force de pagayer. Je n'arrive pas à raviver l'image de cet endroit plein de passants, de lumières, de voitures. L'eau a imposé son silence mortel sur tout ça. Soudain, je distingue un monumental immeuble en acier gris surmonté d'une enseigne : Centre d'essais cliniques de Birmingham.

Mon cœur se serre. Je suis à la fois impatiente et terrifiée.

Au fur et à mesure que nous nous rapprochons, le bâtiment se fait plus menaçant. Comment allons-nous entrer ? Sans crier gare, Kaden oriente son kayak vers l'une des vastes fenêtres. Juste avant qu'il la fracasse, je m'aperçois qu'elle est déjà fêlée, ce qu'il a sûrement repéré. Le choc agrandit le trou qui surplombe la ligne d'eau puis, à l'aide de sa rame, Kaden l'élargit en brisant des pans de vitre qui plongent dans l'eau avec un son cristallin. Lorsque le passage est suffisant, il pousse son embarcation à l'intérieur, suivi par Sam, dont le gilet de sauvetage orange vif disparaît dans la pénombre.

— À ton tour, Ara, me signale Gabriel.

Sauf que je manœuvre mal et me retrouve un peu trop sur la gauche. Un éclat de verre déchire ma parka au niveau de l'épaule. En jurant, je porte une main à mon bras et la ramène maculée de sang. *Merde !* Je m'essuie sur mon pantalon et dissimule ma blessure sous le tissu de ma veste.

De l'autre côté de la vitre règne l'obscurité. J'allume la lampe fixée à mon casque. Mes compagnons font de même. Le plafond n'est qu'à quelques centimètres de ma tête et la pièce est immense. Des débris flottent, je devine à peine le carrelage au fond.

— On t'attend, Issac ! lance Kaden.

L'interpellé nous rejoint avec agilité.

— Gabriel ?

Pas de réponse. Dehors, on n'aperçoit que les eaux troubles. J'essaie de me placer près de la fenêtre pour regarder ce qu'il en est, mais ça n'est pas aisé, avec les saletés et le courant. Tout à coup, Gabriel surgit, une expression inquiète sur le visage.

— Qu'est-ce que tu as, mon vieux ? raille Kaden. Tu regrettes d'être venu ?

— Non. Il m'a juste semblé voir quelque chose.

Il jette un coup d'œil derrière lui.

— Quoi donc ? s'agace Kaden.

Je me retiens de préciser que, moi aussi, j'ai eu cette impression tout à l'heure.

— Je ne sais pas trop. Une silhouette sous l'eau.

— Tout le centre-ville est submergée, tranche Kaden avant de diriger le faisceau de sa lampe sur une porte. Il faut que nous montions dans les étages.

En silence, nous inspectons la salle à moitié inondée. Des gouttes tombent du plafond et une ligne de mousse verdâtre dépare les murs. Le bâtiment gémit et je prie pour qu'il ne s'écroule pas sur nous.

— Qui se dévoue pour aller ouvrir la porte ? s'enquiert Sam.

— Moi, j'imagine, soupire son frère au bout d'un instant.

Il saute de son kayak, non sans pousser un juron au contact de l'eau froide. Sam et moi rions.

— Au moins, le sol tient bon, constate Kaden.

Il progresse en tirant son embarcation derrière lui et pousse le battant.

— Je me charge de trouver un escalier et je reviens vous chercher, nous lance-t-il.

Quand il a disparu, la pièce devient soudain plus inquiétante, même si aucun d'entre nous ne le formule. Nous patientons dans un silence tendu qui semble durer une éternité.

Kaden revient un peu plus tard et repart d'abord avec Issac, puis avec Sam. Une fois seule avec Gabriel, je contemple les flots dehors et, avant de pouvoir me retenir, je demande :

— Qu'as-tu vu ?

Les cheveux de ma nuque sont hérissés, le clapotis ambiant est de plus en plus sinistre.

— Je n'en suis pas sûr. Un truc… gros.

Kaden resurgit, attrape mon kayak par la proue et me tire sans un regard pour son chef. De l'eau jusqu'à la taille, il positionne l'embarcation dans une cage d'escalier. Le passage est étroit, mais il profite que les marches tournent en colimaçon pour hisser le bateau juste au-dessus de la surface. Puis il m'aide à débarquer. Durant la seconde où ses mains attrapent mes hanches, j'ai l'impression d'en éprouver le contact jusque dans mes orteils. Les vaguelettes qui lèchent les murs sont la seule source de bruit dans l'obscurité.

— Tout va bien ? je m'inquiète en constatant que Kaden ne pipe pas mot.

— Écoute, Ara... Je ne sens pas trop cet endroit. Promets-moi de rester près de l'un de nous tout le temps.

Je n'ai plus affaire au Kaden moqueur de d'habitude.

— D'accord.

Le mot m'a échappé avant que j'aie pris le temps de réfléchir à ses éventuelles conséquences.

— Bien, acquiesce-t-il. Je vais chercher le boulet.

En soupirant, il rebrousse chemin.

— Sam et Issac sont juste de l'autre côté de cette porte ! me crie-t-il par-dessus son épaule.

Ajustant ma lampe, je pousse le battant... et m'arrête net. L'avertissement de Kaden prend soudain tout son sens. Si l'étage en dessous, en partie submergé, était lugubre, celui-ci, sec et net, est carrément flippant. Une sorte de mousse lumineuse pousse entre les fissures des murs, éclairant la salle d'un halo vert pâle. De longs comptoirs et de hauts placards blancs et poussiéreux renferment encore quelques pipettes et des instruments métalliques dont je ne connais pas le nom. Au fond, Sam et Issac se tiennent devant... des chaînes fixées à la paroi. Je refuse de m'interroger sur leur usage.

— On est où, bon sang ? je chevrote.

— Là où on pratiquait des tests pour trouver un remède, répond Issac.

Il tripote une des chaînes, dont le son métallique brise le silence oppressant.

— Venez voir !

Sam ouvre une porte latérale, et je m'approche avec appréhension. Le garçon promène sa torche sur des cages accrochées aux murs. Vides, sauf… Je recule vivement en apercevant une main et un corps ratatinés, et je heurte Kaden de plein fouet. Il me stabilise, juste assez longtemps pour que mon cœur se remette à battre.

— Des singes, dit-il d'une voix triste. Je les ai vus tout à l'heure. J'aurais dû vous prévenir. Leurs cobayes, j'imagine. Qu'ils ont abandonnés.

Il referme la pièce sinistre, ce dont je lui suis reconnaissante. Quelle horreur de mourir seul et oublié dans une cage ! Kaden s'éclaircit la gorge et nous nous tournons tous vers lui.

— Gabriel, Sam et Issac, commencez par inspecter cet étage. Quand vous aurez fini, passez au suivant. Ara et moi allons procéder de même à partir du toit. On se rejoint au milieu avec ce qu'on aura déniché. Comme je pense que nous n'aurons pas terminé ce soir, cherchez aussi un endroit où dormir.

Il tire un sifflet rouge d'un des sacs que nous avons pris pour transporter notre butin.

— Restez groupés, continue-t-il. Un coup de sifflet si vous trouvez quelque chose digne d'intérêt, deux si vous avez besoin d'aide, trois si des ennuis se profilent. Il est peu probable qu'il reste quoi que ce soit de vivant ici, mais soyez prudents.

Le bâtiment craque, nos lampes dessinent des ombres monstrueuses. L'appréhension monte en moi. Père est-il jamais venu ici ?

— C'est parti ! ordonne Kaden.

Nous nous séparons en deux groupes. Avant de suivre Kaden, j'adresse un signe de tête à Sam, qui me sourit. Je sens le regard de Gabriel s'attarder sur moi tandis que je m'éloigne.

Nous montons jusqu'au sommet de l'édifice sans échanger un mot. Le clapotis s'estompe au fur et à mesure que nous prenons de la hauteur. L'escalier est vide et sale. Kaden s'arrête soudain, et je comprends que nous avons atteint notre but. Bien qu'essoufflée par la grimpette, j'inspire profondément en voyant la porte du dernier niveau. Elle est différente de toutes celles que nous avons croisées, d'un métal argenté qui m'évoque le matériau de construction des aéronefs. Elle refuse de céder.

— Pourquoi est-elle la seule à être verrouillée ? s'exaspère Kaden.

— Parce que, comme souvent, elle doit défendre quelque chose de précieux, je dis tandis que le sang bat à mes tympans.

— Je retourne chercher Issac pour qu'il utilise sa hachette ?

— Non, ça ne fonctionnera pas.

Je m'exprime d'un ton distrait. J'ai déjà vu un battant identique. J'en suis certaine. Seulement, je n'arrive pas à me rappeler où. J'ai la réponse sur le bout de la langue, pourtant.

— Princesse ?

La lampe de Kaden balaie mon visage, et je tressaille avant de me détourner.

— Elle a l'air drôlement solide. Gardons-la pour la fin, sinon les autres trouveront tout alors que nous aurons perdu une heure à essayer de la forcer.

Les niveaux inférieurs se révèlent décevants. Des tables, de la vieille paperasse, des ordinateurs poussiéreux. Notre unique découverte intéressante est un distributeur automatique, que nous vidons de ses friandises. Finalement, nous parvenons à un étage doté de baies vitrées qui courent du sol au plafond. La pièce est un immense hall d'accueil. Éteignant sa lampe, Kaden se juche sur ce qui devait être un bureau de réception.

— On a écumé plus de la moitié de notre terrain de chasse, princesse. Je crois que nous avons mérité une pause. Les autres ne devraient pas tarder à nous rejoindre.

Je pousse un soupir, secrètement soulagée de ne plus avoir à fouiller des pièces sombres empestant le renfermé qui m'ont donné l'impression d'être de plus en plus étouffantes. Quoi que mon père ait laissé derrière lui, je ne crois plus que ce soit ici. Dans cette salle, avec la lumière du jour qui baisse derrière les fenêtres, j'ai le sentiment de pouvoir de nouveau respirer. Bien que j'aie fait chou blanc, je reprends espoir. Quand je contemple Kaden, une certaine chaleur envahit ma poitrine. Si, au début, je détestais le surnom dont il m'a affublée, je suis obligée de feindre mon mécontentement aujourd'hui. Quand ce changement est-il intervenu ? Kaden sort une petite boîte blanche de sa veste.

— Qu'est-ce que c'est que ça ?

Au lieu de répondre, il ouvre le coffret.

— Des cigares, Kaden ?

— Je les ai fauchés à Gabriel, se marre-t-il. Ce crétin a des tas de planques où il garde ce genre de choses, comme si elles allaient durer toute la vie.

Il se plante un havane au coin du bec et ajoute :

— De toute façon, ils seront bientôt périmés. Et qui sait combien de temps il nous reste ?

— Ces saletés vont surtout te tuer.

— N'est-ce pas l'idéal ? Vivre assez longtemps pour mourir de ses propres bêtises.

Il croise les jambes et les balance dans le vide, image parfaite de notre jeunesse dans un monde en ruine. Puis il m'adresse un sourire canaille :

— Tout homme a besoin d'un vice. Et comme le mien ne peut être les femmes…

— On en manque, paraît-il. Elles seraient encore plus rares que les cigares cubains.

Je saute à côté de lui et tente de le jeter sur le sol. Il me repousse et, après une brève et factice bagarre, je me blottis contre lui, qui entoure mes épaules de son bras.

— Princesse, chuchote-t-il à mon oreille, tu ne sais même pas ce qu'est un havane. Tiens !

Il m'en tend un, que je fais rouler entre mes doigts, comme dans les films. Il en émane un léger parfum terreux.

— À la fin du monde !

Je brandis mon cigare en un geste pathétique qui m'arrache quand même un sourire. Kaden lève le sien comme si c'était un trésor.

— À la fin d'un monde et au commencement d'un autre, ânonne-t-il avec componction. Puissions-nous renaître de nos cendres.

— Amen.

Nous tapons nos cigares l'un contre l'autre comme pour porter un toast avant de les ramener vers notre tempe, en une parodie de salut militaire à la fois héroïque, tragique et comique.

— Je me trompe peut-être, mais ne les allume-t-on pas, en général ?

— Voilà pourquoi je suis tellement heureux que l'espèce féminine ne soit pas éteinte. Tu es d'une intelligence hors du commun, Ara. Aucun homme n'y aurait songé.

Je lui flanque un coup de coude, ce qui ne l'empêche pas de poursuivre d'un ton rigolard :

— Malheureusement, je n'ai pas de briquet. Mon intention était d'ennuyer Gabriel...

Un bruit dans l'escalier coupe net son discours.

— Quand on parle du loup, marmonne-t-il.

La porte s'ouvre sur le chef, qui vient à nous, l'air furibond. Issac et Sam suivent. Vu le large sourire du garçon et la démarche raide de Gabriel, je devine qu'il s'est passé un truc.

— Vous avez déniché quelque chose ? s'enquiert Kaden sans retirer son bras de mes épaules.

Gabriel nous fixe tour à tour d'un regard qui s'assombrit. Bien que j'apprécie ma proximité avec Kaden, je préfère sauter du bureau.

— Rien qu'un ou deux fantômes, ricane Sam d'une manière qui m'évoque son frère. Ils n'ont pas été contents de voir Gabriel.

— Nous sommes en mission, réplique ce dernier avec raideur. Restons sérieux.

Kaden se gondole mais n'insiste pas.

— Alors, vous avez quelque chose ? répète-t-il.

Issac secoue la tête, ce qui amène un juron sur les lèvres de Kaden.

— Vous non plus, j'imagine, dit Gabriel.

— Non. Juste une porte que nous n'avons pas réussi à forcer.

— Je vais aller voir ça.

Le chef disparaît dans la cage d'escalier. Aussitôt, Kaden se tourne vers Sam.

— Pourquoi est-il d'aussi mauvais poil ?

— Je me suis caché dans une cage et je l'ai attrapé par la jambe quand il est passé devant moi. Je n'en reviens pas que vous ne l'ayez pas entendu hurler.

Kaden éclate d'un tel rire qu'il manque de tomber de son perchoir.

Nous installons notre camp de fortune dans le bureau de réception, parce que c'est l'endroit qui bénéficie du plus de lumière naturelle. Nous n'avons que nos duvets, un petit fourneau et une casserole pour faire bouillir de l'eau, mais j'ai déjà dû me contenter de moins. Tandis que les autres se couchent, Kaden et moi nous asseyons devant une des baies vitrées et mangeons ce qu'il reste des friandises du distributeur.

— Que Dieu bénisse les Américains et leurs conservateurs, commente Kaden en déchirant un nouveau paquet de gâteaux. OK, à toi.

Il pose ses prunelles vertes sur moi et je suis obligée de me détourner pour réfléchir.

— Les bains chauds… les études.

— Les études sont l'une des choses qui te manquent le plus ? se récrie-t-il. Genre, le *lycée* ? Là où on enferme de malheureux jeunes gens qu'on torture à coups de manuels ?

— D'accord. Qu'est-ce que tu choisirais, toi ?

— Les fast-foods et le cinéma.

J'attrape un sachet de bonbons, quand une douleur soudaine m'arrache une grimace.

— Ça va ?

— Je me suis coupée ce matin. J'avais oublié. Ce n'est rien.

— Laisse-moi voir.

— Non, vraiment, ça va.

— Enlève ta veste et montre-moi ça, Ara. Quand on sera de retour au QG, je t'emmènerai aux sources chaudes que Sam et moi avons découvertes en amont de la rivière. Tu auras droit à ton bain et je t'enseignerai la biologie.

Il me gratifie d'un clin d'œil. Je lève les yeux au ciel mais j'obéis et je retire ma parka. Kaden effleure mon bras pour l'incliner sous la lumière de la lune.

— C'est superficiel, diagnostique-t-il. Il n'empêche, il faut nettoyer ça et y mettre un pansement. Simple mesure de précaution. Nous avons une trousse de secours.

Frissonnant dans le froid, je le laisse opérer. Ses gestes sont précis et sûrs. Je sens la morsure de l'alcool, j'entraperçois un peu de rouge sur du tissu blanc.

C'est alors que ça me revient. L'endroit où j'ai vu la porte. Et je sais comment l'ouvrir.

— Je te fais mal ? s'inquiète Kaden en constatant que mon expression s'est modifiée.

— Non, ce n'est rien. Merci. Je crois que je vais aller dormir.

— Tu es certaine que ça va ? insiste-t-il avec un regard étrange.

— Quoi ? Oui. Je suis juste crevée. Bonne nuit.

Je me dirige vers mon duvet. Malgré l'adrénaline qui court dans mes veines, je feins de bâiller et m'allonge.

Comment ai-je réussi à ne pas me souvenir plus tôt ?

Peu après, Kaden se couche également. Le silence s'installe. Guettant les respirations égales et profondes de mes compagnons, je patiente en observant le lent trajet de la lune par la fenêtre.

Enfin, je me relève et, armée de ma lampe, je gagne sans bruit l'escalier. Une fois au dernier étage, je me rends compte que j'ai oublié ma parka. Je peux encore redescendre et réveiller Kaden. Mais pour lui dire quoi ? Que je l'ai entourloupé pour qu'il m'amène ici ? Que cette porte abrite un secret qui expliquerait les dernières paroles de Père ?

Non. Je suis seule sur ce coup-là.

J'arrache mon pansement et je pince ma plaie en grimaçant. Lentement, je trace une croix rouge sur le battant.

Il ne se passe rien.

Je voudrais frapper la porte des poings et des pieds, mais je me borne à ravaler ma déception. J'ai vu la même il y a des années, quand j'étais enfant, chez un ami de mon père qui habitait dans un endroit si reculé que je m'endormais toujours sur le trajet du retour. Tard ce soir-là, je suis descendue au rez-de-chaussée de la maison. L'escalier menant à la cave était ouvert. J'ai jeté un coup d'œil et aperçu Père en bas, debout devant une étrange porte argentée. Il a levé la main, l'a entaillée et a frotté son sang sur le battant, qui a cédé.

Je suis certaine qu'il s'agissait du même mécanisme.

Me suis-je trompée ? Je me penche et j'appuie ma tête contre le métal froid. La porte frémit. Tendue, je la pousse et elle tourne sur ses gonds.

Le cœur battant, j'entre.

10

ARA

La pièce est si différente des autres que j'ai l'impression d'avoir pénétré dans un monde totalement nouveau. Les murs sont du même métal que la porte. Une mousse identique à celle des étages inférieurs dessine un réseau dessus, ainsi qu'au plafond. Les lieux baignent dans une drôle de lumière verte. Il n'y a pas de fenêtre. J'avance, attirée par une série de tubes en verre assez gros pour accueillir une personne. Ils sont remplis d'une eau verdâtre bouillonnante et émettent un faible bourdonnement. Je passe un doigt sur l'un d'eux – pas une trace de poussière.

— Edana ?

Terrifiée, je fais volte-face.

Un homme se tient dans la pénombre, entre la porte et moi. J'ignore s'il est là depuis le début ou s'il vient d'apparaître. Je n'ai pas pris le sifflet que nous a donné Kaden, je ne suis équipée que de ma torche en guise d'arme.

Crétine !

Je n'essaie pas de me sauver, toutefois, car cet inconnu a prononcé mon nom de famille. J'avale une goulée d'air pour me calmer.

— D'où connaissez-vous mon nom ?

Il émerge de l'obscurité, révélant un long nez et des yeux perçants. Il ressemble à quelqu'un qui aurait trop vite vieilli. Son corps leste dément les rides de son visage et ses cheveux blancs.

— Tu n'es pas Charles, lâche-t-il, incrédule et furieux. Le lecteur sanguin a pourtant confirmé que c'était lui. Il est le seul à pouvoir ouvrir la porte.

Je recule et manque de trébucher sur une caisse métallique, derrière laquelle je me réfugie. L'homme plisse les paupières et se rapproche. Il porte une blouse de laboratoire, ses mains tremblent.

— Tu lui ressembles, reprend-il.

Soudain, un éclair de compréhension surgit dans son regard.

— Tu es Ara, assène-t-il.

— Vous connaissiez mon père ?

Je jette un coup d'œil à la caisse. Pétrifiée, je constate qu'il s'agit d'une cage assez grande pour qu'on y enferme un humain.

— Nous étions amis, répond le type d'une voix enrouée, comme s'il l'utilisait rarement, mais aux intonations fascinantes. Et collègues. Nos projets...

Il s'interrompt et secoue la tête.

— Nous pensions être en mesure de changer le monde.

Il se détourne de moi et traverse la pièce à grands pas. Déstabilisée, je contemple le trou noir de l'escalier qui tranche sur la lumière verte ambiante. L'homme se penche près d'un placard et s'empare d'un flacon avec difficulté.

— J'imagine que nous l'avons fait, murmure-t-il, mais pas comme nous l'espérions.

— Avez-vous vu mon père ?

— Non, pas depuis que tout a commencé. Nous nous sommes disputés. À propos d'Emma.

Mon cœur se serre.

— Ma… ma sœur ?

Il rit pour des raisons qui m'échappent.

— La dernière fois que j'ai croisé Charles, c'est quand il a amené Emma ici.

Je sais maintenant où ils sont allés la nuit précédant notre départ.

— Pourquoi ?

Qu'y avait-il ici pour qu'il prenne autant de risques en y venant ?

— Parce que je lui avais dit qu'elle pouvait m'être utile.

Je suis si déroutée que je ne me suis pas rendu compte qu'il s'était de nouveau approché de moi.

— Utile à quoi ? je chevrote.

— À la fabrication d'un remède, pauvre idiote ! siffle-t-il tel un serpent. Mais ton père était bien plus malin que je ne le croyais. Ce n'est qu'après ta sœur que j'ai réalisé qui il nous fallait vraiment.

Il avance vers moi et un instinct animal me crie de fuir.

— Qui ?

— La personne qu'il protégeait par-dessus tout. Toi.

Sur ce, il me fonce dessus, attrape mon bras et me tire en arrière. Je me débats, tente de le frapper au visage, mais ne réussis qu'à retenir son autre main qui essaie de me planter une aiguille dans le cou.

— Au secours ! Kaden ! je hurle, folle de terreur.

M'entend-il ? Cessant de lutter, je mets à profit l'élan de mon agresseur pour retourner la seringue et la diriger vers sa cuisse. Il la lâche en jurant et je parviens à lui échapper. Malheureusement, je trébuche sur un obstacle et il s'écrase sur moi, me coupant le souffle.

Tandis que j'essaie de respirer, il cherche à tâtons sa seringue.

Soudain, un bruit répugnant se fait entendre et il devient flasque.

Je rampe de sous son corps. Je découvre alors Kaden, un pied-de-biche à la main, une lueur meurtrière dans les yeux. L'homme gît sur le ventre, une entaille profonde au niveau de la nuque. Ses prunelles n'expriment plus rien.

Non ! Il ne peut pas être mort. Je suis – j'étais – si près d'obtenir les réponses à mes interrogations.

— Pourquoi as-tu fait ça ?! je braille.

Kaden bondit en arrière comme si je l'avais giflé.

— Fait quoi ? se défend-il. Ce type t'attaquait.

— Tu n'étais pas obligé de le tuer.

— Ce n'était pas mon intention ! Je voulais te sauver !

Frustrée, je me détourne du cadavre. Les hommes ne sont bons qu'à ça – tuer. Ce que j'ai sans doute dit à voix haute, car Kaden riposte :

— Je vaux mieux que ça. Et puis, qu'est-ce que tu voulais que je fasse ?

— J'avais besoin de lui.

— Pourquoi ?

Incapable de me détacher de la tache de sang qui s'élargit par terre, je devine qu'il s'efforce d'être patient et de comprendre.

— Pour avoir des réponses. Il connaissait mon père.

Tirant un bout de papier de ma poche, je le lance à Kaden.

— C'est donc pour ça que tu tenais tant à venir ? marmonne-t-il au bout d'un moment.

Sa voix m'incite à le dévisager. Je déglutis.

— Oui.

Incrédule, il contemple le papier qui tremble entre ses doigts.

— Gabriel a affirmé que tu mijotais quelque chose et j'ai refusé de le croire. Pour une fois, il avait raison.

Il recule. Toute chaleur a disparu de ses yeux. Malgré la culpabilité et mon envie de m'expliquer, je n'arrive pas à divulguer les secrets de Père.

— Je suis désolée, je murmure.

Il lâche le pied-de-biche, qui rompt le silence dans un fracas. Les épaules basses, il s'éloigne d'un pas lourd qui ne lui ressemble pas. Il s'arrête devant la porte, inspire longuement et lâche :

— On devrait fouiller. Une fois que Gabriel saura…

Il fixe sa victime, avale sa salive et contemple la pièce.

— Qu'est-ce qu'on cherche ? me demande-t-il sans me regarder.

— Je n'en sais trop rien, je chuchote d'une voix à peine audible.

Les poings serrés, j'observe les lieux et je réfrène l'affolement qui menace de me submerger. Si ceci n'est pas la piste mentionnée par mon père, où est-elle ? Chez nous ? La perspective de me retrouver dans une impasse est encore pire que le cadavre devant moi.

— Commençons par les médicaments, suggère Kaden en se radoucissant. Si Gabriel débarque, on lui racontera qu'on est venus…

Il s'interrompt, l'air de se rendre compte des conclusions que tirerait le chef s'il nous surprenait seuls ici au beau milieu de la nuit.

— Ben, qu'on est venus chercher des médocs, termine-t-il.

— Et ce type ?

— On dira la vérité. Il nous a surpris en pleine action et je l'ai accidentellement tué.

Ses intonations sont si peinées que je voudrais aller vers lui pour le réconforter d'une manière ou d'une autre. Je préfère me tourner vers un meuble, dont j'ouvre les tiroirs un à un afin de dissimuler le tremblement de mes mains. J'ai les larmes aux yeux. J'aimerais que Kaden ne soit pas là pour craquer librement, tout en ne souhaitant pour rien au monde être seule ici. Plus j'essaie de ne pas contempler la flaque de sang, plus elle paraît attirer mon regard.

Nous inspectons la pièce ensemble, sans échanger un mot. Ce que nous trouvons est déroutant. Un appareil moderne alimente en énergie les lieux, qui ont tout d'un laboratoire. Depuis la catastrophe, c'est la première fois que j'en vois un fonctionner. Tout est également aménagé pour y vivre : il y a une chambre avec un rayonnage de livres au-dessus du lit et une salle de bains dont l'évacuation a été bricolée pour se vidanger dans les étages inférieurs inondés.

— Il avait découvert une façon de relancer la technologie, commente Kaden d'une voix sombre.

Il tapote l'un des tubes en verre dont l'usage nous échappe.

— Gabriel va être furieux de ne pas pouvoir le recruter, ajoute-t-il. À ton avis, qu'est-ce qu'il fabriquait ?

— Il s'efforçait de mettre au point un remède au virus.

Et il ne reculait devant rien pour arriver à ses fins. Autrement dit, il est impossible que je tienne la piste évoquée par Père, qui ne m'aurait pas envoyée vers un homme susceptible de s'en prendre à moi. Même si c'est à lui qu'il a amené Emma il y a trois ans, il est revenu chez nous avec elle. Pour remonter la piste, il faut donc que je rentre à la maison.

— Je pensais trouver des réponses à mes questions, mais je me suis trompée.

Nous redescendons en silence. Juste avant de pousser la dernière porte, Kaden me lance :

— Ara, tu n'es pas obligée d'agir seule. Je suis là. Si tu acceptais de me dire ce dont tu as besoin, je pourrais t'aider.

Je croise son regard et le regrette aussitôt. L'espoir que j'y décèle est un poignard dans mon cœur. Il se rapproche, la tension entre nous augmente.

Remonte la piste.

— Personne n'est en mesure de m'aider, Kaden.

— Alors, laisse tomber, me supplie-t-il. Nous sommes prêts à quitter le clan avec toi. Issac et moi en avons discuté. Nous prendrons quelques têtes de bétail et nous nous rendrons dans le Montana. Ou au Mexique. Où tu voudras. Nous serons ta nouvelle famille.

C'est tentant. Trop. Il m'est si facile d'imaginer ce que serait un recommencement avec Kaden.

— Je n'ai pas envie d'une nouvelle famille, je riposte. Je veux rejoindre la mienne.

Je ne les abandonnerai pas une deuxième fois.

Nous nous toisons. Sa déception se heurte à ma détermination.

— Très bien, murmure-t-il.

Il me laisse sur le palier obscur.

Quand je me recouche enfin, mon corps est douloureux. Le sommeil se refuse à moi. Je me rappelle les paroles de l'inconnu. Pourquoi mon père a-t-il eu assez confiance en lui pour venir le voir avec Emma ? Pourquoi ce type a-t-il affirmé que j'étais la solution à l'élaboration de son traitement ? Malgré moi, je songe aussi à la proposition de Kaden d'une autre vie, que je ne peux avoir sans trahir mon passé. La mort du scientifique m'a de nouveau prouvé que Père avait raison : je ne dois compter sur personne. Tous ces hommes, même bienveillants, ne font que me gêner dans ma quête.

Je me suis retapée. J'ai des provisions. La seule façon d'honorer la mémoire paternelle, c'est de remonter la piste, de retourner à la maison.

Il est temps que je parte du clan.

11

ARA

De la brume monte de la surface, le vent frisquet d'automne siffle entre les immeubles au milieu desquels nous pagayons. Le soleil ne s'est pas encore levé, seule une lueur rose nous guide. Personne ne parle.

J'ai dormi à peine quelques heures. J'ai été tentée de voler un kayak et de filer sur-le-champ, mais les eaux sont suffisamment dangereuses en plein jour pour que je n'aie pas osé m'y aventurer seule dans l'obscurité.

Au réveil, Kaden nous a conduits une dernière fois à la porte du dernier étage. Peu encline à affronter les questions que le labo n'aurait pas manqué de susciter, j'ai été contente que Gabriel ne réussisse pas à l'ouvrir.

Je continue de faire face à des tas d'interrogations sans réponse. Je suis d'ailleurs si préoccupée que je réagis à peine quand Sam heurte mon embarcation avec la sienne.

— Ça va ? me demande-t-il.

Il jette un coup d'œil à son frère, puis à moi. Kaden a été poli, ce matin, quoiqu'un peu froid, et Sam ressemble à un chiot qui tâche de saisir les raisons de notre mésentente.

— Très bien.

— Reste sur tes gardes. D'après Kaden, les eaux sont piégeuses, là-bas.

J'acquiesce. J'observe les lambeaux d'un drapeau en piteux état lorsque, soudain, mon kayak fait une embardée. Je manque de perdre ma rame et de chavirer quand je me jette trop violemment sur le côté. Le cœur battant, je scrute les flots, cherchant ce qui m'a ainsi déséquilibrée.

Rien.

La masse sombre ondule.

— Par ici, dit Kaden.

Quelque chose cloche. Le courant a changé de sens. Tout à coup, une nageaoire dorsale fend l'eau sur une longueur trois fois plus grande que le bateau. Elle replonge aussi vite qu'elle a surgi.

— Kaden ! je chuchote. Il y a un monstre là-dessous !

Il cesse de ramer, imité par tous. Nous nous laissons glisser, les seuls bruits sont celui du vent et du clapotis. La profondeur liquide me terrifie. Kaden s'éclaircit la gorge :

— Continuons de…

Un tourbillon se produit, au milieu duquel je distingue des écailles noires. Sam tangue et crie. Kaden et moi l'appelons d'une même voix. Quand l'eau se met à écumer, nous le perdons de vue. Une vague s'abat sur mon bateau. Devant, celui de Gabriel s'incline. J'ai juste le temps d'apercevoir un mur de brique avant de le heurter de plein fouet. Ballottée par les flots, je me plie en deux pour me protéger. Mes oreilles sifflent, j'ai un goût de sang dans la bouche. Le monde titube, réduit à la douleur et à l'humidité glacée.

Quelqu'un hurle mon nom. Gabriel a disparu, les débris bigarrés de son kayak flottent. Je ne vois pas Sam non plus. *Il porte un gilet de sauvetage. Il va s'en tirer.* J'ai beau me le répéter, je ne pense qu'à cet ours que Père et moi avons abattu et qui mesurait deux fois sa taille normale.

Kaden vient coller son kayak au mien.

— Ara ! Grimpe là-haut ! Vite !

Je regarde ce qu'il indique du doigt. Mon corps semble se mouvoir plus lentement que mon cerveau. Au-delà de l'immeuble contre lequel je suis acculée, les restes d'un édifice effondré saillent au-dessus de la surface. Ils sont assez proches pour que je puisse sauter dessus depuis mon kayak. Les mains moites, je rame dans leur direction, propulsée par la peur qui me tenaille. Je suis hors d'haleine, comme si mes poumons avaient rétréci. Je jette un coup d'œil terrifié derrière moi.

Les eaux sont presque calmes à présent. Rien ne bouge, à part Kaden. Il se trouve là où la créature s'est manifestée, près du kayak renversé de Sam, et fouille l'endroit avec frénésie. Pourvu que la bête en ait fini et ne resurgisse pas !

À l'opposé, Gabriel s'est hissé sur le bateau d'Issac. Tous deux se réfugient dans une ruelle.

Abandonnant mon embarcation, j'escalade le promontoire, m'écorchant les mains au passage. Une fois au sommet, j'observe les alentours. Je ne remarque que des saletés. Puis…

— Kaden !

J'aperçois des cheveux roux à dix brasses de lui. Il suit mon regard et plonge. Lorsqu'il réapparaît, il serre le corps inerte de Sam contre le sien. Le gilet de sauvetage leur permet de rester à la surface, mais les jambes de l'adolescent sont entravées par quelque chose.

Pitié ! Pas Sam !

Kaden finit par libérer son frère et le hisser à bord de son kayak. Sam a l'air plus menu que dans mon souvenir. Gabriel et Issac s'efforcent de briser une fenêtre d'un étage qui n'est pas inondé pour se mettre à l'abri. Penché sur son frère, Kaden tente de le ranimer.

Les eaux sont totalement immobiles.

Au bout d'un moment interminable, Sam tousse, se couche sur le flanc et vomit. Kaden se dirige alors vers le bâtiment où Gabriel et Issac ont réussi à entrer et s'y enfonce à son tour.

Après plusieurs minutes, j'entends qu'on me hèle. C'est Kaden, qui me fait signe depuis le deuxième étage.

— Attends-nous où tu es, Ara.

Il s'interrompt quand il croise mon regard, aussi froid que l'hiver qui s'est emparé de mon cœur. Durant un instant, nous sommes pareils à deux statues que sépare un abysse.

— Ara, je t'en prie…

Bien qu'il s'exprime doucement, sa voix est portée sans peine par la surface. Il a compris ce que je m'apprête à faire une seconde avant moi.

— Je suis désolée, je souffle.

Sur ce, je tourne les talons et m'enfuis, laissant derrière moi à la fois les monstres imaginaires et les réels.

12

KADEN

Ara détale à toutes jambes. Sa silhouette qui s'éloigne me fait plus mal que l'eau glacée et mes membres douloureux. Quel imbécile je suis ! Par terre, Sam tousse et gémit. Je m'écarte de la fenêtre pour m'accroupir près de lui. Issac a enroulé un pan de tissu sur l'entaille profonde qui balafre son front. L'épidémie a rendu les animaux plus gros et plus forts, mais cette créature sous-marine… Je m'interdis d'y songer. L'essentiel est qu'elle ait lâché Sam. Il respire, mais à petits coups. Il a vomi tant de flotte.

— On doit la poursuivre, décrète Gabriel.

Penché à l'extérieur, il me donne une furieuse envie de le pousser à l'eau.

— Trouve-toi quelqu'un que ça intéresse, je réponds. Je ne suis pas un de tes larbins.

Lorsqu'il se retourne vers moi, il est d'un calme olympien. Je le hais.

— Il faut qu'on la rattrape, insiste-t-il. Tout de suite. Elle a déjà de l'avance.

J'ai beau adorer l'embêter, je ne peux pas lui dire grand-chose sans révéler la vérité. Ara ne veut ni n'a besoin de moi. Je rêve de balancer mon poing dans un mur pour sentir quelque chose s'effriter. Je me borne à serrer les dents. Pas question de montrer ma souffrance à ce minable. Après tout, c'est peut-être aussi bien comme ça.

Qu'elle ait sa liberté.

— Ara a décidé de quitter le clan, je lâche.

J'ai tenté de sourire, mais mes intonations sont amères. Je repousse quelques mèches humides du front de Sam et tâche de me concentrer sur ce qui importe. Il est d'une pâleur épouvantable.

— Ce qu'il faut, c'est ramener Sam à la base. Un médecin doit le voir.

— Non, objecte Gabriel, qui regarde de nouveau dehors.

— Il risque de mourir…

— On s'en fout.

Un silence de plomb tombe. Lentement, je me redresse. Je tremble de tous mes membres.

— Rien ne compte plus que sauver Ara, enchaîne le chef. Nous n'aurions pas dû la laisser venir en mission avec nous. J'en prends la responsabilité. Je croyais qu'elle était des nôtres. Imaginez qu'il lui arrive quelque chose. Alors qu'elle pourrait être notre ultime chance de repeupler la Terre. On a besoin d'elle.

— Ça m'est égal.

Faux. Il n'en reste pas moins que Sam est mon frère. Il m'est impossible de m'occuper d'Ara tant qu'il n'est pas en sécurité.

— Il est vital que nous conduisions Sam au camp, j'insiste.

— Tu la connais mieux que quiconque, Kaden. Notre priorité est de la récupérer.

— Elle a pris sa décision. À moi de prendre la mienne.

— Tu n'as pas ce droit. En intégrant le clan, tu as accepté d'obéir à mes ordres. Si tu penses que tu peux…

Sans réfléchir, je lui balance mon poing en pleine figure. Il titube et tombe. C'est la première fois sans doute que je décèle la surprise sur son visage en pâte à modeler. Un filet de sang coule de son nez.

— Allez vous faire voir, toi et ton clan ! je hurle.

Il se relève lentement, les yeux calmes, inquiétants et trop brillants. Mon poing est douloureux, moins que sa gueule, je l'espère.

— Attention, Kaden, murmure-t-il. Tu es sûr que c'est ce que tu veux ? Si tu persistes, tu seras banni de nos troupes et tu n'auras plus accès à notre médecin.

C'est typique de lui, de croire qu'il a systématiquement une longueur d'avance.

— Pas si on regagne le QG les premiers, je ricane.

— Tu rêves. Ce n'est qu'une nana. Je n'aurai aucun mal à la rattraper.

Pour le coup, je m'esclaffe.

— Qu'une nana ? Elle t'en fera voir des vertes et des pas mûres. Avec un peu de pot, tu ne reviendras pas quand elle en aura terminé avec toi.

Il réfléchit. Toujours aussi logique. Toujours aussi pondéré. Il n'a même pas cherché à me frapper.

Ara va le bouffer tout cru.

Au bout de quelques respirations, il essuie soigneusement son nez et s'adresse à Issac :

— À chaque seconde qui passe, Ara gagne du terrain. Allons-y.

Issac ne daigne même pas le regarder, et une chaleur soudaine m'envahit – je ne suis pas aussi isolé que je le croyais. Gabriel se fige, l'air étonné, puis marmonne :

— Alors, j'irai seul.

Il s'éloigne, et ses pas résonnent doucement dans le silence que perturbe uniquement le clapotis de l'eau.

13

ARA

Je cours jusqu'à ce que mes muscles, ma gorge et mes poumons soient en feu. Je repousse les limites de mon corps. En m'interdisant de penser à quoi que ce soit – aux yeux verts de Kaden, à son regard ; à Sam, que j'ai laissé entre la vie et la mort ; à ma sœur, ma mère, mon père, l'homme dans le labo verdâtre.

Je cours, c'est tout. Des restes de l'immeuble vers un parking à étages, et de là sur un bout de nationale surélevé jusqu'à ce que l'eau me bloque le chemin. Je finis par m'effondrer, la tête entre les jambes, haletante au point d'avoir du mal à respirer. Les mains tremblantes, je me force à me relever et à marcher les bras levés, comme me le conseillait mon entraîneur après chaque course. La moindre inspiration est douloureuse. Mon front est meurtri et saigne.

Je dois planifier la suite. C'est ainsi que Père aurait agi.

Le centre-ville étant en bonne partie submergé, ne subsiste qu'une sorte de labyrinthe en hauteur. Je risque de m'y égarer, de tourner en rond, de me heurter indéfiniment à l'obstacle de l'eau. En théorie, je me déplacerais plus rapidement en bateau, sauf que je refuserais de monter dedans si j'en avais un. Il est également exclu de nager dans ces flots noirs. Soudain, j'ai une illumination : ce dont j'ai besoin, c'est de la perspective d'un oiseau.

En quelques minutes seulement, je repère le bâtiment le plus haut du quartier, un monstre de béton construit sur une petite éminence qui surplombe une place. Je m'y glisse après avoir brisé une fenêtre du rez-de-chaussée et j'atterris à quatre pattes. La lumière qui transperce les baies vitrées éclaire des tourbillons de poussière. Il émane des lieux une atmosphère élégante et fantomatique, pareille à celle d'un paquebot qui aurait coulé. Il y a six grands ascenseurs dans un coin du hall. Rien que pour m'amuser, j'appuie sur le bouton.

Je déniche les escaliers en frissonnant dans la pénombre. Les jours raccourcissent, il me faut des vêtements secs, de la nourriture, de l'eau et un endroit où dormir cette nuit. L'équipement que je comptais voler au groupe, y compris une lampe et un réchaud, est soit resté dans le kayak, soit noyé à jamais. Il n'est pas question que je retourne là-bas, c'est trop dangereux. Même si les autres se mettent à ma recherche, ils ne me trouveront pas ici.

Au lieu de monter directement sur le toit, je prends le temps d'explorer l'immeuble. Au cinquième étage, je découvre une cuisine, dont le plan de travail crasseux est équipé d'une vieille machine à café et d'un micro-ondes sans porte. Une table en bois renversée occupe le milieu de la pièce. Dans un coin, tel un don divin à l'humanité, trônent quatre distributeurs automatiques contenant des boissons, des friandises et des snacks… Voilà qui me renvoie à la nuit où Kaden et moi avons partagé des bonbons, et la culpabilité me serre le cœur.

Dans une salle voisine, je tombe sur une grande besace bleue, que j'entreprends de vider. Un portefeuille s'ouvre sur le permis de conduire d'une dénommée Sarah Saveroh. Sur la photo, une femme d'un certain âge aux boucles grisonnantes et au visage rondouillard me sourit.

— Merci pour ton sac, Sarah.

Abandonnant le permis, je conserve un baume pour les lèvres et une brosse à cheveux. Je regagne la cuisine, où j'arrache un des pieds de la table. Le tenant comme une batte de base-ball, je me place devant l'un des distributeurs. Je me mets à frapper de toutes mes forces, coudes levés et pieds fermement plantés sur le sol, comme mon père me l'a appris. J'ignore pourquoi je m'acharne, car cette machine résiste, mais j'éclate d'un rire dément. Par chance, une autre cède. Je fauche six bouteilles d'eau et de limonade ainsi que des bonbons et des chips, que je fourre dans la besace. Il y a aussi deux paquets de viande séchée. J'en ouvre un. La viande est dure, mais une gorgée d'eau la fait passer.

Au sixième étage règne une drôle d'odeur. Je fouille les deux premières pièces quand même, mais je ne trouve rien. Quand je pousse la porte d'une troisième, la puanteur assaille mes narines. Mon corps comprend ce qui se passe un instant avant que mes yeux repèrent les cadavres dans un coin. Tournant les talons, je m'enfuis et grimpe deux volées de marches sans m'arrêter. *Ils sont morts. Tu ne crains rien.* Malheureusement, les relents de putréfaction me hantent et je me laisse tomber sur les genoux. Je voudrais que Sam soit là. Ou Kaden. Ou Père.

Sauf que je suis seule.

Au bout d'un moment, je m'oblige à reprendre mes investigations.

À partir du septième étage, les bureaux deviennent plus luxueux, les fenêtres plus larges. Ils ne sentent que la poussière et l'abandon. Il n'empêche, dès que j'ouvre une porte, je commence par sauter en arrière. Dans l'un d'eux, sans doute le lieu de travail d'un haut responsable, je découvre sur la table en chêne un briquet en argent et une boîte de cigares. J'envisage de les prendre pour Kaden avant de me rappeler que je ne le reverrai jamais. Un peu triste, j'empoche le briquet.

Ailleurs, je trouve un porte-manteau auquel est suspendu un caban. Bien qu'il s'en dégage un vague fumet de moisi, il est propre. Je me débarrasse de mes vêtements humides, les essore et les accroche à la patère. Ensuite, je m'enveloppe dans le caban. Il est un peu trop large aux épaules, mais il a le mérite d'être sec. Je l'ajuste avec la ceinture, et le tour est joué. Laissant mes fringues sur place, je poursuis ma quête.

L'accès au toit n'est pas aisé et je suis obligée de me battre contre un verrou rouillé pour déboucher sur une terrasse sans garde-corps. Le vent glacé me saisit. Je m'accroupis, peu désireuse qu'on m'aperçoive de loin, et resserre les pans du caban pour éviter de me refroidir.

Je rampe jusqu'au bord de l'immeuble afin d'inspecter les environs. Sur ma gauche s'étire une autoroute qui domine l'inondation. Un mouvement en bas ayant attiré mon attention, je me plaque au sol. On se dirige vers l'édifice où je suis cachée. L'adrénaline m'envahit et ma respiration se fait saccadée. Mon immobilité contraste avec les remous incrédules qui agitent mes intérieurs. Comment ont-ils réussi à me localiser aussi vite ? Kaden va être furax.

Cependant, au fur et à mesure que j'observe le groupe, je me rends compte que je me trompe. Six hommes surgissent, dont trois armés de fusils. Ce ne sont pas Kaden et Gabriel. Je m'aplatis encore plus, le gravier du toit me mord le flanc. Les inconnus se rapprochent. Que vais-je faire s'ils entrent dans le bâtiment ? Me sauver ? Me cacher ?

Sauf qu'ils s'en abstiennent, se contentant d'entasser des bouts de meubles sur la place. Lorsque l'un d'eux se baisse et qu'un filet de fumée monte dans le ciel, je comprends.

Ils ont fait un feu.

Deux des types s'éloignent tandis que leurs comparses alimentent le brasier. Mal à l'aise, je vois les gars revenir au bout de vingt minutes, flanqués de trois nouveaux camarades. Ensuite, un autre duo disparaît, pour à son tour rallier le groupe avec des troupes supplémentaires. Ce ballet dure tout l'après-midi, la bande ne cessant de croître. Je finis par regagner l'intérieur afin de grignoter et de tenter de me réchauffer. Mais la peur des hommes me ramène à mon poste de guet.

Les ombres s'étirent, le brasier brûle toujours plus intensément. Les gars souhaitent peut-être qu'il soit aperçu de loin. Ils sont à présent une bonne centaine.

Et je suis coincée au-dessus de leurs têtes.

Le froid et la faim finissent par avoir raison de moi et je redescends dans le bureau où j'ai abandonné mes affaires. Bien qu'elles ne soient pas complètement sèches, je les remets. Elles me collent à la peau, la chair de poule hérisse mes bras. Je me gave de nourriture et d'eau, puis m'apprête à décamper.

Je marque une pause sur le seuil, ayant l'impression que j'oublie quelque chose. Ma gorge se serre lorsque je comprends que j'attends que quelqu'un m'arrête, me dise que je suis folle et que je ferais mieux de patienter ici.

Sauf que je suis seule. Ce dont je suis entièrement responsable.

Je descends au deuxième étage, dont plusieurs vitres ont été cassées, formant une bouche édentée. Je m'approche d'une fenêtre, par laquelle s'infiltrent l'odeur de la fumée et les voix masculines. Je risque un bref regard vers les silhouettes qui se découpent sur le fond orangé des flammes.

Ils ne peuvent pas te voir, ils contemplent le feu. Malgré tout, je me plaque au mur, le cœur battant de les savoir si proches.

Les conversations s'apaisent avant de reprendre de plus belle. Je scrute la nuit, cherchant à comprendre ce qui se passe. Quand j'y parviens, ce que j'ai avalé à l'instant menace de ressortir.

Ils ont un prisonnier. Grand et larges d'épaules.

Par pitié, pas Kaden !

Quatre hommes propulsent le captif vers le brasier. Au passage, des types lui crachent dessus ou le bousculent. Soudain, il met un genou à terre, et un des gars de la bande en profite pour lui décocher un coup de pied. Il s'effondre mais se relève vite, se redresse et continue d'avancer.

Il est brun. Je respire mieux, ce n'est pas Kaden. Je l'observe de plus près. Son maintien, ses cheveux courts, ses traits anguleux…

Non.

Je n'ai pas envie d'être ici. D'assister à ça. Pourtant, je suis fascinée par la scène. Ses geôliers forcent Gabriel à s'agenouiller et l'un d'eux pointe un pistolet sur sa tempe. Le vent avale leurs paroles.

Avec le bûcher en arrière-plan, j'ai l'impression de contempler un tableau de l'enfer, peint en rouge et noir. Le type qui menace Gabriel de son arme lui braille dessus, mais les huées du groupe couvrent ses mots. Il semble que Gabriel refuse de leur donner ce qu'ils veulent. Le sbire enfonce le canon de son flingue dans le torse du prisonnier, qui se borne à secouer la tête. L'autre lève alors le bras et le silence s'installe.

Gabriel crache par terre.

Un coup de feu retentit, me faisant sursauter. Un éclat de verre tombe de la fenêtre et se fracasse en bas. Instinctivement, mon corps s'aplatit sur le sol. Les mains plaquées sur la bouche, j'entends mon cœur battre la chamade. Le silence. Les crépitements des flammes. Les craquements de l'immeuble. Puis :

— C'était quoi, ça ?

14

KADEN

Dans son sommeil, Sam se tourne et tousse. Nous le portons à bord d'un des kayaks. Je pose une main sur son front moite. Issac et moi avons marché peniblement des kilomètres durant, de l'eau jusqu'à la taille, au point d'en avoir les lèvres bleuies par le froid. Maintenant que nous sommes sur la terre ferme, le trajet est à la fois plus facile et plus difficile. Mon pantalon trempé m'écorche les cuisses et notre charge paraît s'alourdir au fur et à mesure que nous avançons.

— Tu tiens le coup ? je lance à Issac.

Il se contente de grogner. Je souris. Le jour où Issac se plaindra, l'humanité sera véritablement fichue.

— Si la température baisse encore, je vais y perdre mes couilles.

Mon camarade s'esclaffe d'un rire grave et agréable que peu ont entendu. Normalement, sa présence mutique m'apaise. Ce soir, le silence déchaîne mes réflexions. *Où est Ara ? Ne court-elle aucun danger ? Et si elle avait des ennuis ?*

— Tu avais de la famille, Issac ? Avant tout ceci ?

Nos pas réguliers et lourds emplissent la nuit. Il ne répond pas et la quiétude irrite mes nerfs. Soudain :

— Une femme. Et une petite fille… Gracie.

— Tu penses souvent à elles ?

— Tous les jours.

Le silence retombe et le visage d'Ara en profite pour me tourmenter.

— Tu faisais quoi, avant ? Comme boulot ?

Encore une fois, il prend son temps pour réagir, comme s'il essayait de raviver des souvenirs ayant bien plus de trois ans.

— Prof de lycée.

J'éclate de rire, oubliant un instant la douleur et le chagrin.

— Tu enseignais quoi ?

— La littérature.

— Tu plaisantes !

— « La mort, qui a sucé le miel de ton haleine, / N'étend pas son empire encore sur ta beauté. / Non, tu n'es pas conquise. Ta beauté flotte encore, / Rouge oriflamme, à tes lèvres et sur tes joues. / La mort n'y brandit pas son livide étendard[1]. »

Il s'interrompt et je me retourne, ahuri. Son sourire est las.

— *Roméo et Juliette.*

— Je sais. Un crétin d'enseignant prétentieux m'a obligé à lire la pièce.

Il rigole. Je contemple Sam. La peur me noue le ventre quand je songe aux sots amoureux de Shakespeare. La main d'Issac pèse sur mon épaule.

— Il va s'en sortir.

— Et si ce n'était pas le cas ?

— Nous continuerons notre route jusqu'à ce que nous le retrouvions, un jour.

Je repars.

---

1. *Roméo et Juliette*, acte V, scène 3, traduction Victor Bourgy, éditions Robert Laffont.

— Moi aussi, avant je croyais en Dieu, je grommelle.

Avant qu'il me prive de tout et de tous ceux que j'aimais.

— Tu n'y crois plus ?

La question me déroute. Issac patiente, jusqu'à ce que je réponde :

— C'est un salopard cruel. Pourquoi a-t-Il laissé faire ? Il est censé se soucier de ce qui arrive, sauf que je ne L'ai pas croisé souvent, ces derniers temps.

Nous progressons sur plusieurs mètres avant qu'Issac réagisse :

— Je crois au soleil même quand il ne brille pas. À l'amour même quand je ne le ressens pas. À Dieu même quand Il se tait.

Je m'esclaffe malgré moi et secoue la tête.

— Tu es prof jusqu'au bout des ongles, Issac !

Il n'empêche, je réfléchis à ses paroles. Il est possible que je sois envieux de sa paix intérieure. Le monde a transformé les hommes en monstres, sauf lui.

— Qui a dit ça ? je demande.

— Quelqu'un qui vivait lui aussi dans l'obscurité mais a fini par trouver la lumière.

Encore une phrase énigmatique. Je souris. Sam est l'unique lumière de ma vie. Je repense au soleil jouant sur des cheveux auburn et à des yeux au regard grave et profond.

Au bout de quelques heures, les gratte-ciel du centre-ville s'estompent et nous marchons sur une nationale droite et vierge de tout obstacle. Nous ne progressons pas vite et je m'inquiète de l'état de Sam. Combien de temps va-t-il tenir ?

Me retournant, j'aperçois au loin, près des hauts immeubles, une lueur étrange. Captivé, je ne fais pas attention à l'endroit où je mets les pieds, trébuche et tombe lourdement. Une douleur fulgurante me pince la cuisse. Si ma gorge n'était pas aussi sèche, j'en hurlerais.

— Regarde, Issac !

La lumière provient d'un brasier, que nous contemplons avec un étonnement mêlé de peur. Toute la nuit en est illuminée. Je songe d'abord à un énorme feu de camp, sauf que les flammes montent encore et encore, toujours plus étincelantes.

— C'est tout un bâtiment qui brûle ! je m'exclame. Qui a pu l'incendier ?

Le front soucieux, Issac hausse les épaules et, sans un mot, repart lentement. Fasciné par le feu, je le suis sans cesser de jeter des coups d'œil derrière moi.

L'incendie dure plusieurs heures avant de finalement se calmer. Peu après, le jour se lève sur les sommets, accompagné d'une rosée brumeuse, froide et humide. Le chant des oiseaux retentit, tandis que le bruit monotone de nos pas me berce. Je dodeline de la tête sous l'effet de la fatigue. Bien qu'il ne se plaigne pas, Issac commence à boiter et à tousser. Nous sommes trempés. Si nous nous arrêtons maintenant, nous mourrons.

— Kaden ?

Je tressaille, soudain bien éveillé. À l'horizon, je distingue six silhouettes à cheval. L'espoir m'envahit, aussitôt remplacé par l'inquiétude. S'il s'agit de gars de notre clan, ils nous aideront. Sinon, ils nous tueront.

Je me plante près d'Issac. Nous n'avons pas besoin de communiquer pour nous mettre d'accord. Si ces cavaliers sont des nôtres, autant les attendre ici. Dans le cas contraire, il est de toute façon trop tard pour fuir, et il ne nous reste plus qu'à patienter avec stoïcisme.

Les types se rapprochent. J'abats ma paume sur l'épaule d'Issac et lui souris. Je les connais.

— Kaden ? Issac ? C'est vous ? nous crie Tom par-dessus le martèlement des sabots.

— Pas trop tôt ! je réponds.

Ma voix est si enrouée qu'elle me semble étrangère. Je m'aperçois que Red ferme la marche. Le groupe s'arrête devant nous.

— Sam a besoin de vêtements chauds, et moi de Red, et d'autant de nourriture et d'eau que vous pouvez m'en donner. Issac vous expliquera.

Personne ne discute mes ordres, ce qui m'emplit de fierté. Prenant Liam à part, je lui dis :

— Désolé, mon pote, mais file-moi tes fringues. Je me gèle le cul.

Il se marre et s'exécute. Les autres se moquent de nous quand ils nous voient, nus, frissonner dans le petit matin. Après m'être rhabillé, je caresse l'encolure de Red, qui s'ébroue et frappe le sol d'une jambe, impatient de s'élancer. Mes compagnons s'organisent pour rapatrier Sam au plus vite. Je sais qu'il est entre de bonnes mains, ce qui ne m'empêche pas de me sentir coupable à l'idée de le laisser rentrer seul au QG.

— Si Ara revient au camp, je confie à Liam loin des oreilles indiscrètes, protège-la. Et veille à ce que Gabriel ne l'approche pas.

— Où vas-tu ?

— La chercher.

Du moins, je compte l'aider à retrouver les siens. Certes, elle s'est servie de moi, mais cette nuit de méditation m'a permis de comprendre que, à sa place, j'aurais agi comme elle.

— Kaden, marmonne Liam, tu nous es nécessaire. En l'absence de Gabriel, ton tour est peut-être venu ?

Je suis surpris. Si ma détestation de Gabriel n'est un secret pour personne, j'ai toujours caressé l'idée de quitter le clan, pas de le diriger. Quoi qu'il en soit, ce n'est pas le moment de réfléchir au problème.

— Gabriel sera bientôt de retour.

— Imagine que non.

— Alors, je reviendrai.

Je vais embrasser Sam sur le front. Issac me tapote le bras.

— Prends soin de lui, je murmure.

Il m'étreint, une première.

— T'inquiète.

J'opine, incapable d'ajouter un mot. N'est-il pas cruel qu'il m'ait fallu attendre la fin du monde pour nouer de véritables amitiés ? Je rejoins Red. Les sacoches de selle sont pleines et me permettront de tenir une semaine. Je passe ma main dans la crinière rousse, conscient que je suis né pour être un cavalier.

— Une minute, me dit Liam.

Il me tend le holster dont il ne se sépare jamais.

— Le flingue n'a plus que deux balles, précise-t-il.

— Merci.

J'enfourche Red. Déjà, je me sens plus fort, et l'animal dispense sa chaleur entre mes jambes. Il s'agite joyeusement, aussi ravi que moi à la perspective d'une longue chevauchée. Je pivote en direction du soleil levant. Une simple pression des talons suffit à le faire décamper au grand galop. Bien que je ne me sois pas adressé à Dieu depuis trois ans, je lui envoie une prière. *Fais qu'Ara soit en sécurité. Donne-moi la force et la vitesse. Permets-moi de la rejoindre à temps.*

15

ARA

Les voix des hommes s'entremêlent, aussi menaçantes qu'une tempête. Paralysée sur le sol, je repense aux paroles de Gabriel. *Quel barbare souhaiterait réduire le monde à néant ?* Et si la horde, sur la place, était constituée des mêmes sauvages qui ont assassiné un clan entier sans raison ? Ça expliquerait pourquoi il les a insultés en crachant à leurs pieds. Je ne l'ai pas vu tomber, mais j'ai entendu le coup de feu et, à bout portant, on ne rate pas sa cible. En tout cas, il faut que je file. Les cris se rapprochent, ainsi que des lueurs vacillantes. Ces types ont sûrement l'intention d'inspecter l'immeuble.

Je suis partagée entre mon envie de regarder dehors pour m'assurer du sort de Gabriel, sauf que c'est trop risqué, et mes regrets à l'idée qu'un homme soit mort à cause de moi, une fois de plus.

Rampant par terre dans les éclats de verre, je ne me relève que loin des fenêtres. Ensuite, sans un bruit, je décampe le long d'un couloir. Une galopade résonne et je me jette dans la première pièce ouverte, une espèce de lieu de stockage. Je m'y réfugie à l'instant où les portes de la cage d'escalier claquent et où une torche éclaire le hall. Les types parlent et se déplacent avec assurance.

— Il a vu que dalle. Je savais qu'on n'aurait pas dû brûler le dernier bâtiment.

— Pourquoi ces mecs ont choisi celui-ci ? Tu te souviens de l'hôtel…

Mon cœur s'affole. S'ils ont incendié un immeuble, ont-ils l'intention de faire de même ici ? À moins qu'ils ne décident d'y passer la nuit. D'une façon ou d'une autre, il faut que je me sauve fissa.

La peur me donne une vision de lynx : ma main qui tire le battant, le grincement qu'il émet, le couloir éclairé par la lune avant de se perdre dans l'obscurité. Mon entraîneur disait souvent que j'étais capable de courir sans bruit. Là, mes pieds semblent carrément survoler le sol.

Les hommes étant arrivés par les escaliers, je me dirige vers les ascenseurs. Choisissant celui qui a l'air le plus abîmé, j'introduis un bout de métal entre ses portes et je force. Elles finissent par céder en s'ouvrant et je me faufile à l'intérieur. Je découvre alors qu'il n'y a plus de plancher, juste un gouffre béant encadré par une mince bordure. Prise de vertige je recule.

Quelqu'un dégringole les marches. Je suis à court de temps.

Je remonte sur la bordure, me glisse sur le côté et cherche les câbles de l'engin dans le noir. Pendant un instant terrifiant, mes doigts ne trouvent rien. Enfin, ils frôlent du métal. Me forçant à inspirer lentement et profondément, j'entreprends de descendre en rappel, me servant de mes pieds pour soulager mes paumes meurtries par l'acier. Soudain, je lâche prise.

Et tombe dans les ténèbres.

J'atterris au fond du puits de l'ascenseur et je me roule en boule. Je n'ai chuté que d'un mètre, mais un gémissement hystérique s'échappe de mes lèvres. Il me faut un bon moment pour respirer normalement. Je tâte mon corps en quête d'éventuelles blessures. Une de mes chevilles est douloureuse. Malgré tout, je réussis à me relever et à boitiller vers les portes de l'ascenceur, terrifiée par les ténèbres. Je parviens à écarter les battants et à sortir de ce piège.

Le sous-sol mesure environ six mètres de largeur et il y a de vastes cuves cylindriques au milieu. Il y règne une odeur d'œuf pourri et seul l'éclaire un soupirail en hauteur. Des tuyaux partent dans quatre directions différentes, le long de tunnels juste assez larges pour qu'une personne menue puisse y circuler.

Attrapant le briquet dans ma poche, je m'apprête à l'allumer quand mon instinct me retient. Cette odeur, elle m'est familière.

Plissant les yeux, je déchiffre ce qu'il est écrit sur les cuves : « gaz naturel ».

Clairement, il y a une fuite quelque part.

Les jambes en compote, je range le briquet. Mon œil est attiré par un éclat rouge. *Non !* Je m'approche, incrédule. Quatre jerrycans sont entreposés dans un placard. La dernière fois que j'en ai vu, c'étaient ceux que Père avait chargés à bord de notre pick-up. Il s'agit d'une rareté. Je m'empare d'un bidon, le secoue. Il est à moitié plein. Quand je le débouche, la puanteur de l'essence me saute au nez.

Je réfléchis. Si les hommes là-haut sont les mêmes que ceux qui ont anéanti un clan entier, de quoi sont-ils encore capables ? Ceci est ma ville. Si ces types ne cherchent que la destruction par le feu, je vais les y aider.

Je m'engage dans le tunnel qui me semble s'éloigner le plus de l'immeuble en versant derrière moi une traînée d'essence. Les éclaboussures couvrent le bruit de mes pas. Je finis par apercevoir une lueur et tombe sur une porte vitrée. Derrière, une volée de marches raides monte vers le rez-de-chaussée. Au-delà, je ne distingue rien.

Je m'interroge. Je peux décider de ne rien faire. Après tout, je ne connaissais personne dans le clan exterminé. Je ne suis même pas certaine que la horde qui a investi le bâtiment soit responsable de ce massacre. En revanche, je connais Gabriel. Bien que je ne l'apprécie guère, il ne méritait pas d'être abattu comme un chien.

Une fois résolue, je passe à l'acte rapidement. Je bloque la porte avec le bidon avant de retourner sur mes pas. Je tremble tant qu'il me faut trois tentatives avant d'allumer le briquet.

— Pour toi, Gabriel, je murmure.

L'essence s'enflamme aussitôt. Je me rue vers la sortie, grimpe les marches quatre à quatre. Un vent frais nettoie mes narines de l'odeur entêtante. Je débouche à l'extrémité sud de l'immeuble, dans un endroit désert. Libérée de toute tension, je cours à en perdre haleine.

Ça ne dure pas. Trois hommes surgissent de la pénombre, aussi surpris par ma présence que moi par la leur.

— Qu'est-ce que…

Impossible de reculer. Je fonce bille en tête sur le premier type, le déstabilisant. Malheureusement, un de ses acolytes agrippe ma veste et m'assène un coup de poing dans le ventre qui me plie en deux.

Soudain, la nuit est déchirée par une explosion et mes ennemis cessent d'être ma priorité. Un souffle implacable me jette à terre. Mes poumons sont en feu, mes oreilles sifflent. Le sol tremble. Une seconde déflagration se produit, des comètes s'envolent dans le ciel.

Pas des comètes. Des débris de l'édifice.

Cours, Ara, cours ! Je me force à m'éloigner sur le ventre. Puis je me relève et, me soutenant à un mur, je continue à avancer lentement. Bien que le ciment m'écorche les mains et les genoux, bien que le grondement dans mes tympans me donne la nausée, je ne m'arrête pas, terrifiée à l'idée de ce que les hommes m'infligeraient s'ils me rattrapaient. Je tourne dans une rue quand un corps émerge de l'obscurité. Des bras musclés m'emprisonnent, une paume se plaque sur ma bouche.

— C'est moi, Ara !

Il pivote. J'ai l'impression de toucher un fil électrifié : bien que traversée par le courant, je n'arrive pas à lâcher prise. Là, je suis incapable de détourner les yeux. La moitié de son visage est ensanglantée et tordue par la douleur. Il a perdu son oreille droite, dont la blessure continue de saigner.

— Gabriel ?

Il desserre son étreinte sans me libérer cependant.

— Ils ont tenté de te tuer.

— Sauf que, apparemment, le tireur a été distrait par quelque chose. Toi ?

— Je ne l'ai pas fait exprès.

Maintenant que je le sais vivant, je n'éprouve plus aucune sympathie pour lui. Sa réapparition inattendue ne change rien à la réalité : je viens d'expédier toute une bande de mecs dans l'au-delà.

Des voix retentissent au loin.

— Nous devons filer, dit Gabriel en me tirant dans une ruelle. La plupart de ces gars n'étaient pas à l'intérieur du bâtiment.

Ce n'est pas le moment de protester. Nous décampons.

Je perds peu à peu la notion du temps. Ma cheville est de plus en plus douloureuse et j'ai la migraine. Gabriel ne ralentit pas, me poussant en avant quand je traînasse. Une lumière ténue finit par éclairer le sommet des montagnes. De gros nuages gris s'y accrochent puis la neige se met à tomber.

— Il faut que je m'arrête, Gabriel...

Mon corps pèse une tonne. J'ai du mal à réfléchir, encore plus de mal à mettre un pied devant l'autre.

— On y est presque.

Où ça ?

Il m'attire à l'intérieur d'un vaste entrepôt métallique. Malgré mon épuisement, je sens une alarme se déclencher dans mon crâne. *Tu dois rentrer chez toi.* Sauf qu'il neige, que l'hiver est précoce cette année. Je ne survivrai pas sans arme ni provisions. Même Père le comprendrait. Rien qu'une nuit ou deux. Pour me reposer.

Les lieux sont déserts et évoquent une grange avec leurs hauts chevrons. Gabriel s'accroupit et fait courir ses doigts sur le sol jusqu'à ce qu'il y déniche une fissure et soulève une trappe, révélant une échelle qui s'enfonce droit dans le noir. Pour la première fois depuis des heures, j'ai les idées claires.

Pas question que je descende là-dedans.

Ce que Gabriel doit lire sur mon visage, car il s'interpose entre moi et la sortie.

— Toi et moi avons tué des hommes, cette nuit, plaide-t-il. Ils vont nous pourchasser. Fais-moi confiance.

— C'est tout le problème, Gabriel. Je n'ai absolument pas confiance en toi.

Nous nous toisons. Malgré mon corps douloureux et ma fatigue, bien qu'il me faille manger et m'allonger, je refuse de mettre un pied dans ce trou à rats.

— À ta guise, Ara. Je ne suis pas en mesure de te forcer à quoi que ce soit. Mais sache que nous avons de la nourriture et un endroit chaud et sec où dormir.

Le diable l'emporte ! Je regarde la porte du hangar, démangée par l'envie de me sauver. Mais un frisson me secoue tout entière et je cède. M'approchant de l'ouverture, je commence à descendre les échelons. *On ne m'y reprendra pas de sitôt.* Avant que j'aie atteint le sol, la trappe se referme, nous plongeant dans de véritables ténèbres. Je me fige.

— Gabriel ?

— Continue.

Repartant prudemment, je ne tarde pas à sentir la terre ferme sous mes semelles. Gabriel me rejoint. J'aurais les yeux fermés que je n'y verrais pas plus, tant l'obscurité est dense. Soudain, une lumière s'allume. Deux hommes se tiennent devant nous, leur arme pointée sur ma tête. Je saute en arrière, Gabriel referme ses bras autour de moi.

— Tout va bien, lâche-il, ce n'est que moi.

— Tu nous as flanqué les jetons, merde ! grogne le plus petit des deux sbires en abaissant son flingue.

— Ara, je te présente Dax, mon frangin.

Je suis sous le choc. Je croyais que les siens étaient morts. Sauf qu'il n'a jamais rien dit de tel, n'est-ce pas ? Dax, une version moins attirante de Gabriel, me scrute avec un fiel que son frère n'a jamais manifesté à mon encontre.

— Et voici Ralph, poursuit Gabriel d'une voix presque réticente.

Ralph est d'une beauté fracassante, outrageuse, même, avec son sourire immense et ses cheveux dignes d'une publicité.

— Où sommes-nous ? je demande.

Tout en tâchant d'endiguer la panique qui menace de me submerger, je remarque une table, des lanternes, des couvertures et un couloir. Je m'imaginais un bunker exigu juste bon pour une nuit, mais il semble que ces gars vivent carrément ici.

— Dans un lieu sécurisé, répond Gabriel. Réservé aux membres du clan.

— Comment ça ? Tu crains que les gens y trouvent quoi ?

— Nous, lance Dax, qui ne me quitte pas des yeux.

— Vous avez peur qu'on découvre deux adultes terrés dans une cave et qu'on vous pique… vos lanternes ?

Dax pince les lèvres.

— Tu n'es qu'une gosse, murmure-t-il.

— Ah ouais ?

Une gosse qui vient de dynamiter un immeuble plein de sauvages.

— Ça suffit, Dax, grogne Gabriel. Si on veut que ça fonctionne, on va devoir faire des efforts.

Pardon ? Tu sous-entends qu'on va rester ici ? C'est exclu en ce qui me concerne. Je veux rentrer à la maison. En même temps, comment survivre à l'hiver, démunie comme je suis ?

— J'ai quelqu'un d'autre à te présenter, enchaîne Gabriel.

Il désigne le couloir à l'opposé de la pièce et je sursaute en apercevant une petite silhouette qui nous observe. Dans la pénombre, avec sa capuche sur la tête, je reconnais celle d'un enfant.

— Voici Addison…

La silhouette vient à nous, retire sa capuche et plonge ses prunelles bleu-gris dans les miennes.

— Ma sœur.

16

KADEN

Cerné par les gratte-ciel, je distingue à peine le peu de lumière qu'offre le jour. Le soleil ne s'est pas vraiment levé et la neige s'est transformée en un crachin glacial qui détrempe mes vêtements. L'hiver est bel et bien arrivé. Quant à moi, je suis bel et bien fichu.

Depuis une semaine, Red et moi nous traînons dans l'eau boueuse du centre-ville. Nous n'y avons décelé pratiquement aucun signe de vie, encore moins une piste susceptible de me mener à Ara. J'ai d'abord galopé jusqu'à l'incendie, que j'espérais être une sorte de signal, mais n'ai rien trouvé à part les ruines d'un immeuble.

J'ai mal au dos, et même Red semble prêt à regagner le confort et la chaleur des écuries. Les baies vitrées des bâtiments me renvoient le reflet d'un cheval roux aux longues jambes et d'un homme en habits sombres.

Un mouvement furtif derrière nous, puis rien.

Red s'agite avec nervosité, hume l'air et bouge ses oreilles d'avant en arrière.

Aucun clan n'est assez dingue pour résider ici. Ce doit être un solitaire. Red et moi pouvons gérer ça.

Je pose ma paume sur le métal froid de mon pistolet. Les sabots de ma monture résonnent lugubrement sur le sol. Deux balles et un bon cheval contre celui qui nous épie.

— Qu'est-ce que tu en penses, mon vieux ? Deux balles suffiront ?

Red relève la tête et me regarde. Je me souviens de la fois où je l'ai ramené chez nous, poulain dégingandé. Mon père était furieux et j'avais passé les quinze nuits suivantes à dormir dans le foin de crainte qu'il ne tente de m'en priver. Tous les matins, je me réveillais observé par des prunelles brunes curieuses. Les mêmes qui me scrutent à présent. Avec Sam, Red est le dernier fil qui me relie à ma vie d'avant. J'ai brûlé la maison, enterré mes frères et sœurs, tué mon père quand ses yeux ont viré au blanc. Red a été à mon côté pendant toutes ces épreuves.

Il hennit doucement. J'arme mon pistolet et je flatte son encolure.

— Je suis complètement d'accord.

Je lui fais faire demi-tour. Rênes dans une main, flingue dans l'autre, en vrai cow-boy à l'ancienne, je le lance au galop. Nous filons comme le vent et un sourire se dessine sur mes lèvres quand je songe à la surprise de celui qui nous suit et qui détalera de terreur devant nous.

Nous prenons un tournant.

Et là... *Merde de merde !*

Ils sont si nombreux devant moi que je pourrais avoir affaire à un clan au complet.

Cependant, Red a reçu l'ordre de galoper et il n'est pas près de s'arrêter. Il vole, se cabre quand un des types s'interpose, bras en l'air. Je le pousse et il fonce dans le tas. Malheureusement, des renforts surgissent de toutes les rues latérales.

Merde !

Je repère un trou dans les rangs des types, notre seule chance de nous en sortir. Red se dirige vers la brèche. On va y arriver. Sauf que, soudain, un filet tombe du ciel, se resserre autour de moi. Red et moi nous effondrons par terre.

Une douleur atroce envahit mon épaule tandis que mon arme m'échappe et glisse sur le ciment. Plus je me débats, plus je m'emprisonne dans les mailles. Un coup de feu retentit. Je n'ai rien. Ils m'ont raté.

Red émet un hennissement qui ressemble à un cri et que je n'ai encore jamais entendu.

— Ne tuez pas le canasson ! hurle quelqu'un. Faites gaffe, bon Dieu !

Je me tortille pour tenter d'apercevoir Red, bien qu'une semelle me plaque lourdement sur le sol. Je réussis quand même à voir ce qui se passe. Les hommes se rassemblent autour de Red, qui se cabre. Les yeux affolés, il recule en battant des sabots.

— Arrêtez ! je crie. Vous ne faites que le…

Un coup sur la nuque me stoppe net. Des mains brutales me ligotent tandis qu'un sac puant la nourriture avariée est glissé sur ma tête. On me soulève, on me traîne sur le béton, puis on me jette de nouveau à terre. Un épais liquide coule de mon dos. Du sang.

— Je saigne, par pitié…

Un pied lancé en plein ventre me coupe le souffle. Impuissant, je me roule en boule en espérant que mon cheval va bien.

Tu avais raison, Gabriel. Une horde de mecs sèment le trouble en ville, et ils ne sont pas du genre amical.

Des heures plus tard, quelqu'un arrache le sac qui m'aveugle. Un grand feu découpe des silhouettes floues devant mes yeux. Peu à peu, je recouvre mes sens – le froid du ciment contre lequel je suis adossé – et la douleur se manifeste. Je suis trop loin du brasier pour profiter de sa chaleur, ma bouche est desséchée et a un goût de sang. Quand je tente de l'essuyer, je m'aperçois que j'ai les mains liées dans le dos.

Une centaine d'hommes au moins sont là, équipés d'un arsenal hétéroclite : tuyaux, morceaux de métal aiguisés, javelots de fortune, quelques pistolets. Je doute que ces types aient beaucoup de munitions. Ils n'ont tiré qu'une fois. Aussitôt, je pense à Red. Où est-il ?

Nous sommes au milieu d'un groupe d'immeubles, dans une vaste cour. Les survivants qui hantent la ville ont tendance à faire profil bas par mesure de sécurité. Ici, c'est tout le contraire. Je ne comprends pas ce que ces gars cherchent, à écumer ainsi le centre alors que l'hiver est là. Sont-ils fous ou suicidaires ? Fort de mon expérience, j'ai envie de faire taire les plus bruyants d'une bonne taloche.

Un homme s'approche de moi en titubant. Il rigole et chante.

— Qu'avez-vous fait de mon cheval ? je croasse.

Sans cesser de rire, le gars m'envoie un coup de pied qui me casse en deux. Puis il pisse contre le mur.

Soudain, un costaud échevelé à la longue barbe tressée grimpe sur le toit d'une voiture et le silence s'installe. Il est vêtu d'un gilet hideux qui semble cousu dans de la vraie fourrure.

— C'est la fête, ce soir !

La foule salue cette déclaration en hurlant sa joie et en brandissant des gourdes et des tasses. Le chef lève la main pour la calmer.

— En l'honneur du dernier butin qu'on a raflé !

Il agite une canette et je pige alors que ces mecs sont ivres morts. Ces salauds ne m'ont même pas offert une gorgée ! Je redouble d'efforts pour tenter de libérer mes poignets. S'ils sont soûls, autant en profiter pour me sauver.

— Et en l'honneur de notre prisonnier, celui qui a fait sauter un bâtiment où se trouvaient des copains à nous. Carbonisons-le !

Je me fige tandis que les dingues se tournent vers moi. *Merde !*

— Hé ! Un instant ! Vous vous trompez de bonhomme ! C'est Gabriel, le responsable !

Mes protestations sont accueillies par des rires moqueurs. On m'attrape et on me porte jusqu'au bûcher sous les incantations déchaînées de la bande : « Au feu ! Au feu ! »

Paniqué, je me débats comme un beau diable. Quand je croise le regard du leader, qui a les bras croisés sur le torse, je lui hurle :

— Vous cherchez un type appelé Gabriel ! Je sais où il stocke ses provisions ! Je peux vous emmener à tous ses entrepôts…

Un poing s'abat sur mon nez, qui explose. Je saigne, le monde tangue autour de moi. Quand je reprends mes esprits, le costaud me domine de toute sa taille.

— D'où connais-tu Gabriel ? m'apostrophe-t-il, indifférent à la colère de ses troupes frustrées.

Je devine que ma vie va dépendre de ma réponse.

— Je faisais partie de son clan, mais je l'ai quitté. Je suis en mesure de vous montrer toutes ses cachettes.

— Qu'est-ce qui me garantit que tu dis vrai ? Que se passera-t-il quand on le chopera ?

Je crache du sang et souris.

— Je le tuerai de mes propres mains !

Le barbu ricane.

— Détachez-le, ordonne-t-il.

Une fois libéré de mes entraves, j'observe le groupe plus attentivement. Ce que je découvre n'est guère encourageant. En plus de leurs armes, la plupart des hommes portent des fourrures identiques à celle de leur chef. Ils sont épuisés et crasseux.

— Voilà une chance à ne pas laisser passer, reprend l'armoire à glace. Je suis fatigué de brûler des gens. Un peu de sport ne nous ferait pas de mal.

Le clan braille qu'il est d'accord en agitant son arsenal.

— Qui a accusé ce gars ? demande ensuite le leader.

Les types se trémoussent sans oser se regarder. Tout à coup surgit un homme énorme dont les joues sont balafrées de grosses cicatrices.

— C'est moi, Colborn, lance-t-il. Je l'ai vu la nuit où l'immeuble a flambé.

Le monstre est vilain, avec son cou de taureau et ses biceps saillants. Il est armé d'un pieu à l'extrémité duquel il a fixé un morceau de métal rouillé méchamment aiguisé. En souriant d'un air démoniaque, Colborn tire un poignard de sa ceinture et le jette à mes pieds. Quand je saisis le sens de son geste, je me pétrifie, le cœur battant.

— Voyons un peu ce que donne une épreuve de mort subite, décrète-t-il. Le vainqueur sera des nôtres, et le vaincu… sera crevé !

C'est un délire de rires gras, alimentés par une véritable soif de sang. Un cercle se forme autour de mon délateur et moi. Le baraqué se lèche les lèvres, roule les épaules et bande ses muscles. Ravi, il soupèse sa lance. « Brutus ! Brutus ! Brutus ! » se met à chanter le public.

Je ramasse le couteau. Je vais devoir me battre.

Brutus continue de frimer devant ses camarades. À l'écart, Colborn me scrute avec une sorte de curiosité froide : il est clair qu'il se fiche complètement de l'issue du duel. Je le salue avec la lame de mon poignard, ce qui me vaut un mince rictus. *Merci quand même pour ton arme, enfoiré.*

J'avance d'un pas.

Brutus se rue sur moi en rugissant et je recule en direction du feu. S'il est rapide, sa lance est lourde et peu pratique. Son extrémité acérée est mal ficelée.

L'essentiel, c'est qu'elle ne me touche pas.

Nous nous tournons autour.

— Ne me dis pas que c'est ta mère qui t'a appelé Brutus, je me moque.

L'hilarité s'empare des observateurs. Mon adversaire s'empourpre de colère.

— Qu'est-ce que tu devais être moche, bébé !

Il attaque et je me précipite sur le bûcher, auquel j'arrache une bûche enflammée que je lui jette au visage. Il la rattrape au vol et se met aussitôt à hurler de douleur tandis que monte une odeur de chair grillée. Je bats en retraite, mais la vitesse de sa réaction furibarde me surprend. La pointe de son pieu se plante dans mon flanc, une vague de souffrance m'envahit. Les autres s'égosillent quand ils sentent que la fin approche.

Son arme est trop longue. À la prochaine tentative, il aura gagné.

Bien qu'il soit beaucoup plus grand que moi, je comprends que je n'ai pas le choix et, fonçant sur lui, je le culbute d'un coup de tête en plein torse. Lorsque nous roulons au sol, il lâche sa lance pour enrouler ses paluches autour de ma gorge. Il serre si fort que des taches noires dansent dans mon champ de vision.

Je lui enfonce mon couteau dans le cou. Une fois. Deux.

Il écarquille des yeux ahuris et un flot tiède se répand sur moi. Me dégageant, je me relève en vacillant.

Au lieu de contempler ma victime gisant dans une flaque rouge qui s'élargit, je croise le regard de Colborn. Il n'exprime aucun chagrin, juste une intense satisfaction. Il me gratifie d'un hochement de tête – je suis de la bande, désormais. Je suis un sauvage. Le duel n'a même pas duré cinq minutes.

Sans lui jeter un coup d'œil, Colborn enjambe le cadavre de Brutus. Il a une épée en bandoulière. S'il voulait me liquider, il y parviendrait à coup sûr. Il me rejoint à grands pas, fixe mes côtes. Je l'imite avec l'impression de ne plus appartenir à mon corps. Je suis couvert du sang de Brutus, mais aussi du mien, qui s'écoule de ma plaie béante. La vie me déserte rapidement. Une chaleur étrange s'empare de moi et je souris.

Je n'ai pas gagné. J'ai autant perdu que mon adversaire. Peu m'importe de me vider de mon sang, je le mérite. Colborn s'esclaffe, rompant le silence pesant qui est tombé sur la scène.

— Tenez-le, lance-t-il.

Bien qu'il se soit exprimé doucement, ses ordres sont immédiatement exécutés. Des types m'encadrent pour immobiliser mes bras et mes jambes. Dérouté et de plus en plus effrayé, je me débats. Colborn s'approche du brasier, dont il tire un tuyau métallique chauffé à blanc.

— Retirez-lui sa chemise !

Quand on m'a arraché mon vêtement, il vient à moi, les yeux rivés sur ma blessure. Je lutte – en vain. Le sentiment de bien-être qui m'a envahi laisse place à une peur glacée. J'essaie de me préparer, d'endurcir mon cœur, de penser à Ara et à Sam, à tout ce qui est susceptible de me détourner de ce qui m'attend.

Colborn s'apprête à cautériser ma plaie. Je soutiens son regard. Il sourit.

— Bienvenue en enfer.

Puis ne résonnent plus que mes cris de douleur.

17

ARA

Je subis le pire hiver de mon existence. Ce qui n'est pas rien, si on songe à celui qui l'a précédé. Père et moi avons survécu dans une cabane délabrée avec pour seules provisions la carcasse d'une biche maigrichonne et quelques boîtes de conserve.

Comme il m'est impossible d'affronter la saison dehors seule et sans équipement, je suis obligée de ronger mon frein en attendant la fonte des neiges. Privée de lumière naturelle, je finis par ne plus savoir combien de jours s'écoulent. Suis-je ici depuis cinq, six semaines ?

Dans le silence matinal, je me tourne vers Addison qui dort, bouche ouverte, sa chevelure noir corbeau répandue autour d'elle comme un halo. Elle est belle dans son sommeil, pareille à une poupée aux boucles lustrées et au teint mat. Malgré l'absence de soleil, sa peau rayonne. Elle a les mêmes yeux gris que Gabriel, un héritage de leur mère, m'a-t-elle appris. Bien qu'elle n'ait que onze ans, elle est d'une maturité dont je ne me souviens pas qu'Emma ou moi ayons fait preuve au même âge. Elle ne va pas tarder à se réveiller et à entamer notre épuisant rituel quotidien. C'est elle qui choisit mes vêtements et me coiffe, sans jamais manquer de souligner que mes cheveux ont une drôle de couleur et sont raides comme des baguettes. Elle sourit, jacasse et rit tandis que je garde le silence. Ensuite, ensemble, nous préparons les repas ou accomplissons les corvées que nous attribue Gabriel. Régulièrement, deux hommes sur les trois qui vivent avec nous quittent le bunker pour revenir avec de la nourriture et du matériel, ainsi que les robes ou les rubans qu'Addison ne cesse de réclamer.

Ils verrouillent toujours derrière eux.

J'ai caressé l'idée de convaincre la gamine que, à deux, nous étions en mesure de maîtriser notre garde-chiourme, de voler des stocks et de fuir, mais il s'agit plus d'un fantasme né du désespoir que d'un véritable plan. Ma plus grave erreur a été d'abandonner ma sœur, je refuse de priver quelqu'un de la sienne. De plus, à part notre genre, elle et moi n'avons rien en commun. Cette petite au regard innocent semble ignorer que le monde et les filles ont quasiment disparu. J'ai enfin rencontré une autre survivante, or je me sens plus seule que jamais.

Aujourd'hui, je n'ai pas l'énergie de supporter son enthousiasme. Me glissant hors du lit, j'attrape une veste et gagne la cuisine, ma pièce préférée dans cette prison aveugle. Il y règne une chaleur constante, et le poêle dispense une lumière douce. Les bûches empilées occupent tout un pan de mur.

Ce bunker m'a permis d'appréhender différemment Gabriel et les siens. Les parents sont morts, mais ils devaient être extrêmement fortunés pour avoir aménagé un tel endroit et l'avoir gardé secret. En plus de la cuisine, il y a trois chambres à coucher, un salon dont le sol est couvert de tapis en patchwork et, tout en bas, une salle étrange qui donne sur une rivière souterraine où nous puisons l'eau pour nous laver et boire. Même s'il me coûte de le reconnaître, Père aurait adoré ce refuge, lui qui parlait toujours de s'installer une cachette sûre. Il aurait vu ici non une geôle mais l'accomplissement d'un rêve.

— J'ai préparé le petit déjeuner.

La voix de Gabriel me fait sursauter car je ne l'avais pas vu, assis au coin du feu. *Tu perds les pédales, ma vieille.* Il n'est pas habillé pour sortir, ce qui signifie qu'il va rester avec nous. Hier, nous nous sommes disputés à propos du même sempiternel sujet : je veux m'aventurer dehors, il refuse sous prétexte que c'est trop dangereux. Inspirant un bon coup, j'opte pour une stratégie différente :

— Merci, Gabriel, ça a l'air délicieux.

Des morceaux de gras flottent à la surface de la soupe. Je lui en sers un bol.

— Quels sont tes plans pour aujourd'hui ? je demande, tête inclinée, sourire aux lèvres.

Tu vois, Gab, je ne suis qu'une docile et frêle créature que tu devrais autoriser à se balader… si possible armée d'un flingue.

— J'ai déniché de quoi fabriquer des flèches. Je me disais que tu pourrais m'apprendre.

Voilà qui m'étonne. Cette activité, je la partageais avec mon père. L'idée de passer du bon temps en compagnie de ce type a des allures de piège.

— On n'attend pas Addison ?

Typique de la môme. Pour une fois que j'ai besoin d'elle, elle n'est pas là.

— Non, elle a autre chose à faire. Viens.

Se coiffer, sans doute. Après un instant d'hésitation – mais je n'ai pas d'autre occupation –, je suis Gabriel dans une partie du bunker où je ne me suis guère risquée.

— Ma chambre, annonce-t-il en poussant une porte.

La seule pièce que je n'ai pas fouillée. J'entre, peu encline à me retrouver seule avec le propriétaire des lieux. Un lit simple dans un coin, un tas de livres à côté. Efficacité militaire. Je m'empare du volume placé au sommet de la pile.

— *Princess Bride*, je constate en souriant. Un des ouvrages préférés de mon père.

— L'un des miens aussi, répond-il en m'invitant à m'asseoir sur le lit. Tu peux l'emprunter, je l'ai lu tant de fois que j'en ai oublié le compte.

Je soupèse le roman, partagée entre mon envie de le prendre et mon refus d'accepter quoi que ce soit de la part de cet homme.

— Ce n'est qu'un bouquin, Ara.

— Pour toi, peut-être.

— Pourquoi me détestes-tu ?

Sa franchise me déroute.

— Je... Je ne te déteste pas.

— Tu ne m'apprécies pas non plus.

— Tu me retiens prisonnière ici.

— Pour ton propre bien.

Je replace le livre d'un geste brusque.

— Ce n'est pas à toi d'en décider, je réplique fraîchement. Tu n'as pas le droit d'utiliser les autres, Gabriel. Il s'agit de ma vie.

— Et si je n'étais pas d'accord avec ça ?

— Pardon ?

— Si ta vie ne t'appartient pas seulement à toi mais appartient à la société aussi, est-ce à toi de décider du tournant à lui donner ?

— Oui.

Cette fois, j'ai mis dans ma réponse toute la haine dont je suis capable. Il contemple ses mains en acquiesçant avant de me regarder de nouveau.

— Entendu. Au printemps, je te donnerai tout ce que tu veux et tu pourras partir.

Là encore, je suis surprise. Il me prive des dizaines d'arguments que j'ai préparés. Il n'empêche, il n'est pas digne de confiance. *Toujours veiller aux entourloupes.* Je décide cependant de jouer le jeu :

— Comment puis-je être certaine que tu ne mens pas ?

— Tu ne peux pas. En attendant, viens m'aider à fabriquer ces flèches.

Bizarrement, c'est l'une de mes meilleures journées depuis longtemps. Lorsqu'il cesse de se prendre au sérieux, Gabriel devient fréquentable. Par ailleurs, il aime lire. Nous discutons des romans que nous adorons et détestons, nous chamaillons quand il s'agit de savoir si un auteur serait susceptible d'écrire sur les temps troublés que nous vivons. Je suis d'avis que non, ce à quoi il m'oppose qu'il tient un journal depuis le début des événements. Ça lui ressemble tant que je lève les yeux au ciel. Je lui apprends comment façonner des flèches et je vais jusqu'à lui raconter ma première partie de chasse avec mon père.

Quand Addison surgit pour annoncer qu'il est temps de dîner, je suis sous le choc.

— J'ai prévu une soirée spéciale, dit Gabriel en se levant d'un bond avant de me tendre la main, tout sourire. Faites-vous belles, les filles, et rejoignez-moi dans la pièce aux tapis.

Me faire belle consiste à accepter d'essayer deux tenues imposées par Addison. Je cède aussi à son caprice de me coiffer, sous peine de finir par mourir de faim. Une heure plus tard, elle m'entraîne dans le salon où sont entassées plusieurs couches de tapis et où s'accumulent des sièges divers et variés, en piètre état mais relativement confortables.

Ralph nous sourit à notre arrivée, une guitare sur les genoux. Le fauteuil voisin de celui de Gabriel contient plusieurs paquets enveloppés d'un papier brillant rouge décoré de flocons blancs.

— Y a-t-il une occasion particulière à tout ça ? je demande, prise de court à la vue des cadeaux.

— J'ai pensé qu'il serait bien de fêter Noël, répond Gabriel.

Addison pousse des cris de joie stridents et se jette à son cou.

— Parce qu'on est en décembre ? j'insiste, soupçonneuse.

— Nous ne sommes pas sûrs de la date, me renseigne Ralph, mais il a neigé hier.

Haussant les épaules, je m'assois sur le siège le plus proche, histoire de ne pas m'installer entre Gabriel et Dax.

— Moi d'abord, décrète ce dernier.

Se levant, il quitte la pièce. Lui et moi avons développé une relation qui évoque celle de deux chats contraints de cohabiter. Nous prétendons que l'autre n'existe pas, sauf quand nous n'avons d'autre choix que d'interagir. Auquel cas chacun de nous affiche la plus mauvaise grâce qui soit. Lui seul a l'air de réprouver ma présence ici. J'avoue que je n'ai pas essayé de le faire changer d'avis. De l'autre côté du salon, Gabriel et Addison rigolent et plaisantent. J'éprouve une drôle de sensation d'abandon après la journée que je viens de passer en tête à tête avec lui. Je me rapproche de Ralph, qui m'accueille avec un immense sourire.

— Tu sais jouer ? je m'enquiers en montrant l'instrument.

— Bien sûr. Demande-moi le morceau que tu veux.

Emma adorait la musique et Noël. Je garde ça pour moi.

— Choisis-en plutôt un que tu aimes.

— Mon préféré est un duo. J'ai besoin qu'une femme chante avec moi.

— Gabriel sera ravi de te rendre ce service, lance Dax d'un ton sec en réapparaissant. J'ai abattu un dindon sauvage pour le déjeuner de demain.

Debout dans l'encadrement de la porte, il tient un sac. Une bouffée de jalousie me submerge. A-t-il rapporté son trophée rien que pour frimer ? Non, car il avance et vide son butin devant nous. En tombent deux paires de bottes d'hiver.

— J'ai aussi trouvé ça pour les filles, reprend-il. J'ai remarqué que tes chaussures étaient usées, Ara.

Le geste est attentionné, mais la voix reste froide.

— Merci, Dax. Désolée, je n'ai rien à t'offrir.

Un rat mort, par exemple. Il s'affale dans un fauteuil et se détourne de nous.

— À moi ! piaille Addison.

Elle me tend l'un des plus gros paquets.

— Vous auriez dû m'avertir, je proteste, pleine de culpabilité. Moi, je ne vous ai pas fait de cadeaux.

La fillette me gratifie d'un sourire félin et malicieux tout en jetant un coup d'œil à Gabriel.

— Si, répond-elle. Je n'ai encore jamais vu mon frère aussi heureux.

Je dissimule mon embarras en ouvrant son présent. Il s'agit d'une robe vert menthe. Je m'esclaffe. Cette gamine a de la suite dans les idées, décidément.

— Merci, Addison, elle est ravissante.

Combien de temps patientera-t-elle avant de m'obliger à la mettre ? Pas beaucoup, à mon avis.

— Tiens, me souffle ensuite Gabriel.

J'aimerais ne plus être le centre de l'attention générale, mais il me scrute d'un air grave. Lentement, je déballe le modeste paquet. Je découvre un fabuleux collier fait de pierres qui ressemblent à des diamants avec un pendentif en émeraude. Un objet aussi magnifique qu'inutile. Dieu soit loué, je n'ai pas à le dire car Addison a ouvert son cadeau et s'égosille devant un autre collier de diamants.

Ralph, qui gratte sa guitare dans son coin, se lève soudain.

— Et maintenant, mesdames et messieurs, place au grand Ralph !

Apparemment, son cadeau collectif est sa propre personne. De sa voix grave et forte, il entonne un vieux tube de country que ma mère aimait. Addison me tire de mon siège et m'entraîne dans une ronde folle. Tête en arrière, elle chante les paroles, que j'ai oubliées. Nous tournons de plus en plus vite, jusqu'à ce qu'elle me lâche. Je décolle mais, au lieu de m'affaler par terre, j'atterris contre un corps et des bras costauds. Je me fige tandis que Gabriel s'esclaffe et me ramène au milieu de la pièce.

Addison force Dax à danser avec elle tandis que j'autorise Gabriel à me faire aller et venir avec des gestes sûrs. Quand son frère la soulève, Addison piaille de joie. Contaminée par la bonne humeur ambiante, je ris avec elle.

Peu à peu, les voix montent, dominant la guitare, ce qui ne démonte en rien Ralph, qui joue et chante plus fort. Nous dansons à en perdre haleine et finissons couverts de sueur. Quand je me rassois, je me rends compte que, pour la première fois peut-être, je n'ai pas pensé à m'évader.

— Tu permets que je te raccompagne à ta chambre ? s'enquiert Gabriel un peu plus tard.

Ma tête a commencé à dodeliner et j'accepte la main qu'il me tend. Nous nous enfonçons dans le refuge. Il prend soin de garder une distance correcte entre nous deux. Quelles sont ses motivations ? Le bunker est grand, mais pas assez pour que je m'y égare. Va-t-il revenir sur sa promesse de ce matin ? Devant la chambre d'Addison, il se retourne vers moi, le regard franc.

— Tu m'as accusé de me servir de toi, ce n'est pas vrai. Je cherche juste à te protéger. La vérité, c'est que j'ai peur de me confier. J'ai peur de perdre ceux que j'aime. J'ai peur de ne pas être à la hauteur.

Il s'interrompt, à court de mots.

— J'ai peur de l'échec, enchaîne-t-il d'une voix frustrée, peur de ne pas réussir à sauver ma famille et mon clan.

Se rapprochant, il prend mon menton entre ses paumes, comme le jour de notre rencontre. Il me contraint à le regarder droit dans les yeux.

— Mais je ne suis pas le seul à avoir peur, Ara. Toi aussi, je le vois.

Il se penche et ses lèvres effleurent les miennes. Son baiser me fait l'effet d'un séisme.

— Bonne nuit, finit-il par murmurer.

Il s'en va. Pendant un instant je suis paralysée, puis je me laisse glisser sur le sol. Seule la solide porte en bois dans mon dos m'ancre à la réalité. J'ai l'impression que je ne me suis pas uniquement égarée.

Mais plutôt que je me suis complètement perdue.

18

ARA

Le lendemain, à côté d'Addison, je suis en train de pétrir mon pain, les yeux rivés sur le feu. Je n'ai pas dormi de la nuit, obsédée par le geste et la promesse de Gabriel. Je sais très exactement ce qu'il attend de moi, et il est hors de question que je le lui donne. Mais est-ce une coïncidence s'il s'est engagé à me libérer le jour même où il m'a embrassée ? Le piège que je redoute est-il là ? Plus je m'attarde ici, plus je cède du terrain et plus je m'éloigne de moi-même. Qu'adviendra-t-il après ce baiser ? Quel prix suis-je prête à payer pour ficher le camp ? Je suis peut-être sotte de lui faire confiance, et il vaudrait mieux que je m'enfuie maintenant au lieu d'attendre le printemps.

Le plus étrange, sans doute, c'est qu'au moment où ses lèvres ont touché les miennes j'ai regretté qu'elles n'appartiennent pas à un autre homme, aux yeux verts et au sourire séduisant. Si je filais, ce serait très loin de cette fichue ville. Ça ne m'empêche pas de souvent songer à Kaden, Sam et Issac. J'espère qu'ils vont bien, qu'ils sont ensemble et qu'ils prennent du bon temps dans un endroit plus agréable que le trou sordide où je suis coincée.

— Tout va bien ? me demande Addison, dont j'avais oublié la présence.

— Oui, bien sûr. Pourquoi cette question ?

— Parce qu'on dirait que tu veux assassiner ta pâte à pain.

J'interromps ma tâche.

— Ton frère m'a assuré qu'il me laisserait partir au printemps. Qu'est-ce que tu en penses ?

Elle secoue lentement la tête, une expression paumée sur le visage.

— Pourquoi as-tu envie de t'en aller ? On est en sécurité, ici.

Je me retiens de hurler.

— Parce que la vie ne se réduit pas à être en sécurité.

Il y a plus, oui. La sensation du vent dans mes cheveux, le parfum des pins dans le froid, les attentions d'un homme qui me déstabilise.

— Mais toi et Gabriel ?

Je me raidis.

— Comment ça ?

— Vous deux n'êtes pas…

Elle me fixe d'un air entendu. Je secoue la tête, stupéfaite de rougir devant une enfant.

— Alors, vous n'avez jamais…

— Eh bien, il m'a embrassée… j'admets avec regret.

Addison se précipite sur moi, manquant de me renverser.

— J'en étais sûre ! s'écrie-t-elle, radieuse. Il a une de ces façons de te regarder ! Moi qui ai toujours voulu une sœur !

Gênée, je tente de la repousser.

— Ça suffit, Addison ! Il n'y a rien entre lui et moi.

Elle rigole.

— Ah ouais ? Viens avec moi.

Interloquée, je la suis hors de la cuisine. Elle s'engouffre dans le couloir et me conduit à un placard exigu dont le fond est un panneau de bois. La gamine tire dessus et une trappe de la taille d'un gosse apparaît. Elle m'entraîne dans une petite alcôve.

— C'est une cachette que Gabriel a fabriquée pour moi, chuchote-t-elle. Au cas où quelqu'un investirait le bunker. Il n'a pas vu que le système de ventilation donne sur la pièce où ils se réunissent. Presque tous les matins et tous les soirs.

L'espace minuscule renferme un tabouret bas qu'Addison m'indique. Grimpant dessus, je me rends compte qu'une grille métallique permet d'apercevoir une pièce nue, juste meublée d'une table et de quatre chaises.

— Il n'y a personne, je murmure.

— Attends qu'ils arrivent. Tu verras comment Gabriel parle de toi.

— Et s'ils découvrent mon absence ?

— T'inquiète, sourit la fillette. Je couvre tes arrières. Il t'aime, Ara, je le sais.

Elle m'abandonne à mes réflexions. Je n'éprouve aucun sentiment pour Gabriel, j'en suis certaine. Je souhaite seulement qu'il me relâche afin que je puisse rentrer chez moi. Même si mon enfermement ici a commencé à me saper le moral et que je ne nourris plus beaucoup d'espoir. Dans mes rêves les plus fous, j'imagine que Père m'a laissé une piste à la maison, voire qu'il m'y attend. Mais si je me trompais encore une fois ? Si je ne découvrais rien du tout là-bas ?

Dans l'obscurité, je perds la notion du temps. Je suis sur le point de retourner à la cuisine, convaincue d'y trouver Addison et les trois hommes en train de se moquer du mauvais tour qu'on m'a joué, quand, soudain, je perçois des voix. J'escalade le tabouret aussi doucement que possible et je jette un coup d'œil dans la pièce contiguë. Ralph et Dax s'assoient, Gabriel fait les cent pas devant eux.

— Aie un peu de courage et fonce, merde ! lance Dax, qui poursuit certainement une conversation dont je n'ai pas entendu le début.

— J'ai commencé, et je crois que je progresse, répond Gabriel.

Je me hérisse.

— Il est encore trop tôt, enchaîne-t-il. Si nous repartons maintenant, je risque de la perdre de nouveau.

Mon cœur s'emballe. L'idée est-elle de regagner le clan ?

— On ne peut pas attendre, rétorque Dax. On s'est absentés trop longtemps déjà. Notre escorte sera bientôt ici.

— Et si elle m'échappe ? Si elle est restée loyale envers Kaden ?

— Tu n'as qu'à te débrouiller pour que ça n'arrive pas, lâche son frère d'une voix lasse.

— Qu'est-ce que tu proposes ?

— Personne n'a vu Kaden depuis qu'il a disparu. Toi et moi savons qu'il ne reviendra au QG que pour deux raisons. La première, c'est Ara. Arrange-toi pour te la mettre dans la poche et il ne resurgira pas.

Si je le pouvais, je giflerais Dax.

— Et la seconde raison ?

— Le môme, Sam.

— Il est en voie de guérison, intervient Ralph sur un ton légèrement inquiet. Il devrait s'en sortir.

— Et dans le cas contraire ? objecte Dax.

— Encore une fois, que proposes-tu ? demande son aîné.

Je me raidis, redoutant la suite.

— Si Sam meurt, Kaden désertera le clan pour toujours. Il ne reste que pour lui, nous ne sommes pas dupes. Quand il sera parti, Ara sera toute à toi. Kaden est dangereux, Gabriel, ce n'est pas à toi que je vais l'apprendre. Il est apprécié des gars et, apparemment, d'Ara aussi. La solution est simple : ne donne pas à la fille l'occasion de faire le mauvais choix.

Dax continue en baissant la voix :

— Tu es un mec bien, Gabriel, le meilleur d'entre nous. Mais tu sais mieux que personne que, parfois, la fin justifie les moyens. Tu ne vas tout de même pas laisser un gamin t'empêcher de reconstruire l'humanité ? On peut procéder rapidement et de façon humaine, ni vu ni connu. Si c'est impossible pour Addison, ça ne l'est pas pour Ara.

Je ne pige pas. Leur sœur n'est qu'une gamine, qu'est-ce qui pourrait être impossible pour elle ?

— Une fois qu'elle portera ton enfant, conclut Dax, tu seras l'homme qui a sauvé le monde.

J'ai la nausée. Pas Sam. Même Gabriel n'oserait pas. Malheureusement, sa réponse me prouve que si, et mon univers bascule :

— Veille à ce qu'il soit exécuté.

Le déjeuner se déroule dans le silence. Malgré le dindon, Ralph a perdu sa désinvolture et ne parvient pas à entretenir la discussion en parlant uniquement de ses qualités.

— Tout va bien, Arabella ? s'enquiert-il.

Je sursaute. Il n'y avait que Père qui m'appelait par mon prénom complet. Uniquement quand je m'étais fourrée dans des ennuis, d'ailleurs.

— Oui, je suis juste un peu fatiguée.

— Aurais-tu trop travaillé, *Arabella* ? rebondit Dax en insistant sur mon nom comme si c'était un gros mot. Et si tu chassais notre nourriture, pour changer ?

— Ça suffit, Dax ! lâche sèchement Gabriel. J'ai une annonce à faire, ajoute-t-il en se tournant vers moi avec un sourire gentil.

Je sens le poids de son regard sur moi, bien que je fixe mon assiette.

— Nous allons bientôt retourner au clan, dit-il après s'être raclé la gorge.

— Et la neige ? j'objecte en lui jetant un coup d'œil.

— Elle a fondu en grande partie, et il vaut mieux bouger avant la prochaine grosse chute. À la base, nous aurons tout ce qu'il faut pour tenir jusqu'à la fin de l'hiver. Par ailleurs, sous sommes d'avis que, toutes les deux, vous serez plus heureuses là-bas. Le changement nous fera du bien à tous.

Et ta promesse, espèce de sale type ? Et l'innocent que tu es prêt à sacrifier pour obtenir ce que tu veux ? Si tu crois que je serai tienne un jour, tu te trompes lourdement.

— Nos gars devraient être ici demain soir ou après-demain matin au plus tard. Nous devons nous préparer, Ara. Je me suis dit que tu pourrais bosser avec moi…

— Addison et moi voulons d'abord nous laver les cheveux pour qu'ils soient secs avant la nuit.

Gabriel réfléchit puis cède aux suppliques de sa sœur. Elle me prend par la main et nous descendons dans la salle où coule la rivière. Les murs en pierre sont couverts de mousse verte. Celui du fond s'interrompt brusquement en une falaise dominant les flots tumultueux, qui forment un sentier ondulant et noir à peine visible. Je frissonne sous l'effet du froid. Addison allume une lanterne. L'eau trace des dessins sur le plafond.

— Je m'occupe de remonter un seau pour qu'on se lave le visage, d'accord ?

— Addison ?

Elle me regarde. Dans l'ombre, elle semble étonnamment plus âgée que ses onze ans.

— Pourquoi n'es-tu encore jamais allée au clan ? Pourquoi seulement maintenant ?

Durant un instant, son masque insouciant se fendille.

— Gabriel ne t'a pas raconté mon histoire ?

— Non.

Pour moi, il a juste cherché à protéger sa jeunesse. Quel grand frère voudrait jeter sa petite sœur au milieu d'une bande de mecs ?

— J'ai été malade, murmure-t-elle.

Elle se tait et enroule ses bras autour d'elle comme si ces souvenirs la glaçaient.

— Un cancer des ovaires, reprend-elle. C'est très, très rare à mon âge. Les traitements ont été horribles. Puis ils se sont arrêtés. Le monde entier aussi. Gabriel m'a amenée ici et m'a promis qu'il me conduirait là-bas quand je serais guérie.

Elle me dévisage, attrape ma main et ajoute avec tant de chaleur et de sincérité que j'en ai mal :

— Maintenant que tu es avec nous, j'ai envie d'y aller.

Je fixe mes orteils. Comment ai-je pu vivre pendant des semaines avec elle sans être au courant ? Cela change-t-il mes plans ?

— Allez, lance-t-elle, corvée d'eau !

Elle se penche pour se saisir de la corde à laquelle est attaché le seau, si proche du bord qu'un pas suffirait pour qu'elle bascule et soit emportée. J'avance et je l'aide à puiser assez d'eau pour nous deux. Mon reflet vacillant s'estompe quand le liquide coule entre mes mains en coupe.

— Dès que je t'ai vue, babille Addison, j'ai su, à la façon dont mon frère te regardait, que toi et lui seriez ensemble un jour.

Je tressaille.

— Une fois au clan, on sera enfin en sécurité pour de vrai. On sera une famille.

Je me redresse lentement.

— Tu veux jouer à un jeu avec moi, Addison ? Gabriel a recommandé qu'on s'entraîne.

Ses yeux s'illuminent et la culpabilité me tord les boyaux. Mais c'est ça ou sauter dans une rivière gelée en plein hiver.

— Tu te rappelles, à l'école, les alertes incendie ?

Elle acquiesce avec enthousiasme.

— Eh bien, on va s'exercer pour le cas où quelqu'un ferait intrusion dans le bunker et essaierait de t'enlever. Le truc, c'est qu'on va faire comme s'il s'agissait de ceux qui vivent ici.

— Gabriel, Dax et Ralph, tu veux dire ?

— Oui.

Souriant de toutes ses dents, elle sautille d'un pied sur l'autre.

— Maintenant, écoute-moi bien, parce que c'est le plus important. Tes frères et Ralph vont t'appeler, pas contents, ils vont insister pour que tu remontes. Sauf que toi, tu dois absolument rester cachée. Compris ?

Elle acquiesce frénétiquement.

— Bien, je conclus en la serrant contre moi. Est-ce que tu connais un endroit où ils ne te trouveront pas ? Pense à un lieu super secret.

Elle opine, je lui donne une petite tape sur le nez.

— Parfait. Alors fonce, pendant que moi, je vais dire aux garçons que la partie a commencé. Souviens-toi de ne pas les écouter, hein ? Si tu arrives à tenir au moins une heure, tu gagneras une récompense très spéciale. Allez, file !

Virevoltant sur les talons, elle décampe. À ma grande surprise, une vague émotion me tenaille. Il est possible que cette petite me manque plus tard. Je fouille mes poches en quête de ce dont j'ai besoin : mon canif et des allumettes. Père m'a appris à survivre avec aussi peu. Je me mets à pleurer.

Que le jeu commence !

Je grimpe les marches à toute vitesse et débarque dans le salon en hurlant. Les gars me contemplent avec stupeur.

— Que se passe-t-il, Ara ? s'exclame Gabriel en se levant pour venir à moi.

— Addison, je hoquette, elle est tombée dans la rivière.

Il enfonce ses doigts dans mon épaule avec une telle violence que je sursaute.

— Elle est visible depuis le tunnel ?

Des larmes plein les joues, je fais signe que non.

— Le courant est si puissant. Elle a été… balayée.

— Avec moi, Ralph ! ordonne Gabriel d'une voix presque calme. Dax, descends voir si tu l'aperçois.

Tous trois partent au galop.

Pendant que le bruit de leurs pas s'éloigne, je contemple la trappe, dont les contours laissent filtrer des rais de lumière. Essuyant mes larmes, j'avance avec détermination. Mon plan dépend à présent d'une éventuelle négligence : ont-ils, ne serait-ce qu'une fois, oublié de verrouiller la sortie ?

Je grimpe à l'échelle, tourne la poignée et pousse. Le soleil m'éblouit après tant de semaines passées dans le noir. Euphorique, j'oublie la douleur oculaire provoquée par la clarté, considérant que c'est payer peu cher ma liberté.

— J'arrive, Sam.

19

KADEN

L'hiver est de plus en plus rude et les semaines s'étirent tandis que ma blessure au flanc cicatrise et que je prends lentement conscience de ce que signifie mon adoption par la horde de sauvages. La pandémie a rendu le monde cruel et les hommes sont parfois obligés de tuer pour survivre. Colborn, lui, tue pour le plaisir. Son emprise sur ses troupes est totale. Pareils à une nuée de sauterelles, ces types dévorent tout et tous ceux qu'ils croisent. Le choix est simple : mourir dans des souffrances abominables ou participer à la monstruosité. L'inconscient qui ose protester est réduit au silence.

Aujourd'hui n'est pas différent des autres jours. Un soleil froid et mutique me juge alors que je mène une partie de la bande dans les escaliers d'un ancien bar en sous-sol. Colborn me précède. Quand j'arrive en bas, j'ai l'impression d'avoir loupé une marche. L'endroit recèle de nouvelles denrées dont j'ignorais l'existence. Colborn soulève le couvercle d'un tonneau et son sourire de prédateur me serre la gorge.

— Félicitations, Kaden.

Il attrape un fusil, l'examine, admire les reflets de la lumière sur la crosse en bois. Un deuxième tonneau renferme d'autres flingues.

— Ces armes ne serviront à rien à tes hommes. Ils visent comme des pieds.

Malgré mes paroles, Colborn adresse un signe à ses sbires qui se bousculent pour s'approprier un pistolet. Mon malaise n'en est que plus palpable. Jusqu'ici, j'ai conduit mes nouveaux compagnons dans cinq entrepôts différents où étaient stockés des conserves et des produits non périssables. Le tout a été englouti en un rien de temps. Je n'imaginais pas une seconde que Gabriel avait eu le culot d'accumuler un véritable arsenal ici. Je ne sais pas contre qui je suis le plus en colère : lui, pour son irresponsabilité, ou moi, qui ai remis ces armes à une bande de types violents. Heureusement, ils n'ont pas de munitions.

Pour l'instant.

Je tourne les talons et remonte les marches en me tenant le côté. Bien que ma plaie soit guérie, elle reste douloureuse par grand froid. La nuit où Colborn l'a cautérisée me laisse peu de souvenirs, et les jours suivants n'ont été que souffrances intolérables. La gratitude que j'ai pu éprouver pour les soins qu'on m'a prodigués s'est évanouie au fil des semaines pendant lesquelles j'ai révélé aux gars de Colborn l'emplacement des réserves que j'avais peu à peu accumulées avec ma section. Malgré mes réticences à leur céder nos trésors, j'ai surtout voulu les empêcher d'attaquer d'autres clans pour se ravitailler en exécutant tout le monde au passage.

Nous n'avons rencontré que deux autres malheureux, crevant de faim et épuisés. Colborn les a obligés à se battre à mort avec une brique pour seule arme. Bien que le duel ait été répugnant, j'y ai assisté jusqu'au bout, conscient que le costaud m'épiait. Le vaincu a été abandonné sur le trottoir, les immeubles alentour lui servant de cimetière. C'est là que j'ai compris qu'Ara avait raison : certains ne veulent que la fin du monde. Si quelques-uns parmi nous rêvent avec nostalgie de celui que nous avons perdu, Colborn a l'air de s'acharner à anéantir celui-ci.

Ce qui rend mon évasion d'autant plus difficile à préparer. Ma première raison de rester, c'est Ara. Notre groupe écumant la ville, nous l'aurions localisée à présent si elle y était encore. Malheureusement, elle a disparu corps et biens. J'espère qu'elle a trouvé ce qu'elle cherchait. L'idée qu'elle tombe entre les pattes de la horde me fait frissonner d'horreur.

J'émerge sous le soleil d'hiver, qui envoie ses rayons pâles sur les congères sales. Ma seconde raison piaffe devant moi. Red. Je souris. Il enfonce ses naseaux veloutés dans la neige en quête d'herbe.

— Bien joué, me lance Colborn. Tu as tenu tes promesses.

Il s'étire avant de s'adosser à un mur. Béat, il contemple le ciel. Sa bonne humeur assombrit la mienne.

— Qu'en est-il des tiennes ? je rétorque. À ce rythme, je serai vieux quand je m'en irai.

À moins que tu ne me liquides avant. Il passe un bras sur mes épaules, dans un geste d'apparence amicale. Ça ne m'empêche pas de me demander s'il a eu le même pour les frères qu'il a assassinés.

— Tu es trop pressé. Patiente encore un peu. Je n'ai plus qu'un service à te demander, puis tu seras libre de partir.

— Avec Red ?

— Bien sûr. Je m'y suis engagé, non ?

Il s'écarte. J'ai été bien bête de le croire. Sauf que je n'avais guère le choix. Depuis que j'ai révélé mon utilité, les hommes me surveillent de près. Il me sera impossible de me sauver à pied. J'ai besoin de mon cheval. Et puis, Red m'a littéralement porté pendant les jours les plus sombres de mon existence. Il est exclu que je l'abandonne.

— Viens, allons grailler, me dit Colborn en m'invitant à le suivre.

Je jette un dernier coup d'œil à Red et aux quatre mecs qui le gardent. Quatre de trop. Il relève la tête et me contemple en hennissant doucement. Bien qu'il m'en coûte, je me détourne et rejoins le feu de camp derrière Colborn. Le soleil baisse à l'horizon. Le bivouac de ce soir a été installé dans un immeuble d'habitation étroit. Normalement, les hommes préfèrent rester dehors, mais les nuits sont glaciales. J'entre dans le bâtiment, qui pue la sueur et l'urine. Malgré le trou découpé dans le plafond, l'endroit est enfumé au point de ressembler à l'un des cercles de l'enfer.

Colborn s'assoit sur un banc près du foyer. Aussitôt, ses occupants se poussent, me laissant la place de m'installer à mon tour. Il y a des gars allongés par terre, d'autres blottis contre les murs. Des sentinelles montent la garde, par crainte plus d'animaux infectés que de quelconques adversaires. C'est nous qui semons la terreur, pas nos rivaux.

Nous dînons de haricots en boîte et de fruits au sirop, luxe déniché dans la dernière cachette que je leur ai montrée. Colborn a un petit faible pour les fruits et les stocke pour son seul usage. Au milieu de la pièce, des hommes s'échinent à faire rôtir une oie du Canada. Quand elle sera prête, ils en offriront une portion au chef. En attendant, ce dernier contemple la pile de conserves vides entassées dans un coin.

— Retourneras-tu dans le clan dont tu étais membre ? finit-il par s'enquérir. Ou crains-tu que tes anciens potes t'en veuillent d'avoir donné leurs réserves ?

Il me dévisage, les yeux éclairés par les flammes. Est-ce encore un de ces jeux qu'il affectionne tant ? Essaie-t-il de me piéger ?

— Gabriel ne m'a jamais aimé, de toute façon.

— Pourquoi donc ?

Ben, mes blagues à répétition, mon manque de respect, mon mépris à peine dissimulé. À moins que ce ne soit parce que j'ai bousillé sa dernière chance de repeupler la Terre ? Tu n'as que l'embarras du choix.

— C'est une longue histoire.

— Tu as mieux à faire que de me la raconter ?

Un étrange sentiment libérateur s'empare de moi. Je suis assis à côté d'un mec à qui je peux tout dire sans qu'il cille. Bien sûr, il est hors de question que je mentionne Ara. Mais l'animosité qui m'oppose à Gabriel a des origines plus anciennes.

— Les gens l'ignorent, mais Gabriel n'est pas l'aîné de sa fratrie ni le premier chef du clan Castellano. C'était Everett.

Je m'interromps, surpris par l'émotion qui me noue la gorge.

— Lui et moi étions amis, il m'avait confié la direction des écuries. Puis, un jour, il nous a convoqués, Gabriel et moi, afin de nous annoncer qu'il me nommait lieutenant. Gabriel est devenu dingue, il a invoqué les liens du sang, a parlé de trahison. Puis il est parti. Le lendemain, c'est lui qui nous a fait venir dans sa chambre. Avec son calme habituel, il nous a expliqué que nous devions nous préparer à faire part de ma promotion au reste du clan. J'étais plutôt d'accord. Sauf que nous n'avons pas eu le temps d'en rediscuter, car les deux frangins sont partis en expédition. Quand Gabriel est revenu à la base, dans tous ses états, il a évoqué une bête contaminée qui les avait obligés à se séparer. Tout le monde s'est mis à la recherche d'Everett. Lorsqu'on l'a enfin retrouvé, il était trop tard. Ses yeux avaient viré au blanc. Ils l'ont achevé avant que j'arrive. Puis on l'a brûlé sur place.

Une journée que je n'aime pas me remémorer. Haussant les épaules, j'achève mon récit :

— Il m'a semblé que ce n'était pas le moment de confier aux autres qu'Everett m'avait choisi comme second. Le lendemain, Gabriel m'avait pris de court en s'autoproclamant successeur de son frère.

— Quand tu dis « ils », de qui parles-tu ?

Le ton de Colborn est tranquille, à croire qu'il mène une conversation anodine. J'étouffe une bouffée de colère. *Il s'efforce de te faire perdre le contrôle. Ceci n'est qu'un jeu pour lui. Ne le laisse pas gagner.*

— Quelques hommes de main de Gabriel. Ils l'ont tué par charité chrétienne, il avait été infecté.

Je fixe le feu, peu désireux de montrer à mon interlocuteur que je regrette d'avoir ouvert la bouche.

— Permets-moi de résumer. Everett trahit son frérot en te nommant lieutenant, le frérot l'entraîne loin du camp et revient sans lui. Puis ses fidèles le découvrent les premiers. J'ai comme l'impression que Gabriel avait tout prévu. Comme Caïn avec Abel. Et la charité chrétienne n'a rien à voir là-dedans.

L'oie tombe soudain dans le brasier et des étincelles s'envolent. Stupéfait de ce que mon voisin sous-entend, je proteste :

— Non… Même Gabriel ne…

— Combien de fois ces deux-là étaient-ils partis seuls en mission ? rigole Colborn.

Je réfléchis, serre les dents.

— Jamais.

— Et cette expédition, elle était planifiée ?

— Non. J'ai pensé que Gabriel souhaitait s'entretenir en tête-à-tête avec Everett. Le persuader de changer d'avis.

Cette fois, le costaud s'esclaffe carrément, et je sursaute.

— Un sacré tête-à-tête, c'est clair.

J'ai envie d'effacer le sourire de sa sale gueule.

— Tu n'en sais rien. Je suis sûr que Gabriel n'a pas tué Everett. Même si je ne l'apprécie pas.

Et pourtant… Gabriel est prêt à tout, absolument tout, dès lors qu'il estime que ça sert ses intérêts. Colborn se penche vers moi et susurre :

— Si, je sais. Parce que j'aurais fait exactement pareil à sa place.

Son hypothèse tourbillonne et s'épaissit comme les volutes de fumée dans la salle. *Méfie-toi. Ce type adore déstabiliser les autres. Même Gabriel n'aurait pas osé liquider son propre frère.* Sauf que l'expression rageuse de ce dernier en ce fameux jour hante mes souvenirs. Et si cette fureur, au lieu de s'estomper, s'était transformée en un plan machiavélique destiné à lui assurer la domination du clan ? L'idée qu'un homme puisse assassiner son frangin a beau me révolter, la graine semée par Colborn commence à germer dans mon cerveau.

Mon voisin rigole de nouveau et m'assène une telle bourrade dans le dos que je manque de tomber.

— Ne t'inquiète pas, je suis sûr que ton propre frangin est en sécurité là-bas. Sinon, il n'a qu'à se joindre à nous.

Imaginer Sam au milieu de la horde suffit à me faire poser mon assiette par terre, bien que je ne l'aie pas vidée. J'ai toujours cru que la meilleure façon de protéger Sam était de rallier les Castellano. Je commence à avoir des doutes.

— Tu te crois différent de nous, Kaden, soupire Colborn. Mais j'ai vu combien tu avais soif de sang quand tu as zigouillé Brutus. Tu es l'un des nôtres.

— Non, et ça n'arrivera jamais.

J'ai parlé sans réfléchir, sans songer aux conséquences. Colborn sourit cependant, d'un air dangereux.

— Tu restes loyal envers ton ancien clan ? Si Gabriel a été capable de tuer son frérot, il n'aura aucun mal à liquider le tien aussi. Tu devrais peut-être aller lui poser la question, histoire de t'en assurer.

Encore un de ses jeux tordus.

— Comment ça ? je ne peux toutefois m'empêcher de demander.

Est-il prêt à m'autoriser à partir ?

— Cinquante gars viennent de quitter votre base. Un tel nombre, c'est une première. Je veux leur tendre un piège.

Je me raidis et ma blessure se réveille. Un piège. Gabriel se vante d'être toujours prêt à tout, mais il n'a pas encore croisé le monstre qu'est la horde. Ça va être un massacre.

— Autre chose ? j'insiste.

Des fois que je trouve un moyen de les avertir ou d'empêcher ça.

— Ils voyagent depuis trois jours. Gabriel n'est pas avec eux.

— Pourquoi ne les attaques-tu pas maintenant ?

La bouche de Colborn se fend d'un rictus de dément.

— Patience, Kaden. Il doit avoir stocké quelque chose d'extrêmement précieux pour expédier un détachement aussi important. Nous devons attendre que l'escouade ait récupéré ce trésor et rentre au QG. C'est alors seulement que nous passerons à l'action.

— Qu'est-ce que ça peut être, à ton avis ?

Des soupçons affreux me viennent à l'esprit. Et si cette cargaison n'était pas quelque chose mais quelqu'un ?

— Des armes, des explosifs, de l'essence, peut-être un peu de tout ça.

La nonchalance affichée de Colborn le trahit. Il ne souhaite pas uniquement s'emparer de ce que détient Gabriel, il veut aussi avoir le plaisir de le lui arracher. Encore un jeu.

— Et au nom de quoi je t'aiderais ?

— Je te rendrai ton canasson chéri et tu seras libre de partir. Mais pas avant que tu aies obtenu de Gabriel la vérité à propos de la mort d'Everett. Apprends ce que sont les ténèbres, et tu te rendras peut-être compte que tu es bien l'un des nôtres, finalement.

Je veille toute la nuit en contemplant le feu qui s'éteint peu à peu. J'ai beau essayer de penser à Sam et Ara, à ce qu'il nous reste, aux vestiges du monde, je suis obnubilé par le dernier jour où j'ai vu Everett. Ses yeux ternes, son corps gonflé. La mort avait effacé l'homme rieur et sûr de lui à qui je faisais confiance pour nous conduire au-delà des ténèbres. Ne subsistait plus qu'une nuée de mouches au-dessus d'un cadavre ballonné. Il nous avait été interdit de le rapporter au camp et même de le toucher, par crainte de la contagion. Nous l'avions incinéré immédiatement.

C'est moi qui avais enflammé le bûcher. Quand ses cendres s'étaient envolées dans le bleu infini du ciel, mes espoirs pour l'avenir du clan s'étaient dissipés avec elles.

20

ARA

Je surgis du hangar et m'arrête net…

Il y a là tout un troupeau de chevaux et plus d'hommes que je ne peux en compter. La surprise est générale. Malgré le soleil, le froid transperce déjà ma veste trop fine et je m'aperçois combien je me suis peu préparée à ma fuite. Mon haleine s'échappe en vapeur de ma bouche.

Sam a besoin de toi. Bluffe !

— Salut à tous, je lance d'un ton faussement décontracté. Gabriel m'a envoyée à votre rencontre. Il m'a aussi demandé de récupérer quelques provisions. Je reviens tout de suite.

Je me force à avancer. Chaque crissement de mes semelles sur la neige m'arrache une grimace. Malgré l'instinct qui me dicte de filer à toutes jambes, je m'oblige à marcher.

— Une minute, objecte l'un des cavaliers.

Je ne m'arrête pas mais l'un de ses camarades me bloque le passage, paume sur la crosse de son fusil.

— Gabriel t'expédie seule en mission ?

Le type a une cicatrice impressionnante sur la joue et il lui manque un bout de nez. Il descend de sa monture. Le cercle se resserre autour de moi.

Non ! Sam !

— Ce n'est pas comme si les parages étaient très fréquentés, je rétorque avec dédain. Si tu ne me crois pas, vois ça avec lui.

Le gars réfléchit. Malheureusement, la porte de l'entrepôt s'ouvre à la volée et Gabriel déboule. Son regard furibond me repère aussitôt. Je suis fichue. Comme toujours. Il observe ses troupes, et sa colère se dissimule sous un sourire faux.

— Je te cherchais, me dit-il. Il fait un froid de loup. Et si tu rentrais avec moi, histoire de discuter ?

Je le dévisage et la vérité, bien moche, me saute aux yeux : ce mec est tout sauf digne de confiance. Il me révulse.

— Non, je chuchote. Je ne croirai plus jamais la moindre de tes paroles. Je sais ce que tu mijotes. Tu veux tuer Sam pour m'accaparer.

En soupirant, il secoue la tête. Il n'exprime ni regrets ni excuses. La rage qui couvait en moi explose soudain et je m'adresse aux hommes :

— Votre chef si parfait s'apprête à exécuter un enfant pour mettre la main sur moi !

Un silence pesant accueille ma déclaration, rompu par le seul bruit du vent. Les membres du clan ne bronchent pas, ils se bornent à me contempler avec un regard vide. Je me sens très seule, tout à coup.

Gabriel s'empare de mon bras et me tire derrière lui. Je me débats.

— Nous devons entrer, lance-t-il au type couturé.

— J'AVAIS CONFIANCE EN TOI, ESPÈCE DE SALE…

Je ne vois pas la gifle venir, mais elle est si brutale qu'elle manque de me dévisser la tête. Le choc est plus violent que la douleur. Gabriel m'attrape par les épaules et me contraint à lui faire face.

— Grandis, Ara. Tu crois que mes gars s'inquiètent que je liquide quelqu'un ? J'ai éliminé des centaines d'hommes pour maintenir la paix. J'en tuerai des milliers de plus si la reconstruction du monde l'exige. Mes troupes me sont loyales. Ne l'oublie pas.

Sur ce, il me tourne le dos et s'éloigne à grandes enjambées, non sans ordonner :

— Flanquez-la dans une des caisses du chariot.

Je résiste, plus par principe que par conviction, vu qu'ils sont en surnombre. Ils me jettent avec une couverture dans une espèce de conteneur en bois qu'ils verrouillent ensuite. Ce n'est qu'à cet instant que je réalise ce qui vient de se produire.

J'ai échoué.

Il n'empêche, Gabriel sait que je suis au courant pour Sam. Cela va-t-il protéger ce dernier ? Quoi qu'il en soit, je dois trouver un moyen de le prévenir, ainsi que Kaden. En frissonnant, je me blottis sous la couverture. Peu après, le chariot s'ébranle. Privée de confort, je suis incapable de m'endormir. Ma prison est sale et puante.

Je suis passée d'une cellule à une autre.

On me libère au bout de plusieurs heures. Roulée en boule, je suis aveuglée par une lumière éclatante. Je me redresse, croyant que c'est le soleil, puis la clarté disparaît. Nous sommes en pleine nuit et le froid me mord.

Deux types que je ne connais pas me tirent de ma caisse. J'ai des fourmis dans mes jambes engourdies. Lorsque je m'étire, mon corps crie grâce. Mes geôliers me laissent bouger et m'étirer un instant avant d'attacher mes mains devant moi.

Nous sommes, chevaux compris, dans un hall gigantesque au plafond très haut et à la façade entièrement vitrée. L'endroit, qui devait être splendide autrefois, ne respire plus que l'abandon et la décrépitude. Je découvre un vaste panneau qui liste les films à l'affiche il y a des années.

Un ancien cinéma.

S'approchant de moi, tout sourire, Ralph s'empare de la corde qui me noue les poignets. Escorté par les deux sbires, il m'emmène dans des toilettes exiguës. Très sympa de sa part.

— Il n'y a pas d'autre issue, alors, s'il te plaît, ne m'oblige pas à casser la porte pour venir te chercher.

Il me fait un clin d'œil et me donne un seau d'eau froide. J'opine et je m'enferme à l'intérieur. Je me frotte énergiquement le visage. Ma joue est meurtrie après la claque assénée par Gabriel. Ce seul souvenir attise ma colère autant que ma peur, maintenant que je sais ce dont il est capable. Et si Sam était déjà… Non, je ne dois pas penser ainsi.

— Ara ? Tout va bien ?

Ralph frappe à la porte, que j'ouvre après avoir respiré un bon coup. Sentant que je n'ai pas envie de parler, il m'entraîne sans un mot dans les profondeurs du cinéma, se bornant à lâcher :

— Viens, on t'a préparé un lit de camp.

Nous traversons le grand hall et je comprends pourquoi ils ont choisi ce lieu. Dehors, la tempête se déchaîne, les chevaux et le chariot sont bien à l'abri dans cet endroit pareil à une bulle, avec ses baies vitrées qui, bien que crasseuses après trois ans de négligence, continuent de protéger du mauvais temps. Au milieu des machines à sous pullulent les hommes et leurs bêtes.

Nous empruntons un vestibule assez spacieux pour y accueillir les troupes. La moquette, jadis rouge vif, est décolorée et a perdu de sa gloire. Sa couleur évoque plutôt celle du sang séché, à présent. Je frissonne et dévisage ceux que nous croisons. Quand je reconnais quelqu'un, je lui adresse un vague signe de tête.

Nous parvenons à une buvette équipée d'un comptoir en arc de cercle où subsiste une modeste barrière. Elle fonctionne encore, alors que le monde est détruit. C'est si absurde que, pour un peu, j'en sourirais. Deux lits ont été dépliés derrière. Déjà assise sur l'un d'eux, Addison se brosse les cheveux. En me voyant elle se détourne, croise les bras et pousse un soupir théâtral.

Génial.

— Installe-toi là, me dit Ralph.

— D'accord. Est-ce que tu m'autorises à marcher un peu avant ? J'en ai besoin.

— Dix minutes, pas plus.

Je me fige en entendant la voix de Gabriel :

— Prends deux hommes avec toi, Ralph, et ne t'éloigne pas.

L'interpellé acquiesce, inconscient de mes coups d'œil furieux. Nous retournons dans le hall et nous nous arrêtons près du cheval de trait massif chargé de tracter le chariot. L'animal relève la tête quand je commence à caresser son encolure. Sa robe est douce et si épaisse que je peux y enfoncer mes doigts. Lorsqu'il fourre son museau chaud et velouté dans ma paume, en quête de nourriture, j'ai un petit rire.

Les autres gars présents nous observent avec réserve au début, puis deux d'entre eux nous rejoignent.

— Salut, Ara. Content de te revoir.

Les yeux d'un bleu perçant de Liam sont empreints de timidité.

— Moi aussi, Liam.

C'est vrai. Je lui adresse un sourire qui rivaliserait avec ceux de Ralph. Il semble moins gêné.

— Je te présente Dusty, poursuit-il en flattant le cheval. Tu as envie de le nourrir ?

— Avec plaisir.

Il verse un peu d'avoine dans mes mains. Sans commenter le fait qu'elles sont emprisonnées, il me montre comment les présenter à plat à l'animal. Les siennes sont calleuses et chaudes, j'apprécie qu'il me touche avec décontraction, sans crainte. Je regrette de ne pas avoir essayé de nouer plus d'amitiés au sein du clan au lieu de passer tout mon temps en compagnie de Kaden. J'aurais peut-être un allié susceptible de m'aider à fuir, maintenant. Je ris de nouveau au contact des lèvres de Dusty sur ma peau.

Flanqués de mes gardes-chiourmes, nous longeons les baies vitrées en contemplant la nuit. Le froid s'infiltre par les carreaux givrés. La neige tombe si fort que je ne suis pas certaine que nous puissions partir demain matin.

Soudain, le battant d'une des portes extérieures s'ouvre, poussé par la bise. Ralph se précipite et inspecte les alentours, giflé par des rafales de flocons blancs. Prise d'une envie folle de déguerpir, je me balance sur mes semelles. Je suis rapide, je les prendrais au dépourvu… Mais ensuite, quoi ? Je n'ai rien sur moi, ni nourriture, ni arme, ni silex. Liam m'observe de près. Pas parce qu'il a deviné que je pensais m'enfuir. Parce que j'ai une espèce de pouvoir dont je ne sais pas me servir.

— Où sont passées les sentinelles, Liam ? demande Ralph.

Un coup de feu retentit avant que l'interpellé ait eu le temps de répondre. D'un geste protecteur, il enroule ses bras autour de moi. Nous scrutons la nuit, incapables de déterminer l'origine du fracas.

C'est alors que Ralph se retourne.

Je me pétrifie. Ses yeux croisent les miens et, pour la première fois, il ne sourit pas. Stupéfait, il titube avant de fixer la tache rouge qui s'agrandit sur son torse, là où il a été touché.

Liam m'entraîne vers le fond du hall. Les balles sifflent, les cris se multiplient. Les fenêtres explosent en mille morceaux qui nous tombent dessus comme une cascade de glace. Des silhouettes sombres se ruent sur nous.

Liam me propulse en avant, me porte à moitié. Dans un concert de hurlements, les membres du clan organisent la riposte. Planqués derrière des distributeurs automatiques, certains tirent déjà sur nos assaillants. D'autres sont accroupis à l'abri du chariot. D'autres encore se planquent de l'autre côté d'un baby-foot renversé. Je cherche à découvrir le visage des assassins de Ralph, mais Liam s'échine à me pousser. Deux gars essaient de calmer Dusty, qui se cabre sous l'effet de la panique.

Nous débouchons dans le vestibule, me privant du spectacle. Des hommes nous croisent en courant. J'ai l'impression de figurer dans un film de guerre où une armée surprise est massacrée par une autre. Le vivre en direct est toutefois différent. Je hume la sueur et le sang ; les coups de feu et les bris de verre m'écorchent les oreilles.

Gabriel fend la foule, entouré de sa garde rapprochée. À son côté, Addison a l'air plus petite et terrifiée que jamais. Avec un couteau, il tranche mes liens, que j'avais presque oubliés. Me remettant son arme, il me colle sa sœur dans les jambes et ordonne à Liam :

— Emmène-les tout au fond et cache-les dans une salle. Ne sortez qu'une fois la fusillade terminée.

Puis il me dévisage. Bien que je sois consciente que nous pourrions ne jamais nous revoir, qu'il m'a protégée, qu'il serait peut-être prêt à mourir pour moi, je continue de le haïr.

— Prends soin de toi, Ara.

Je détourne les yeux et emboîte le pas à Liam.

J'ai toujours été rancunière.

Nous nous éloignons du champ de bataille. Liam a un pistolet dans chaque main, une torche fixée sur le front. Je tire Addison derrière moi dans l'obscurité. Des affiches de films ornent les murs, visages en deux dimensions qui nous contemplent avec des yeux délavés et las. Soudain, je songe que j'aurais dû demander une casquette pour dissimuler mes cheveux. J'ai le sentiment d'être vulnérable.

Les couloirs sont de plus en plus sombres. Le fracas du combat au loin les rend inquiétants. Addison s'accroche à moi en pleurant sans bruit. Les lieux ont des allures d'immense caverne obscure, avec une moquette tachée et d'antiques distributeurs de friandises. J'ai les bras douloureux à force de traîner la gamine dans mon sillage, mais j'avance, aiguillonnée par les détonations et les cris. Tout à coup, Addison s'effondre en sanglotant, m'épargnant la peine de demander une petite pause à Liam.

— Relève-toi, Addison, je dis en essayant de l'aider sans grande conviction. On ne peut pas rester ici.

Elle ne m'écoute pas. Ne me regarde même pas. Liam et moi nous dévisageons, sa lampe m'aveuglant un instant.

— On la porte dans une des salles ? demande-t-il.

Sa torche balaie le couloir, où s'alignent des doubles portes. Sommes-nous assez loin du tumulte ? Je repère une buvette, avec sa liste de prix. Le comptoir m'arrive à la taille. C'est mieux que rien.

— Non, je réponds. Installons-la ici pour le moment.

Liam range ses flingues et, en grognant, soulève Addison, qui, dès qu'elle est derrière le comptoir, se roule en boule et continue de pleurer à chaudes larmes. Je découvre des placards, juste assez grands pour accueillir un enfant.

— Addison, je murmure d'une voix douce, je t'ai trouvé un endroit sûr. Tant que tu y resteras et seras silencieuse, il ne t'arrivera rien.

À mon grand étonnement, elle m'obéit et se blottit dans l'un des placards. Elle me rappelle le chaton sauvage que j'ai attrapé un jour. Quand il a compris qu'il ne pourrait pas m'échapper, il a tenté de se cacher en collant son petit nez rose contre le mur et en m'ignorant complètement.

Liam referme le compartiment et je me laisse glisser sur le sol avec un faible gémissement. Il s'assied près de moi, son épaule contre la mienne. Il retire sa lampe frontale sans l'éteindre, la pose sur ses genoux. Le rayon illumine une flaque de moquette rouge et forme un halo ténu autour de nous. Nous nous taisons. La fusillade se poursuit au loin.

— Pas la meilleure des planques, hein ? je finis par dire, trop épuisée pour bouger.

— Les plus efficaces sont peut-être les plus évidentes, non ?

Liam m'adresse un clin d'œil et, malgré la situation, je rigole.

— Tu sais comment t'en servir ? enchaîne-t-il en montrant le couteau de Gabriel.

— Oui, je riposte, agacée. Je suis capable de me défendre.

Il se marre. Son corps près du mien me réchauffe. Bien que j'aie appris à survivre seule, je suis contente qu'il soit là.

— Tiens, reprend-il en me tendant une torche qu'il tire de sa poche arrière. C'est ma lampe de rechange.

Je m'en empare sans un mot, l'allume puis l'éteint.

— Ça va, Ara ?

Sa franchise me déroute et j'ignore comment lui répondre. Des hommes sont en train de se sacrifier pour sauver Addison… et moi. Or, leur chef est un type que j'exècre.

— Très bien.

J'ai beaucoup dit ça, ces derniers temps. Sans le penser.

— Tout ira bien. Je ne laisserai personne te faire du mal.

Son sourire me brise le cœur. Il n'est plus possible de protéger qui que ce soit, dans ce monde de fous. N'ai-je pas échoué avec Emma et Sam, et mon père avec moi ?

Soudain, mon voisin se tend.

Des voix résonnent à l'autre bout du couloir. Affolée, je regarde Liam. Tous deux comprenons en même temps que nous ne subissons pas un simple assaut de front mais une attaque en règle.

— Ils vont encercler le clan, je chuchote.

L'horreur nous saisit. Nos camarades vont être pris à revers, sans échappatoire. Pire encore, imaginons que ces inconnus nous trouvent ? Qu'ils découvrent la belle, timide et vulnérable Addison ? Je n'ose imaginer ce qu'ils lui infligeraient. J'agrippe le manche du poignard. Plutôt mourir que me rendre.

— L'un de nous doit aller avertir les autres, je souffle. Fonce, Liam.

— Tu es sûre que tu peux rester seule ?

— Je te répète que…

— Tu es capable de te défendre, achève-t-il avec un sourire triste.

Il s'incline vers moi et ajoute, un peu hésitant :

— Tu ne me souhaites pas bonne chance ?

Je mets un moment à saisir ses intentions. Puis je plaque mes lèvres sur les siennes avant de le repousser.

— File !

Ravi, il décampe et disparaît dans l'obscurité.

21

KADEN

Les branches des arbres ont gelé et émettent des craquements étranges dans le hurlement de plus en plus puissant de la tempête. La horde avance lentement, et l'espoir que le clan nous repère s'évapore autant que la chaleur déserte mon corps. La neige tourbillonne autour de nous, pareille à un vaste manteau qui masquerait notre approche. Dans ma tête se répètent les mots de Colborn. *Tu es l'un des nôtres.* Il se trompe.

Pourtant, je progresse avec eux dans l'obscurité, essayant de décider si Gabriel mérite de mourir.

À travers les flocons, je distingue à peine le cinéma abandonné et les silhouettes floues de l'autre côté des grandes baies vitrées. Un feu de camp brûle en arrière-plan, plusieurs hommes ont des torches, autant de sources de lumière qui les empêchent de nous voir.

Gabriel, pauvre idiot, où sont tes sentinelles ?

Armant mon pistolet, je me prépare à l'assaut. Je ne tirerai qu'une fois, en guise d'avertissement.

Soudain, une porte latérale s'ouvre dans la bise et je me pétrifie. Un homme sort, grand, blond, large d'épaules. Je lutte contre l'instinct qui m'incite à bouger. Ce serait une erreur, puisqu'il ne peut pas nous apercevoir de là où il est.

Une détonation retentit et le type titube.

— Non ! Attendez !

Mes cris de protestation sont étouffés par les rugissements des barbares qui se précipitent sur mes anciens camarades. Les fenêtres se fendent et explosent. Les coups de feu et les cris emplissent la nuit. Profitant de la frénésie ambiante, je rabaisse ma capuche et fonce.

À l'intérieur, c'est un déchaînement infernal. Abrité par un gros cheval, je cours à demi courbé et saute par-dessus un baby-foot renversé. Les types qui se sont réfugiés derrière brandissent leurs armes.

— Ne tirez pas, c'est Kaden.

Je reconnais Boden.

— Qu'est-ce que tu fiches ici, Kaden ?

— Plus tard. Où est Gabriel ?

Il tend le doigt vers le vestibule dans notre dos. J'aurais dû m'en douter. En bon lâche qu'il est, le chef se planque à l'arrière.

La riposte des membres du clan permet de tenir la horde à distance, au moins pour l'instant. De nouvelles troupes déboulent des entrailles du cinéma, je me fraie un chemin parmi elles.

Je finis par me retrouver devant Gabriel. Sauf que, durant une seconde, ce n'est pas lui que je vois, mais les pommettes saillantes, les yeux gris clair et les cheveux bruns d'Everett. Celui que j'aimais comme un frère. Et qu'il a tué. Le battant de la porte se referme, étouffant légèrement le vacarme de la bataille.

Gabriel dissimule sa surprise de façon remarquable. Il note ma présence, l'oublie aussitôt, continuant de donner des ordres comme si je n'existais pas.

— Thomas, tu prends l'aile latérale, et toi, Brandon, le centre. Contentez-vous de les empêcher d'avancer. L'idée est de les épuiser et de tenir le plus longtemps possible.

Les gars opinent et s'en vont, nous laissant seuls.

— Kaden, quoi que tu aies à dire...

— Je veux la vérité, Gabriel. As-tu exécuté ton propre frangin ?

Une lueur étonnée traverse son regard, qui se durcit très vite.

— Kaden...

— Il m'avait nommé lieutenant, vous êtes partis ensemble, il n'est jamais revenu. L'as-tu assassiné ?

— La manière dont il est mort n'a pas d'importance, répond-il avec une froideur qui me désarçonne. La seule chose qui compte, c'est qu'il n'est plus. Et que tu ne dirigeras jamais le clan Castellano.

Je vise sa tête de mon flingue. Mon doigt tremble. Il suffirait d'un minuscule mouvement pour que j'en finisse. *Tu es l'un des nôtres.*

— Voilà pourquoi je suis chef et que tu n'es rien, rigole Gabriel. Tu es incapable de prendre une décision difficile.

Sur ce, il approche, se place à bout portant de mon pistolet.

— Tu penses avoir le cran d'un leader ? Alors, appuie sur la gâchette.

Les secondes filent. Je le toise en frémissant. Tout à coup retentissent des pas précipités et Liam débouche d'un couloir. Il s'arrête un instant en découvrant la scène puis accourt vers nous.

— D'autres hommes arrivent par l'arrière. C'est un piège. Nous devons réagir vite.

Colborn est sur le point d'investir les lieux. Je n'ai plus beaucoup de temps pour accomplir ma mission. Mais Gabriel est ailleurs. Les prunelles écarquillées par le choc, il lâche des mots qui me coupent le souffle :

— C'est là que se trouve Ara.

J'ai l'impression qu'on m'a versé un seau d'eau glacée sur le crâne. J'imagine Colborn et ses sbires tombant sur Ara, qui est seule et vulnérable. C'est en pensant à elle, à son rire, à sa vivacité de feu follet que je me décide.

— Je ne t'apprécierai jamais, Gabriel.

Puis je décampe pour tenter de sauver Ara et les derniers lambeaux d'humanité qu'il me restent. J'ai trop peur que, si je tarde, ils s'effilochent définitivement.

22

ARA

Chaque battement de mon cœur a des allures d'éternité. Des chuchotements, des faisceaux de lumière, des pas lourds et des sons métalliques – des armes ? – envahissent le couloir obscur. Même s'il m'est impossible de déterminer le nombre d'intrus au seul bruit qu'ils produisent, je compte au moins six rayons de lumière qui balaient le sol et les murs.

Raide, je serre ma torche dans une main, tenant le couteau dans l'autre avec une force telle que mes jointures sont douloureuses. Au lieu de penser à Liam, Addison ou Gabriel, je me concentre sur ce que je perçois. Les intrus se sont tus mais leurs silhouettes se découpent sur le mur, de plus en plus imposantes à mesure qu'ils se rapprochent, fantomatiques et démoniaques. Ce ne sont que des hommes, cependant, et ils saigneront comme n'importe qui.

N'osant bouger, je retiens mon souffle.

Ils sont à quelques pas de moi, maintenant. Si l'un d'eux se penchait par-dessus le comptoir, il me repérerait aussitôt.

C'est malheureusement l'instant précis que choisit Addison pour laisser échapper un gémissement. Les gars se figent. Le choix entre me tapir dans ma cachette et m'enfuir n'est plus de mise.

Bondissant sur mes pieds, j'allume ma torche et décampe en trombe. L'idée est de les éloigner de la gosse, même si le rayon lumineux fait de moi une cible facile. Je cours avec agilité, en silence, tandis que dans mon dos résonnent des exclamations surprises. Un coup d'œil derrière moi me révèle qu'une lampe s'est détachée des autres, brandie par un corps massif.

La peur au ventre, je fonce droit devant. Bien que mon cerveau m'incite à la fuite, je me dis que l'obscurité ambiante m'offre une protection bienvenue.

Cache-toi, ma vieille. Il fait noir, il ne te verra pas.

Une porte apparaît sur ma gauche et je me précipite dessus. Elle n'est pas fermée à clé. J'éclaire un escalier étroit tapissé d'une moquette bordeaux hideuse. Pas franchement ce que j'espérais, mais il est trop tard à présent. Je grimpe les marches deux à deux, débouche sur un battant à moitié vitré qui laisse filtrer une vague lueur. *Il doit conduire dehors.* Je me rue de l'autre côté et le verrouille. Puis je me retourne, découvre les lieux et m'aperçois de mon erreur.

C'est un cul-de-sac où sont entreposées plusieurs grosses machines anciennes et poussiéreuses. Une minuscule fenêtre crasseuse donne sur une salle, en bas, dont le toit et un mur latéral se sont effondrés. Un arbre gît en travers des sièges et la neige recouvre tout, reflétant le peu de lumière qui tombe du ciel. Je me trouve dans la pièce où les projectionnistes opéraient, et la seule issue est le chemin par lequel je suis arrivée.

Soudain, un corps se jette sur le battant. Je pivote en hurlant. Ma torche illumine un type bâti comme une montagne, à la barbe tressée et aux cheveux longs, engoncé dans un manteau de fourrure mitée. Sa bouche n'est qu'un trou furibond. Il tourne la poignée, qui résiste, avant de m'adresser un sourire à travers la vitre. Terrifiée, je lâche ma lampe. L'intrus recule et, sans me quitter des yeux, balance un coup de pied dans la porte. L'impact secoue la pièce. Le monstre réitère trois fois la manœuvre, mais le battant ne cède pas.

Durant un bref silence pareil à l'œil d'un cyclone, le type et moi nous dévisageons.

Puis, sans crier gare, il détale.

J'en reste bouche bée. Les secondes s'écoulent. Est-il réellement parti ? A-t-il préféré se joindre à la bataille ? Mon cœur qui bat à cent à l'heure m'assourdit. Ramassant ma torche, je la dirige vers la vitre. Rien. Les jambes tremblantes, j'avance d'un pas prudent et je risque un regard.

L'escalier est désert.

Je déplace le faisceau lumineux de droite à gauche, dessinant des ombres grotesques sur les murs. J'hésite, partagée entre ma crainte de me faire piéger et celle de perdre toute chance de fuite si je m'attarde ici. *Il n'a aucune raison d'avoir deviné que tu es une fille… bien que tes cheveux soient détachés. Il fait sombre. Il a peut-être jugé que tu n'en valais pas la peine et a décidé de rallier ses troupes.* Auquel cas, il faut que je me sauve avant qu'il ne revienne avec des renforts ou de quoi briser la porte.

Je suis tentée. Posant ma lampe, agrippant mon poignard, je lève une main vers la poignée quand…

La vitre explose, me couvrant de débris de verre. Je hurle lorsqu'une énorme paluche surgit et tâtonne à la recherche du loquet.

J'enfonce ma lame dans le bras de l'homme.

Un braillement inhumain retentit. Retirant mon couteau, je m'apprête à le plonger de nouveau dans ses chairs lorsque le verrou cède et que la porte s'ouvre à toute volée, envoyant valser ma torche, qui s'écrase sur le mur du fond et s'éteint.

Le monstre se tient sur le seuil. Son bras saigne mais il n'y prête aucune attention, entièrement focalisé sur moi. Me remettant debout, je brandis mon couteau rougi, qui semble pitoyable par rapport au mastodonte. Ce dernier avance en écrasant les éclats de verre. Je recule. Il me reluque avec concupiscence.

— Je savais que Gabriel cachait quelque chose, ricane-t-il, mais je ne me doutais pas que c'était un tel trésor.

Mon poignard tremble entre mes mains. Il continue d'avancer, moi de reculer, jusqu'à ce que je sois acculée.

— Tu ne m'as pas raté, reprend le type.

Bien que le sang dégouline, il en parle comme s'il s'agissait d'une simple égratignure.

— N'aie pas peur, enchaîne-t-il d'une voix douce.

À croire qu'il s'adresse à un animal blessé. Il sourit, mais son regard est froid.

— Si tu approches, je te tue, je chevrote.

Il contemple mon arme et répond :

— La violence n'est pas nécessaire. Ne résiste pas et je ne te ferai pas de mal.

— Va au diable !

Sur ce, je bondis, couteau tendu devant moi. Il l'esquive sans mal. Je ne pensais pas qu'un gars aussi costaud serait capable d'une telle rapidité. Profitant de mon élan, il écarte le poignard et me plaque contre le mur. Des étoiles dansent devant mes yeux. Me serrant la gorge, il m'oblige à me tenir sur la pointe des pieds. Je me débats en vain, j'arrive à peine à respirer.

— Tu es un joli petit lot, tu sais ? chuchote-t-il à mon oreille, collé à moi.

Des larmes plein les joues, je griffe ses doigts.

Lorsqu'il finit par relâcher sa pression, je retombe à plat sur mes semelles, hors d'haleine. Ses paluches me palpent et m'inspectent. Je suis au bord de la nausée. Prenant mon menton en coupe, il me force à le regarder. Il a mauvaise haleine et sa barbe m'irrite la peau. Il essuie ma joue.

— Chut ! Laisse-toi faire et tout se passera bien.

Il arrache alors ma chemise, la déchirant de haut en bas. L'air froid me frappe. Quand, hurlant, je tente d'enfoncer mon poignard dans ses parties, il me flanque un coup de poing dans le ventre avec une violence telle que je me plie en deux, le souffle coupé. Je voudrais me coucher par terre et mourir, mais il me colle à la paroi. Je résiste de plus en plus faiblement. Me tirant par les cheveux, il me renverse la tête en arrière.

— Je vais te dresser en un rien de temps, marmonne-t-il.

Il colle sa bouche chaude et détestable contre la mienne, m'empêchant de respirer. Je ne ressens plus qu'un affolement aveugle. Ses doigts se débattent avec la fermeture Éclair de mon pantalon. Je suis réduite à l'impuissance, il a envahi mon espace vital.

Puis, soudain, il n'est plus là.

Ses yeux roulent dans leurs orbites, il tombe. Sous le choc, je contemple son corps inerte. C'est comme si le temps s'était arrêté.

Lorsque je relève la tête, je découvre un autre individu devant moi, un morceau de tuyau en plomb dans les mains, des taches de sang sur ses vêtements.

— Kaden !

Il me rattrape avant que je ne m'effondre.

Bien que j'entende sa voix, je ne saisis pas le sens de ses paroles parce qu'un tumulte se déchaîne en moi. Le monde vacille et tangue. Je me laisse glisser sur le sol.

— Ara ! Ara, regarde-moi.

J'ai l'impression d'être au fond d'un puits et accablée par une douleur qui m'empêche de réagir. Je cède cependant au ton suppliant de Kaden et finis par le fixer. J'avais oublié l'éclat incroyable de ses prunelles vertes. C'est à croire que je contemple un souvenir.

— Tu n'as rien, Ara ? s'inquiète-t-il avec tendresse en s'agenouillant près de moi.

C'est Kaden et, en même temps, ce n'est pas lui. Ses yeux sont plus durs, plus âgés, empreints d'une lassitude nouvelle. Son menton est couvert d'une barbe de plusieurs jours et il est maculé de boue et de sang.

Lorsqu'il tend la main, je recule en tressaillant. Lentement, lèvres serrées, il interrompt son geste. Je m'aperçois alors que je me suis recroquevillée sur moi-même et que je serre avec force mes genoux contre ma poitrine.

— Nous ne sommes pas en sécurité ici, Ara. Il faut que nous partions. Tout de suite.

Derrière la patience de ses intonations, je devine une certaine peur. J'acquiesce, sans bouger cependant.

Il se relève et retire sa veste. Son tee-shirt est déchiré, dévoilant la cicatrice d'une blessure dont je ne me souviens pas. C'est elle, plus que le reste, qui me donne l'énergie de me secouer. Me concentrant sur chaque geste, je me détends et m'oblige à me remettre debout.

Quand il avance pour me couvrir de sa veste, je me raidis de nouveau. Il se contente de faire un pas en arrière tout en examinant ma chemise en lambeaux et mon visage meurtri. La fureur se dessine sur ses traits tandis qu'il se fige. Je suis heureuse qu'il ne me pose pas de questions car je ne crois pas que je serais en mesure d'y répondre. Sans un mot, il me remet sa veste. Je m'en empare et m'enveloppe dedans.

Une tension presque tangible nous sépare, comme si ce que nous ne nous sommes jamais dit pesait entre nous. Je voudrais m'excuser, le supplier de me pardonner, lui assurer que j'ai eu tort de les abandonner, lui et Sam, mais je suis à court de mots. C'est comme si le monde se refermait sur moi, prêt à m'engloutir si j'essayais de refaire surface et de l'affronter. Fermant les paupières, je hume l'odeur de son vêtement. J'ai le sentiment d'être rentrée chez moi. Matins d'automne et poussière sur la route.

— Ça va ?

J'opine. Il reste à distance et je me rends compte de ce qui a changé entre nous. Si l'aisance que j'éprouvais en sa compagnie n'a pas complètement disparu, elle est différente. Nous nous observons mutuellement avec une sorte de prudence nouvelle. Il semble conclure que je vais tenir le coup, car il tire un pistolet de sa ceinture et pivote sur ses talons.

— Partons !

Il hésite, me jette un coup d'œil gêné mais déterminé.

— Ne te retourne pas, m'ordonne-t-il. Ce n'est pas un joli spectacle.

Je comprends soudain mieux son comportement. Lui désobéissant, je fixe l'homme affalé sur le sol. Celui qui m'aurait violée sans l'intervention de Kaden.

— Arrête ! insiste ce dernier.

Surprise par la dureté de son ton, je m'approche de lui et pose une main sur son bras. Nos regards se croisent et, derrière la colère et le chagrin, je distingue enfin celui qui m'a tant manqué. La chaleur et la robustesse de son corps m'ancrent dans la réalité. Il baisse son arme et adresse à mon agresseur un coup d'œil si haineux que je me demande s'il l'a déjà vu.

— On… on n'a qu'à le laisser ici, lâche-t-il.

Il range son flingue. Autrefois, il aurait souri et plaisanté pour alléger l'atmosphère. Là, il s'en abstient. Il s'est endurci, sa forfanterie naturelle et amusante s'est évaporée.

Je ramasse le morceau de tuyau, bien qu'il soit ensanglanté, et le soupèse.

— Tu connaissais ce type ?

— Oui. Il s'appelle Colborn. Il est le chef de la bande de dingues qui ravagent la ville.

Nous contemplons le corps avachi, avec la même idée en tête sans doute. Si ce monstre n'est pas encore mort, il mérite de l'être. J'ignore pourquoi, mais je ne me sens pas capable d'autoriser Kaden à l'achever. Pas par pitié pour Colborn, mais pour protéger mon ami. Je suis trop bien placée pour savoir que certaines taches ne s'effacent jamais.

Doucement, Kaden m'entraîne vers la sortie.

— Il faut qu'on file.

Hochant la tête, je le suis. Lorsque je tire la porte derrière moi, un frisson me secoue. J'ai l'impression de la refermer sur un cimetière.

Nous descendons l'escalier. Kaden allume sa lampe et je m'aperçois que j'ai oublié celle de Liam derrière moi. Pour autant, il n'est pas question que je retourne la chercher ni que je prie mon compagnon de le faire. Ce dernier s'est vraiment métamorphosé. Il est sérieux et concentré. Si je ne le connaissais pas, j'en aurais peur. Il ressemble à un homme qui serait prêt à traverser l'enfer – ou qui l'a déjà traversé – pour arriver à ses fins. Il entrebâille le battant donnant sur le couloir, qu'il éclaire de part et d'autre, réfléchit avant de me regarder d'un air hésitant.

— Qu'est-ce qu'il y a ?

Il fixe le plafond comme s'il ne tenait guère à me confier ses pensées.

— Je me demande si on ne pourrait pas leur jouer un sale tour tout en décampant, lâche-t-il enfin.

Je ne suis pas loyale envers les troupes de Gabriel. Ralph a toujours été gentil avec moi et je n'aurai plus l'occasion de lui dire au revoir. Le meilleur adieu que je puisse lui offrir est peut-être de piéger ses assassins. Ça lui aurait plu.

— Tout est bon pour emmerder ces enfoirés, je décrète en écartant Kaden.

Pour toi, Ralph. Même si tu aurais préféré une chanson.

Nous empruntons le corridor au pas de course, en direction de l'arrière du cinéma. Je lutte contre la panique hystérique qui menace de s'emparer de moi. Si je suis soulagée de m'éloigner de ce qui vient de se passer, je suis tentée de céder à mon affolement. Sauf qu'il m'est impossible de craquer maintenant. Bien qu'il s'efforce de ne pas le montrer, je sens que Kaden m'observe, qu'il me jauge, qu'il s'interroge sur ma résolution.

Ça conforte ma détermination à courir.

— Ça me rappelle la fois où on a été pourchassés par ces chiens, rigole Kaden.

Je m'oblige à sourire, même si c'est un souvenir plus terrifiant que plaisant. Je devine que mon voisin cale son rythme sur le mien. Mon orgueil en est froissé, mais mes jambes sont trop douloureuses et je ravale le peu de fierté qu'il me reste.

Je m'arrête au niveau de la buvette où j'ai laissé Addison. Le placard est vide, hélas.

— Tu viens ? me souffle Kaden.

Je repars tout en priant pour le salut de la fillette. Dans l'immédiat, c'est tout ce que je peux faire pour elle.

Près de la sortie, Kaden me retient par l'épaule.

— Une seconde.

Il remonte jusqu'à mon menton la fermeture Éclair de la veste qu'il m'a donnée, abaisse la capuche sur mon visage et y fourre quelques mèches rebelles.

— Tu me fais confiance ? s'enquiert-il.

— En gros, oui.

Il se marre doucement.

— Mets tes mains dans le dos comme si elles étaient ligotées et garde la tête baissée. Planque le tuyau.

J'obtempère. Il dégaine son arme et me met en joue avant de me pousser sans ménagement. Puis il ouvre la porte d'un coup de pied.

Trois hommes maigrichons se lèvent. Des chevaux sont attachés à d'anciens racks à vélos en métal. Si l'haleine sortant de leurs naseaux ne formait pas un nuage, on pourrait les confondre avec des statues sous la mince couche de neige qui les recouvre. Kaden me propulse en avant tout en me forçant à courber encore plus l'échine.

— Colborn m'a chargé d'escorter ce prisonnier. Il a besoin de vous à l'intérieur. EXÉCUTION !

Si deux des gars obéissent aussitôt, le troisième scrute mon visage de plus près.

— Colborn m'a ordonné de garder les chevaux, alors je...

De toutes mes forces, je lui balance le tuyau en pleine figure. L'impact me secoue jusqu'aux épaules. Le type s'effondre.

— Tu as changé, commente Kaden, sous le choc.

Difficile de dire si c'est un compliment ou un reproche. Du bout de sa chaussure, il inspecte le corps inerte, qui ne réagit pas.

— On s'y met ou quoi ? je fanfaronne, feignant un courage que je suis loin d'éprouver.

En rigolant, Kaden tire un couteau de la poche de son pantalon.

— Tu as combien d'armes sur toi, bon Dieu ?

— Tu veux me fouiller ?

Sans attendre ma réponse, il entreprend de libérer les chevaux. Si la plupart des cordes se dénouent facilement, quelques-unes ont gelé et il est obligé de les couper. Il est rapide, à l'aise près des animaux imposants, alors que je préfère garder une certaine distance. Chaque fois que l'un d'eux est détaché, il lui assène une tape sur la croupe et la bête disparaît dans la nuit. Même s'ils ne s'éloignent pas trop, il sera difficile de les localiser avec le blizzard.

Je m'approche d'une monture qui m'observe avec curiosité. Je souris, c'est Red. Jamais je n'aurais pensé que je serais aussi contente de voir un canasson. Il agite la tête de haut en bas. J'ai beau ne rien connaître aux chevaux, je sais que celui-ci est d'une beauté rare.

— On n'a pas de selles, m'informe Kaden. Tu crois réussir à monter à cru ?

— J'ai suivi des leçons d'équitation il y a quelques mois, mais j'avoue que je n'ai pas été très attentive.

— L'instructeur était trop craquant ?

— Si tu veux.

— Je posais la question pour décider si nous prenions deux montures. Mais Red est capable de nous porter tous les deux.

Il libère le dernier bourrin, une sale bête noire qui décoche une ruade en passant près de moi. Je suis soulagée. En vérité, j'ai bien écouté les cours de Kaden, mais monter à cru en plein jour dans un enclos et le faire en pleine tempête de neige, ce n'est pas pareil.

Kaden revient vers moi et pose sa paume sur mes reins. Red racle le sol du sabot.

— Salut, mon vieux. Il est grand temps qu'on quitte ces sauvages, hein ?

Kaden s'exprime avec tendresse tout en le caressant. Lorsqu'il le détache, l'animal s'ébroue, sa robe semblable à des flammes dans l'environnement tout blanc.

D'un geste plein de grâce, Kaden l'enfourche. Non seulement il n'y a pas de selle, mais il n'y a pas de mors non plus, juste la corde autour de l'encolure. Comment peut-on diriger un canasson comme ça ?

— Prête pour une balade, jeune dame ? me demande Kaden en m'offrant sa main.

J'hésite, impressionnée par la taille de l'animal. Néanmoins, je finis par agripper son bras et le laisse me hisser derrière lui. Red piaffe, impatient de galoper. J'enlace la taille de Kaden, auquel je me colle le plus possible. Comme il s'est délesté de sa veste à mon profit, je sens ses muscles bouger. Je contemple le cinéma silencieux, pense à tout ce à quoi j'ai dû renoncer.

— Merci d'être revenu me chercher, je murmure.

— Désolé d'avoir mis aussi longtemps, répond-il en me jetant un coup d'œil.

Red s'élance, et n'existent plus que le vent glacé, la chaleur du corps de Kaden et la peur à la fois géniale et terrifiante que provoque l'impression de voler, de tomber, ou des deux.

Bien que nous partions dans un sillage de mort pour plonger dans les ténèbres, je suis envahie par une sensation que je n'ai pas éprouvée depuis belle lurette.

L'espoir.

23

ARA

Le monde a été avalé par un tourbillon blanc qui ne nous laisse d'autre choix que d'avancer encore et encore. Mon propre univers commence à se rétrécir sous l'effet du froid qui me transit. Je suis tellement lasse de me battre que j'ai envie de fermer les yeux et de disparaître dans la tourmente.

Dans les faubourgs de la ville, les arbres se transforment en monstres noirs qui surgissent du blizzard pour aussitôt y retourner, invisibles. Je ne fais plus qu'un avec Red, dont la chaleur s'infiltre dans mes jambes.

Le temps s'écoule, impossible à mesurer.

Encolure baissée, le cheval affronte les bourrasques sans flancher, bien que Kaden ne le dirige plus. Si au début mon compagnon tremblait, il est à présent immobile. Il a les paupières closes, les cils saupoudrés de neige. Comme je porte son manteau, rien ne le protège des intempéries.

Je m'engourdis peu à peu. Ce n'est pas vraiment une paix intérieure, plutôt une absence de souffrance et de sensations. Red a ralenti le pas et ma tête dodeline contre le dos de Kaden. Le sommeil se profile, tel un vieil ami.

L'insensibilité qui a envahi mes doigts gagne lentement mon cœur, et un poids pèse sur moi. Je m'aperçois vaguement que Kaden a piqué du nez. Quant au cheval, il s'est arrêté. Ensuite ? Je ne sais pas.

L'espace, les couleurs et la notion du temps ont été dévorés par la tempête. Mon regard se perd dans le vide.

Soudain, je la vois. Emma.

Elle court et rit, danse dans la neige, vêtue d'une robe ivoire. Le vent soulève ses cheveux bruns tandis qu'elle s'éloigne.

— Emma ! Attends !

Le vacarme des éléments déchaînés couvre ma voix. Je ne peux pas la laisser partir. Pas cette fois. Je tombe par terre, si lourdement qu'une douleur fulgurante me secoue. Mes jambes ne fonctionnent pas comme elles le devraient. Seul le désespoir me permet de bouger.

— Je t'en supplie, Emma, attends…

Son rire mélodieux et moqueur me torture. Il provient de partout, tandis que je titube derrière elle. L'ouragan blanc est si violent que je ne distingue plus Red ni Kaden. Malgré l'hystérie qui menace, je m'entête. Emma était là, juste là…

Heurtant un mur de plein fouet, je me raccroche à ses briques rugueuses, m'autorise à sentir autre chose que la neige aveuglante.

J'ai trouvé notre salut, mais ce n'est pas ce que je cherchais. C'est *elle* que je voulais.

Il fait trop froid pour pleurer et faire autre chose que longer le mur. Au bout de quelques pas, je trébuche sur un perron. Une porte d'un rouge délavé se dessine au milieu des flocons. Mes doigts, si raidis par le gel qu'ils semblent ne plus m'appartenir, s'acharnent avec maladresse sur la poignée. Lorsque le battant cède, la bise pénètre à l'intérieur.

— KADEN ! RED ! je hurle en me retournant.

Mes mots sont emportés par la tornade.

Une idée se profile, qui dépend d'un détail vital. Fixant le sol, me retenant à la façade, j'avance jusqu'à ce que…

Oui !

Un tuyau d'arrosage vert encore relié à la maison gît derrière un buisson. M'emparant de son extrémité, je repars dans le blizzard. Il m'est désormais égal que la masse blanche tourbillonne, me bouscule et me gifle, tente d'arracher mes vêtements – le tuyau me sert de filin de sauvetage.

— KADEN ! KADEN !

Soudain, je distingue une ombre. Emma ! Je me précipite.

Sauf que ce n'est pas elle mais Red, enseveli sous une couche de neige, comme son cavalier.

— Viens, Red.

Je le tire par la corde pendue à son cou. Il me contemple de ses grands yeux tristes sans broncher. Je tremble d'épuisement. Si Kaden dégringole du cheval ou si ce dernier refuse de bouger, nous sommes fichus. J'attrape sa belle tête entre mes paumes.

— Je t'en supplie, Red, suis-moi.

Cette fois, je tourne les talons et j'avance. Red aussi. La gorge serrée, les larmes aux yeux, je remonte la longueur du tuyau d'arrosage. Au niveau du perron, le cheval incline ses oreilles et, sentant la présence d'un refuge, me contourne et entre dans la maison. Au passage, Kaden heurte le linteau de la porte et tombe. Je tente vainement d'amortir sa chute et nous terminons tous les deux par terre. Après l'avoir tiré à l'intérieur, je repousse le battant.

L'endroit est glacial, mais au moins nous sommes abrités du vent et de la neige. Il faut que je fasse du feu.

— Kaden ? Tu as un briquet ?

Je le secoue, autant parce que je suis affolée que par peur de me sentir seule au monde. Il garde les yeux clos, ses lèvres sont bleues et son teint est cendreux. À défaut de réponse, je le fouille mais ne découvre que sa lampe. Retirant la veste qu'il m'a donnée, je l'enroule dedans. Il respire trop lentement. Red s'est posté près d'un porte-manteau, tête basse. Je profite de son poil d'hiver épais et rêche pour y enfoncer mes doigts, en quête d'un peu de chaleur. Lorsqu'ils ont retrouvé leur souplesse, j'allume la torche, j'attrape la corde et je pars en exploration.

Pas question de m'aventurer sans Red dans cette baraque.

Le salon est presque intact, avec une vieille cheminée et un canapé aux motifs floraux vert foncé. Il y a des portraits aux murs, que je me garde bien d'éclairer, peu désireuse de savoir qui habitait ici et quelles âmes sont susceptibles de hanter les lieux. Je m'enroule dans le plaid posé sur le divan.

Bien que les fenêtres tremblent sous les assauts du blizzard, je suis réconfortée par le bruit des sabots de Red sur le plancher. Son haleine forme des nuages dans l'obscurité et son odeur animale tranche sur les relents poussiéreux et dénués de vie qui règnent partout.

Le salon donne sur une cuisine où trônent une table et des chaises en bois. Lâchant Red, j'entreprends d'inspecter les placards et les tiroirs.

Bon sang ! Il doit forcément y avoir des allumettes quelque part !

L'esprit en déroute, les mains frémissantes, je deviens de plus en plus fébrile au fur et à mesure de mes vaines recherches. Est-ce moi, ou le faisceau de la lampe faiblit ? Et si elle s'éteignait définitivement avant que j'aie trouvé de quoi lancer un feu ? Et si ces gens n'avaient jamais eu d'allumettes ? La maison est étonnamment ordonnée, comme si ses occupants avaient eu l'intention de revenir. Sans égards pour eux, je mets la cuisine à sac.

Je finis par refermer les doigts sur une petite boîte qui, lorsque je l'agite, émet le bruit familier de fins bouts de bois dans le carton. Je gratte une allumette avec des mouvements soudain plus assurés.

La modeste flamme jaillit, repoussant la pénombre. Tant de fois, avec Père, ce miracle nous a protégés du froid et nous a sauvé la mise des ombres de la forêt. Tout en contemplant la lueur jaune, j'ai l'impression qu'il est ici et veille sur moi. L'allumette s'éteint en me brûlant le bout des doigts.

J'écume la maison en ramassant des livres, des paniers en osier, des chaises, tout ce qui est susceptible d'alimenter mon feu, qui exige de la patience. Les leçons de Père se révèlent utiles. J'éteins la lampe avant que ses piles soient mortes quand j'estime que la lumière du brasier illumine assez le salon. Une fois qu'il a bien pris, je traîne Kaden près de la cheminée. Ses vêtements étant mouillés, je décide de l'en débarrasser après une brève hésitation. Celle que j'étais autrefois aurait été gênée de déshabiller un homme mais je ne ressens qu'une crainte, celle que Kaden meure et m'abandonne.

— Je t'interdis de mourir, toi aussi, je lance à Red.

Il se contente de dresser les oreilles. Il nous survivra à tous, probablement.

Le tee-shirt de Kaden lui colle à la peau. Je ne peux me permettre d'être douce et le lui arrache. Le feu éclaire son torse et la vilaine cicatrice que je ne connais pas. Je lui laisse ses chaussettes en laine, qui sont pratiquement sèches, et m'attaque à son jean détrempé. Là encore, je réussis à le lui enlever de haute lutte. Dessous, un caleçon noir. J'en touche un pan, il est également humide. Un peu embarrassée, je le couvre avec le plaid et, à l'aide de son couteau, découpe chaque côté de son sous-vêtement. Je n'ai encore jamais vu d'homme nu, je ne tiens pas à commencer comme ça.

Sa veste et la maigre couverture ne sont pas suffisantes. Si le salon s'est vaguement réchauffé, on est loin du confort. Quant à moi, je dois me changer aussi.

M'emparant d'un pied de table, je l'enflamme puis j'utilise cette torche de fortune pour gagner l'arrière de la maison. Le couloir est trop étroit pour que Red m'accompagne. Mon cerveau s'emballe. Un X était-il peint sur la porte principale ? Je ne m'en souviens plus. Et si les résidents étaient morts sur place, si leurs cadavres s'y trouvaient encore ?

Tant pis ! Kaden a besoin de moi. La première chambre tapissée de fleurs roses renferme un berceau. Je ne m'y attarde pas. La suivante ayant appartenu à des adultes, je retire le linge de lit, récupère ce que je déniche comme fringues. Je ne peux pas tout porter avec mon flambeau, mais ce dernier commence à s'éteindre. Me rendant dans la salle de bains adjacente, je le jette dans la baignoire. Armée de mon ballot, je me force à affronter l'obscurité pour regagner le salon, non sans trébucher çà et là.

Lorsque j'ai enfoui Kaden sous les couvertures et les draps, j'ôte mon pantalon et mon haut et je les mets à sécher avec les fringues de Kaden sur le dossier du canapé. J'enfile ensuite les vêtements dépareillés que j'ai rapportés de la chambre et je me glisse près de Kaden. Il est glacé et immobile, ses doigts sont transis. Je les plaque sur mon flanc pendant une minute avant de les frotter pour que le sang se remette à circuler. Je réitère l'opération avec ses pieds.

Le feu envoie des ombres sur les murs et nimbe mon voisin d'une couleur chaude. Je rougis en pensant à sa nudité. S'il a toujours les yeux fermés, ses joues ont un peu rosi. Je repousse une mèche de son visage, j'y laisse traîner ma main.

Lentement, les flammes réchauffent la pièce et estompent mes idées noires. Peu à peu, je glisse dans un sommeil profond.

Quand je me réveille, le salon semble avoir changé sans que je parvienne à savoir pourquoi. Le feu n'est plus qu'un lit de braises et, dehors, la tempête continue à se déchaîner. Apparemment, la nuit est tombée. Enfilant la veste de Kaden, je me lève. Luttant contre le froid, je sautille près de la cheminée tout en ajoutant des livres dans l'âtre afin de ranimer les flammes.

— Ara ?

La voix de Kaden me fait sursauter. Je me retourne d'un bond. Il a repris des couleurs. Paumé, il cligne des paupières.

— Kaden ! je souffle. J'avais peur que tu…

Je m'interromps, incertaine de ce qu'il me faut dire. Dans la semi-obscurité, il m'adresse un sourire. Red avance la tête, les oreilles dressées.

— Est-ce que je suis… nu ?

Je m'empourpre et jette du bois dans le feu.

— Tu étais trempé.

— Et tu t'es chargée de me déshabiller ?

Sa voix est celle d'une indignation feinte.

— Certainement pas. C'est Red.

Le rire de Kaden brise le silence, si authentique et puissant que le cheval tressaille. Je m'esclaffe moi aussi, heureuse que mon compagnon s'en soit sorti.

Bientôt, le feu crépite, nourri par des bouts de chaise et d'autres biens qui ne sont plus d'aucune utilité à personne. Je retourne vers Kaden, un peu gênée par ses regards insistants. Je regrette de ne pas m'être aménagé une autre couche sur le canapé.

— Endors-toi, Ara, on réfléchira demain matin.

En souriant, il s'écarte légèrement, et je m'allonge en veillant à ne pas me coller à lui.

— J'aime ta nouvelle tenue, murmure-t-il. Surtout les chaussettes.

Examinant ma dégaine, je m'aperçois que je porte un pantalon d'homme, un polo rouge et bleu, et des chaussettes à pois.

— Et moi, j'aimais bien ton caleçon, je le rembarre.

Il se marre et le malaise se dissipe. Il fait bon sous les couvertures, et je sens que je me relaxe, même si une sorte de tension règne encore entre nous. Une tension particulière qui, je crois, n'est pas près de disparaître.

Nous parlons et plaisantons, évitant de mentionner ceux que nous avons laissés derrière nous, profitant de ce petit moment de bien-être.

24

ARA

Je cours sous les sapins, dont les branches enneigées émettent un parfum fort et sucré. À travers leurs branches, je distingue un pied nu, l'ourlet d'une robe, une jambe. Je n'ai pas besoin de voir le reste du corps pour savoir que c'est elle.

Emma.

Ses longs cheveux bruns cascadent dans son dos, épargnés par les flocons. Je l'entends rire. J'ai beau galoper de toutes mes forces, elle reste hors d'atteinte. Trop lente, j'essaie de l'attraper, de l'appeler. Malheureusement, elle ne se retourne pas.

Peu à peu, la réalité remplace le rêve. Avec elle surgit le chagrin.

J'ai mal au dos, l'odeur de décomposition et de moisi a été ravivée par les flammes dans la cheminée. Dehors, le blizzard n'a pas cessé, les fenêtres tremblent et la maison gémit. J'ai soif et mon estomac crie famine.

J'ouvre les yeux avec réticence. La lueur faiblarde du jour éclaire vaguement la pièce. C'est le matin, à mon grand regret.

Emma a disparu et je ne l'ai aidée en rien.

Quand je me force à m'extirper de sous les couvertures, le froid ambiant me coupe le souffle et mord mes bras nus. Mes vêtements ont fini par sécher, même s'ils sont raides et inconfortables. Après avoir ranimé le feu, je contemple Kaden, qui dort encore d'un sommeil paisible.

Je me rends dans la cuisine, où Red me salue en relevant la tête. La pièce empeste l'urine.

— Bien joué, mon grand.

Il fourre son nez chaud et humide dans ma paume, m'arrachant un mince sourire. Difficile d'être en colère contre une si belle bête. Enroulant mes bras autour de son encolure, j'enfonce mon nez dans sa robe. Si personne n'est vraiment innocent en ce bas monde, il émane une sorte de paix d'un animal qui ignore ce qu'est la haine.

Je fouille la cuisine, suivie par Red qui n'arrête pas de me gêner. Je ne le chasse pas, cependant, car sa présence solide et tiède me réconforte. Un placard recèle une collection de conserves, surtout du maïs, de même qu'une bouteille à moitié vide de whisky. Je la débouche et j'en avale une gorgée.

L'alcool me brûle la gorge et, les yeux pleins de larmes, je tousse. Red renifle et tend des lèvres avides. Je le repousse.

— Non. Je vais te chercher de l'eau.

Je déniche deux grandes casseroles que je place devant la cheminée après les avoir remplies de neige. Je vide dans une troisième des boîtes de haricots verts, de flageolets et de soupe au poulet et je l'installe audessus de l'âtre. Ensuite, je verse huit conserves de maïs dans une poêle que j'offre à Red. Il renifle sa pitance avant de l'avaler en deux temps trois mouvements.

— Kaden ?

Il remue, se frotte les paupières, les cheveux en bataille. Un frisson me secoue, qui n'a rien à voir avec le froid cette fois.

— Tu veux de la soupe ?

Il grogne et s'assoit. Je m'occupe de remuer le contenu de ma casserole et d'alimenter le feu.

— Tes fringues sont sèches, mais trouve-toi d'abord un nouveau caleçon.

— Où est passé celui que je portais ?

— Red l'a boulotté.

— Fichu canasson ! Combien de fois faut-il que je lui répète de ne pas manger mes slips !

Je me retourne. En jean, Kaden caresse son cheval, lequel lui donne de grands coups de tête amicaux avec une vigueur qui me ferait sûrement perdre l'équilibre. Mon estomac se noue face au spectacle des abdominaux bien dessinés de Kaden. Apparemment, il a décidé qu'il n'avait besoin ni de sous-vêtements ni de haut. Il surprend mon regard et je lâche :

— Ton tee-shirt et ta veste sont sur le canapé.

— Merci.

— Le repas sera bientôt prêt.

Peu après, assis en tailleur devant l'âtre – j'ai transformé toutes les chaises de la cuisine en petit bois –, nous piochons dans nos bols en silence, bercés par le crépitement des flammes. La scène me renvoie à tous les soirs que j'ai passés en compagnie de Père et Loki, près d'un feu de camp. Là, je suis avec quelqu'un d'autre. Quelqu'un que, je l'avoue, je ne veux pas perdre de nouveau.

Nous avons été séparés par ma faute. C'est moi qui ai choisi de partir sans lui. Si je ne sais pas trop comment m'excuser ou m'expliquer, je devine que je dois parler : le regard de Kaden est empreint d'une gravité nouvelle.

— Que t'est-il arrivé ? je demande. Je ne connaissais pas la cicatrice sur ton flanc.

— M'aurais-tu reluqué pendant que je m'habillais, princesse ? C'est honteux !

— Sérieux, comment as-tu été blessé ?

Il observe le foyer et, quand il répond, ses prunelles sont devenues distantes :

— J'ai tué un homme.

Comme il est évident qu'il n'en dira pas plus, je m'empare de la bouteille de whisky, j'en bois une lampée et je la lui tends. Il contemple le liquide ambré un instant avant de m'imiter.

— Kaden, je marmonne, tête baissée, je suis désolée. Pour tout.

— Approche, princesse.

Comme je ne bouge pas, j'ai droit à un sourcil arqué et au sourire malicieux qui est sa marque de fabrique. M'attirant dans ses bras en faisant fi de ma tension, il me berce contre sa poitrine.

— Tu as agi par souci des tiens, murmure-t-il gentiment. Comme moi.

Les yeux humides, j'expire longuement et avoue :

— Hier, j'ai cru la voir.

— Qui ?

— Ma sœur, Emma. Dans la tempête. C'est en essayant de la rattraper que j'ai découvert cette baraque.

Je ne prends pas la peine d'essuyer les larmes qui roulent sur mes joues. Kaden caresse mes cheveux.

— Et, cette nuit, j'ai rêvé d'elle. Là non plus, je n'ai pas réussi à la rejoindre. On l'a abandonnée, Père et moi. Si je suis revenue en ville, si je vous ai accompagnés au centre d'essais, si je veux retourner chez nous, c'est pour réparer mon erreur. Même si je ne suis pas certaine que ce soit possible.

Je sanglote et le refuge de ses bras me permet de faire un deuil dont j'ignorais avoir besoin jusqu'à maintenant. Une fois calmée, je me rends compte que je n'ai encore jamais été aussi proche de lui physiquement. Sa fossette au menton est dissimulée sous une petite cicatrice blanche, une autre descend le long de son cou jusque sous son tee-shirt. Il a de longs cils bruns, et des pattes-d'oie nées de sa propension à rire partent en éventail au coin de ses yeux, un des rares signes indiquant qu'il est plus âgé que moi. Il sent un mélange d'odeurs : pin, transpiration, poussière et cheval.

— Si ça se trouve, je chuchote, plus rien ne me retient sur terre.

— Ce n'est pas vrai, répond-il en me serrant plus fort. Je suis là. Et tu ne devrais pas renoncer à chercher Emma.

— C'était une illusion. À cause de la neige et du froid.

— Elle t'a conduite ici, Ara. Elle nous a sauvés. Quelle importance qu'elle n'ait pas été réelle ?

Je songe à ma sœur et à mes parents. À la promesse que je leur ai faite, à celle que je me suis faite. À la façon dont je me suis perdue dans ma quête. M'écartant, je scrute Kaden.

— Il faut que tu retournes au clan. Pour récupérer Sam. Et moi, je dois rentrer chez moi. Pour Emma.

Malgré la peine qu'il affiche aussitôt, je persiste :

— La vie de Sam est en danger. C'est ton rôle de le protéger. Gabriel a menacé de…

— Tais-toi ! m'ordonne-t-il avec colère. Et réfléchis une seconde. Pourquoi t'entêtes-tu à repousser tout le monde ? Tu viens de m'avouer que tu regrettais de nous avoir lâchés, Sam et moi, et voilà que tu t'apprêtes à recommencer ? Alors que tu ne peux pas te pardonner d'avoir laissé Emma ? Ne refais pas la même erreur.

— Je me suis engagée.

Avoir vu ma sœur dans la tempête m'a remémoré les paroles paternelles, la piste à remonter.

— Rien ne t'oblige à mener ta quête toute seule ! s'emporte-t-il.

Comment l'amener à comprendre ?

— Kaden, je n'ai pas le choix…

— C'est faux, Ara.

Prenant mon visage entre ses mains, il m'oblige à le fixer droit dans les yeux.

— Quand je t'ai trouvée avec Colborn, reprend-il d'une voix étranglée, je… J'ai eu envie de tuer ce type comme jamais. Je ne sais pas ce que je suis en train de devenir. Je suis paumé. En revanche, je suis sûr d'une chose : si tu t'en vas, ce sera avec moi. Point barre.

— C'est impossible, Kaden. Tu dois rejoindre ton frère…

Il me coupe la parole en plaquant sa bouche sur la mienne. Ses intentions sont peut-être chastes, mais, dès que nos lèvres entrent en contact, c'est comme si on avait jeté de l'huile sur un feu. Je suis transportée, surprise aussi par l'avidité avec laquelle je lui rends son baiser. Son poing emprisonne mes cheveux, son corps se colle au mien, sa bouche me dévore et nous ne formons plus qu'un. Je ne sens plus que ses bras, ses lèvres, son torse. Je suis électrisée. J'ai l'impression de me tenir au bord d'une falaise, hors d'haleine, terrifiée, brûlante. Plus rien n'existe.

Quand il s'écarte, nous nous contemplons, essoufflés et fascinés.

— Tu ne me quitteras plus, je te l'interdis. Demain, nous irons au QG. Ensuite, avec Sam et Issac, nous nous rendrons chez toi.

Malgré son ton catégorique, je décèle une certaine hésitation et des questions dans ses prunelles. Je m'abstiens de répondre et me noie dans les profondeurs vertes qui ne me lâchent pas.

— Jure-le-moi, Ara. Jure que nous resterons ensemble.

Je pense à Emma qui s'éloigne de moi en dansant. À Sam, qui me regarde toujours avec un tel espoir. Je suis à la croisée des chemins, face à une porte qui, une fois franchie, se refermera à jamais.

— Je te le jure.

25

ARA

Tôt le lendemain matin, nous quittons la maison en tirant derrière nous Red, chargé des maigres provisions que nous avons réussi à rassembler. Au début, marcher avec insouciance est bizarre tant je me suis habituée à me cacher. Flanquée de Kaden, je me surprends à rire. De temps en temps, il s'arrête, m'attire à lui et m'embrasse. Alors j'oublie tout, sauf lui.

Nous discutons de nos vies d'avant. Lycée, petits boulots, parents, amis, amourettes. Le martèlement des sabots de Red est, avec la course du soleil, notre seul moyen de mesurer le temps qui s'écoule. La neige abondante commence à fondre et quelques minuscules bourgeons verts indiquent l'arrivée prochaine du printemps.

Je ne vois pas la journée passer, peut-être parce que je suis décidée à profiter du moindre instant en compagnie de Kaden. Incrédule, je finis par remarquer que le soleil se couche, illuminant le chemin d'une lumière rouge dorée. Au QG, une cloche sonne.

— Une sentinelle nous aura aperçus, dit Kaden, des rides inquiètes sur le front.

Il espérait que nous réussirions à entrer et à ressortir en douce. Moi, en revanche, je ne me bile pas. Nous avons échafaudé un plan. Dénicher Sam et Issac, récupérer des aliments et des chevaux puis filer aux premières lueurs de l'aube. Grâce à nos montures, nous serons chez moi en un ou deux jours seulement. Là-bas, je ne serai plus vulnérable. *J'arrive, Père. Je suis sur le point de remonter la piste.*

Interrompant mes réflexions, Kaden se juche sur Red et me tend la main.

— Puisqu'ils nous ont repérés, autant nous dépêcher. Je meurs de faim.

Je saute derrière lui et Red part au galop. La grille s'ouvre, gardée par deux sentinelles en armes. Je resserre ma prise autour de la taille de Kaden, mal à l'aise en présence d'autant d'hommes. Comme si l'ensemble du clan était sorti pour assister à notre retour. Le silence règne.

— Kaden ! crie quelqu'un.

Un éclair roux se distingue dans la foule. Ravie, je bondis à terre.

— Sam !

Me frayant un passage jusqu'à lui, je l'enlace et lui plante un baiser sur le front. Puis je me retourne, m'attendant à découvrir Kaden dans mon dos, sauf qu'il est resté perché sur Red et observe ceux qui nous entourent. Je prends soudain conscience de ce que les autres ont vu : nimbé par le soleil, il a l'air d'un conquérant du temps jadis.

Au bout d'un moment, il rigole et lance :

— Alors, bande de fainéants, vous avez cru pouvoir profiter de mon absence pour vous la couler douce ? Retournez au boulot, sinon j'embarque ma femme et je file définitivement.

Le clan éclate de rire, tandis que Red agite la tête de haut en bas. Le maîtrisant, son cavalier donne des ordres :

— Issac, rassemble des gars pour monter la garde ! Jack, veille à ce qu'on lance les feux. Je crève la dalle. Brandon et Thomas, réunion au bureau dans cinq minutes. Quant aux autres, bougez-vous les fesses et finissez vos tâches de la journée !

C'est comme si une vague d'énergie balayait les hommes, qui se remuent avec détermination.

Kaden finit par descendre de cheval et étreint son frère avec force en lui chuchotant quelques mots à l'oreille. Sam recule, une expression décidée sur le visage. À ma grande surprise, il m'attrape par la main.

— Viens, me dit-il.

Kaden m'adresse un clin d'œil et je suis le garçon à l'intérieur du QG. Moins bien entretenu que lors de mon dernier séjour, il vibre cependant d'une activité fébrile. Sam m'emmène jusqu'à une chambre meublée de deux lits de camp. Il allume l'unique bougie.

— Repose-toi pendant que je vais te chercher à manger.

Je m'endors avant qu'il revienne.

— Où est Ara ?

La voix de Kaden me parvient mais je garde les yeux fermés, désireuse de sombrer de nouveau dans l'oubli bienfaiteur du sommeil. J'ignore combien d'heures se sont écoulées. Il fait froid dans la pièce.

— Au lit, souffle Sam.

Les ressorts de l'autre couche grincent quand tous deux s'assoient dessus. Un silence pesant s'installe, et la chaleur des couvertures menace de me renvoyer dans les limbes quand, soudain, Kaden reprend la parole d'une voix lourde :

— La situation est pire que je ne l'imaginais.

Bizarre. Il semblait si confiant sur le trajet, si certain de quitter définitivement le clan. Il ne ressemble plus au conquérant revenu stimuler ses troupes une dernière fois.

— Alex, Michael, Kevin, Parth, Lukas et Frank sont morts, annonce Sam avec tristesse. Issac et moi les avons enterrés à l'extérieur de la clôture.

— On sait qui est responsable ?

— Non… Ça a déraillé, Kaden. Gabriel a disparu depuis des mois. On a eu beau essayer de garder un semblant d'ordre, les gars se sont mis à voler, à se battre et à déserter.

— Et ça continue à dérailler, acquiesce Kaden tout doucement.

— Pas au point qu'on ne puisse pas arranger ça. Ceux qui souhaitaient partir l'ont fait. Cette fois, on va pouvoir reconstruire le clan comme on l'entend. Sans Gabriel.

— Et si je devenais comme lui ?

— Ça n'arrivera pas, proteste Sam avec véhémence. Tu n'es pas comme lui.

Son aîné ne répond pas. Les hommes souhaitent qu'il reste, et pourquoi pas ? Il serait un super chef. J'ai été si obnubilée par les mots de Père que je n'ai pas franchement réfléchi à la suite. J'aimerais me redresser et scruter les traits de Kaden.

— Qu'est-ce qu'il lui est arrivé, à Gabriel ? lance Sam sur un ton qui sous-entend que la question lui brûle les lèvres depuis un bon moment.

— Je l'ignore. À mon avis, il est mort.

Les intonations sèches de Kaden sont sans appel. Comme tout petit frère, Sam ne peut s'empêcher d'insister, cependant :

— Que s'est-il passé ?

— J'ai mené un assaut contre lui.

C'est un silence différent qui s'installe. J'entrouvre une paupière. La bougie éclaire le visage des deux frangins. Les épaules voûtées, les doigts croisés sur son front, Kaden est sombre. Sam le fixe d'un regard incrédule.

— Tu as… attaqué Gabriel… et nos gars ?

— Oui.

— Pourquoi ? Pourquoi t'en es-tu pris à tes camarades ?

Kaden soupire et enfouit sa tête entre ses paumes. Je voudrais bondir et le défendre, sauf que ma propre honte m'arrête net.

— Pour sauver Ara, finit-il par lâcher d'une voix glaciale. Et me sauver moi.

Sam ne réagit pas et son aîné se fait suppliant :

— Laisse-moi t'expliquer.

— Expliquer quoi ? riposte le plus jeune avec amertume. Que tu as oublié qui sont les tiens ? Que tu as abandonné ton propre frère ?

— Je donnerais ma vie pour toi !

— La preuve, tu m'as largué ! Pendant des *mois* ! Et voilà que tu t'es retourné contre ta famille et que tu t'en fous !

— Ce n'est pas notre famille. Tu l'es. Issac et Ara aussi. Si je suis revenu, c'était pour veiller à ta sécurité, que le clan n'est plus en mesure d'assurer. J'ai été coincé, d'où mon absence. J'ai fait ce qu'il fallait faire pour me libérer et te récupérer. Nous n'avons pas le choix, Sam. Nous devons partir maintenant, avant qu'il soit trop tard. Le clan est en train d'imploser, mieux vaut que nous ne soyons pas là pour assister à sa fin.

— Il nous a protégés, à nous de l'aider. On n'a pas le droit de faire le tri entre ceux qu'on décide de sauver et les autres. Ces hommes te suivront partout. Toi et personne d'autre. Même Ara t'admire, maintenant. Tu as le devoir de…

Sautant sur ses pieds, Kaden attrape Sam par les épaules. Pour la première fois, ils m'apparaissent vraiment comme les deux frères qu'ils sont : même colère affichée, mêmes mâchoires serrées, même entêtement. Le regard de Sam n'exprime pas le pardon, juste la déception.

— Mon seul devoir est de protéger les miens, reprend Kaden. Toi, Ara, Issac. C'est tout. Je t'ai promis que nous nous trouverions un nouveau foyer. Il est temps de se mettre à sa recherche.

Les larmes noient les yeux du garçon, qui recule. Les bras de Kaden retombent. Au bout d'un moment, le premier lâche d'une voix plate :

— Tu n'es pas comme Gabriel, j'avais raison. Tu es un lâche.

Sur ce, Sam se détourne et s'en va.

Pétrifié, Kaden fixe la porte. Ensuite, il pousse un juron et emboîte le pas à son frangin, me laissant avec la bougie pour unique compagnie. J'observe la flamme qui diminue puis s'éteint. Dans l'obscurité, je me demande si je me suis montrée égoïste en souhaitant que Kaden m'accompagne chez moi. Tous deux, nous sommes déchirés entre notre ancienne et notre nouvelle famille.

Je n'ai guère le temps de m'interroger, cependant, car une heure après le lever du jour les cloches se mettent à sonner.

26

ARA

— Combien sont-ils ? demande Kaden à Issac.

Accroupi devant nous sur le toit, ce dernier promène ses jumelles sur les collines environnantes. La pluie chasse les derniers restes de neige et noie le paysage sous une grisaille aux allures de crépuscule. Je frissonne quand un filet d'eau me coule dans le dos.

— Au moins deux cents. Trois cents, peut-être.

Kaden lâche un gros mot.

— Qu'est-ce qu'ils nous veulent ? s'enquiert Sam.

À plat ventre, il regarde les sentinelles qui patrouillent sur le parking. Le périmètre est fermé et sécurisé, tandis que les troupes s'activent à barricader le bâtiment et s'arment. Les yeux de Kaden se posent partout. Même Issac observe un silence inhabituel. Sam, lui, est tout excité.

— Pourquoi attendre l'aube ? marmonne Kaden en prenant ses jumelles à Issac. S'ils veulent nous attaquer, pourquoi se sont-ils annoncés ?

Comme pour répondre à sa question, un mouvement se produit dans la rue. Kaden m'oblige à m'agenouiller et nous retenons notre souffle.

— Rentre tout de suite, Ara, m'ordonne-t-il.

Je ne bouge pas. Un homme s'avance, seul. Quand il franchit la crête de la dernière colline, je constate qu'il porte quelque chose de long et fin sur l'épaule. Croyant à un fusil, je me tapis encore plus, puis je me rends compte qu'un objet blanc s'agite à l'extrémité, battu par le vent et la pluie.

Un drapeau blanc. Signal de trêve.

— Ils sont prêts à parlementer, s'exclame Sam. Il faut qu'on sorte.

— Tu plaisantes ? je me récrie. C'est forcément un piège.

— Sam, lance Kaden, emmène Ara dans l'armurerie et enfermez-vous-y.

— Non ! Je t'accompagne ! rétorque son frère.

Tout le monde se tourne vers Kaden, dont je devine immédiatement la décision.

— Eh bien, comme ça, vous mourrez ensemble ! j'aboie, regrettant mes mots tout de suite après. S'il te plaît, Kaden, réfléchis. On allait partir.

Chez moi, tu te rappelles ?

— Rien ne t'oblige à ça. À diriger le clan.

Il y a un bref silence, personne ne bronche. Puis Issac se lève en ajustant la bandoulière de son fusil.

— Je me charge d'elle, annonce-t-il.

Je me hérisse, estimant que je n'ai pas besoin d'une escorte. Alors que ces gars auraient bien besoin d'un cours d'intelligence. Je surprends cependant le regard qu'échangent Kaden et Issac, et j'y lis la peur.

— Je cours rassembler quelques hommes ! décrète Sam, ravi.

Il dégringole l'échelle qui mène au toit. Kaden me fixe mais je me détourne de lui. Je l'entends s'en aller également. Il ne reste plus qu'Issac et moi, sous une bruine plus ténue à présent.

— On aurait dû quitter le QG quand il était encore temps, je ronchonne. Imagine qu'il leur arrive quoi que ce soit…

— Ça ne nous empêchera pas de continuer.

— Je t'admire d'être capable d'une telle sagesse en pareil moment, je lâche avec amertume.

— Certains trouvent Dieu dans la lumière, je L'ai trouvé dans les ténèbres.

Sur ce, il s'éloigne à son tour et disparaît sans un bruit par la trappe. Il n'exige pas que je le suive, contrairement à ce qu'aurait fait Kaden. Il ne m'invite pas à le précéder, contrairement à ce qu'aurait fait Sam.

Il se contente de m'abandonner à moi-même.

J'aurais préféré un interlocuteur avec lequel me disputer, ne serait-ce que pour me distraire de l'inquiétude qui me ronge. Je frissonne dans le froid humide puis me décide à rejoindre les hommes qui, en bas, se préparent à la guerre.

Kaden a un fusil à l'épaule, un coutelas à la ceinture. Il a réuni quelques gars dans l'armurerie. Depuis le seuil, je l'observe avec un mélange de colère, d'appréhension et d'incrédulité. C'est une boule d'énergie, et il m'est impossible de ne pas le voir comme le voient ses camarades. Dangereux. Puissant. Il est une force en mouvement que personne n'arrêtera. Une avalanche qui dégringole d'une montagne.

Tout à coup, il me fixe et une onde de choc me traverse. Il vient se planter devant moi et je voudrais lui hurler dessus, le traiter d'idiot, le supplier de ne pas y aller. Je me borne toutefois à regarder derrière lui, comme s'il n'existait pas.

— Je reviendrai, je te le promets.

Il coince une mèche de mes cheveux derrière mon oreille. Je continue de l'ignorer. Soudain, sans prévenir, il m'attire contre lui. Il sent la pluie et le cuir, son corps est solide et chaud. Redressant mon menton, il m'embrasse, ce qui provoque quelques sifflements et ululements moqueurs parmi ses troupes. Lorsqu'il s'écarte, je ne vois cependant que ses yeux.

Puis, tout aussi vite, il se détourne et, un sourire malicieux aux lèvres, lance à ses gars :

— Allons accueillir l'enfoiré qu'ils nous envoient !

Dans une envolée de hourras, tous se précipitent dehors avec la frénésie de jeunes gens assoiffés de danger. Abandonnée à moi-même, je repense au jour ou Père et Loki sont partis. Si ce souvenir m'attristait auparavant, il me met en colère désormais. Je serre les poings. Père n'aurait pas dû me laisser. Il a trahi ses deux filles.

C'est sans doute ce que font les hommes. Ils partent.

Une barricade de chaises, de tables, de rayonnages et d'objets divers a été érigée devant les portes principales du magasin de loisirs. Des obstacles sont déplacés pour permettre à Kaden et à son escouade de sortir avant d'être aussitôt remis en place, nous enfermant à l'intérieur et eux à l'extérieur.

27

KADEN

Une vingtaine d'hommes nous suivent, Sam et moi. Tous ont un fusil en bandoulière ou un couteau à la taille. Je leur ai ordonné de ne pas tirer, sauf pour se défendre. Tandis que la pluie s'infiltre sous ma capuche, je songe que, malheureusement, la violence risque d'être aussi inévitable que le sont les éléments. Le monde n'est plus qu'un bain de sang, pourquoi en irait-il autrement aujourd'hui ?

La boue chuinte sous mes bottes, tout n'est que grisaille. Le regard accusateur d'Ara et les paroles colériques de mon frère me hantent. Nous ne sommes rentrés qu'hier soir et je me demande déjà si j'ai commis une erreur en ne repartant pas immédiatement. En même temps, je n'ai guère eu le choix. Il m'est impossible de protéger tous ceux que j'aime.

À mon côté, Sam a les yeux luisants d'enthousiasme. Il ne cesse de tripoter son flingue.

Peu à peu, la silhouette de l'envoyé planté devant les portes prend forme. Il a appuyé son drapeau blanc contre le grillage et semble être désarmé. Une fois plus près, je reconnais ses traits et son sourire étincelant.

— Qu'est-ce que tu fiches ici, Liam ? je m'esclaffe.

L'ambiance change aussitôt. Liam est l'un des nôtres. Les gars le saluent en riant et se détendent.

— Je suis content de te voir, Kaden.

— On t'a tellement manqué que tu as décidé de revenir au bercail ? Tu nous seras utile aux écuries.

Je veille à m'exprimer avec nonchalance, mais ma paume ne quitte pas la crosse de mon fusil. Quelque chose cloche. La bonne humeur de Liam est factice et il ne s'approche pas, comme s'il avait peur de moi.

— On raconte des histoires à ton sujet, reprend-il en se dandinant. Des histoires dérangeantes.

Le silence remplace les murmures. Je hausse le menton.

— Aucune n'est vraie, intervient Sam.

D'une main levée, je le fais taire. Il obtempère d'un air boudeur.

— Tu me connais mieux que personne, Liam. Crois ce que tu veux, je n'ai pas l'intention de te convaincre de quoi que ce soit.

Il opine lentement tout en me jaugeant, l'air de se demander s'il a affaire à son vieux camarade ou à un démon qui l'aurait remplacé. *Qu'a-t-il appris ?*

— Je suis porteur d'un message, Kaden. Je ne crois pas qu'il te plaira.

— Je ne suis pas du genre à tuer les messagers, je riposte sèchement.

Il a tout d'un traître alors qu'il était mon ami. Combien de nuits avons-nous discuté à la belle étoile !

— Gabriel souhaite reprendre les rênes du clan. En paix. Tout peut redevenir comme avant. Rends-lui son poste et nous vous pardonnerons.

Je me fige.

Hors de question.

Gabriel n'est pas en droit de formuler ces exigences.

Dans mon dos, les hommes s'agitent et marmonnent, leurs yeux rivés sur moi. Une haine froide secoue tout mon être, jetant aux oubliettes mon réflexe premier, qui est de répondre à Liam qu'il se trompe, que Gabriel est mort, qu'il a été assassiné par Colborn et sa meute. En même temps, mon côté cynique me fait accepter la réalité. Rien ne me prouve qu'il n'a pas survécu. Ce bâtard est aussi résistant qu'un cafard et il a bien l'intention de remettre la main sur le clan.

— Autre chose ? je m'enquiers d'un ton détaché.

Liam déglutit et la tristesse envahit son visage. Les regrets aussi, ce qui est pire. Nous avons cessé de nous sourire, séparés par un gouffre si profond qu'il semble infranchissable.

— Tu as jusqu'à demain matin pour te décider, lâche-t-il.

Sur ce, il tourne les talons et s'éloigne, laissant derrière lui le vieux tee-shirt blanc qu'il a brandi en gage de paix.

La pluie s'arrête enfin quand nous regagnons le QG. Mon escouade donne l'impression d'être différente de celle qui, quelques instants auparavant, m'a escorté jusqu'aux grilles. Les hommes se taisent, m'observent, guettent une réaction de ma part. Moi, je suis focalisé sur les nouvelles apportées par Liam : Gabriel est vivant et de retour parmi nous.

À l'intérieur du magasin, l'atmosphère a également changé. Les sentinelles cessent d'être à l'affût dès qu'elles nous aperçoivent. Un instant, j'ai le sentiment d'être redevenu le gamin qui a flanqué le feu à sa baraque après avoir liquidé son père.

— Nous avons parlé avec Liam aux grilles, j'annonce avec une fausse assurance. Il nous a appris que Gabriel était revenu pour diriger le clan.

Les gars se trémoussent et certains lancent des coups d'œil en direction des recoins ombreux, comme si le chef était déjà entre nos murs.

— Il vient en paix. J'irai négocier les termes d'un éventuel accord demain matin. Tous ceux qui désirent nous quitter avant sont libres de partir. Les autres… restez vigilants.

Je m'éloigne, en quête d'Issac et Ara, me forçant à marcher calmement, comme si tout allait bien.

Les regards des hommes pèsent sur moi.

Devant la porte de la chambre, je me retourne. Sam m'a suivi comme mon ombre.

— J'ai besoin d'un service, je murmure.

Il acquiesce.

— Monte sur le toit et vois combien ils sont à nous encercler. Ensuite, rends-toi aux cuisines, rapporte des carottes, trois torches et un briquet, puis rejoins-moi à l'armurerie.

Il opine de nouveau, plus lentement cette fois. Comme s'il croyait que je lui joue un sale tour.

— Fonce !

Il détale. Inspirant un bon coup, je pousse le battant. L'odeur de fumée et de bois me saute aux narines. Ara se lève d'un bond. D'une main, je coupe court à ses questions.

— Je vous demande à tous les deux de m'écouter attentivement. Gabriel est de retour et souhaite récupérer son poste de chef. À mon avis, il a déjà positionné ses troupes autour du QG. (Un éclat de peur envahit les yeux d'Ara.) J'ai un plan. Pour ça, il faut que j'aie votre confiance.

— Je suis avec toi, dit Issac. Toujours.

Ara inspire une goulée d'air.

— Qu'attends-tu de nous ? demande-t-elle d'une voix tremblante.

Les jambes flageolantes, je me demande si j'ai tort, malgré notre unité.

— On ne bronche pas avant la nuit tombée.

La pluie tombe par intermittence durant le reste de la journée. Les hommes se relaient pour patrouiller le long du grillage ou faire semblant de s'affairer à l'intérieur. J'ai prié Ara de dissimuler un poignard à sa ceinture et ses cheveux sous une casquette. Je lui ai également demandé de laisser son sac à dos et de ne prendre que le strict minimum. Elle a fini par opter pour un briquet, qu'elle a fourré dans la poche de sa veste.

Au bout de quelques heures, Sam réapparaît avec ce que je lui ai demandé.

— Depuis le toit, m'annonce-t-il, j'ai vu que les hommes de Gabriel étaient postés partout alentour, mais ils ne sont pas très nombreux.

Le regard d'Ara croise le mien et, la gorge trop nouée pour parler, je me borne à lui adresser un signe de tête. Elle, Issac, Sam et moi traversons le QG. La majorité des membres du clan sont rassemblés autour du grand feu central, en quête de fraternité pour affronter la pénombre du crépuscule. Nous prenons soin de rester discrets, personne ne nous repère. Les cuisines sont vides, la petite porte arrière est ouverte sur les senteurs de pluie et de terre humide. La lueur de la lune est étouffée par les nuages, et la nuit est si dense qu'on a du mal à distinguer l'enceinte. Au loin, les flambeaux de deux sentinelles flottent, irréels.

Quand nous sortons dans le noir, nos haleines dessinent aussitôt des halos blancs et la peur me transit aussi vite que le froid.

— Ara et Sam, vous devez filer avant que Gabriel ne se rende compte que vous êtes avec nous. Guettez un temps creux entre deux patrouilles et enfoncez-vous dans les bois. Issac créera une diversion. Lorsque les gardes seront occupés, courez jusqu'au pré, là-haut. Trouvez Red. Il dort toujours dans le coin le plus éloigné mais viendra à vous si vous l'appâtez avec des carottes. Si vous pouvez, prenez aussi les deux juments pie. Sinon, contentez-vous de Red et filez. Je vous rejoindrai dans l'ancienne cathédrale.

J'attrape Sam et ajoute à son oreille :

— Si je ne suis pas là à l'aube, tirez-vous.

Puis je me tourne vers Ara et m'approche d'elle. Elle m'arrête.

— Pas d'au revoir, lâche-t-elle. On se voit bientôt.

Sur ce, elle m'étreint.

— À très vite, je lui murmure.

Malgré ce qu'elle vient de dire, ça ressemble un peu trop à des adieux. Elle me lâche et s'éloigne d'un pas décidé. En dépit du danger imminent, je ne peux m'empêcher de sourire. Quoi qu'il se produise au matin, elle survivra. Elle est si forte. Juste avant de la suivre, Sam me lance :

— Comment est-ce que je saurai, pour la diversion ?

— T'inquiète. Allez, file !

Après un dernier coup d'œil, il décampe. Issac vient se poster près de moi. Il ne fait pas plus de bruit que les arbres qui frissonnent dans la nuit. L'air frais et printanier est une bénédiction qui apaise légèrement mes inquiétudes : et si je venais d'envoyer Ara et Sam au-devant de nouveaux ennuis ? La voix de mon voisin me tire de mes réflexions :

— Vas-tu daigner m'expliquer en quoi consiste cette diversion ? Faut-il que je mette le feu à une vache ?

— Même si ta suggestion est alléchante, j'ai surtout besoin de temps. Dès que Gabriel apprendra qu'Ara est dans les parages, il se cramponnera. Va lui mentir et lui dire qu'elle est ici. Tant qu'il pensera avoir l'avantage en la croyant avec nous, il se concentrera sur le camp. Ce qui donnera à Sam et Ara le loisir de se sauver. C'est la seule solution.

Issac acquiesce avec gravité. Je lui tends les torches, qu'il accepte aussi calmement que s'il s'apprêtait à partir en balade et non à aller parlementer avec l'ennemi. S'il lui arrive quelque chose, ce sera ma faute. Sauf que les dés sont jetés et que je ne peux plus reculer.

— Une fois près de la clôture, allume les flambeaux et attire le plus d'hommes possible. Demande à rencontrer Gabriel et informe-le que nous détenons Ara. Dis-lui que… tu agis ainsi pour éviter la guerre. Pour que personne ne soit blessé.

— Et toi ?

Sa question me surprend. J'imaginais qu'il se soucierait plutôt de sa propre sécurité. Mais, comme d'habitude, il pense à celle des autres avant de penser à la sienne.

— J'ai quelques tours dans mon sac. Si tout se passe bien, ils ne me seront pas nécessaires. Je compte remettre les clés du camp à Gabriel et espérer que ça suffira.

— Et dans le cas contraire ?

Je croise son regard. Je suis capable de mentir à tout le monde, sauf à lui. Je ne réponds rien. Hochant la tête, il scrute l'obscurité. Qu'éprouve-t-il en cet instant ? De la peur ? De la colère ? Des doutes ?

— « Vous êtes comme des brebis que j'envoie au milieu des loups[1]. »

Il a cité la Bible avec un petit sourire, comme si ces mots étaient une plaisanterie que lui seul comprend. Sur ce, il sort. Pourvu que mon plan fonctionne ! Pourvu qu'ils ne lui tirent pas dessus sans sommation ! Pourvu que je le revoie un jour !

— Issac ?

Il se retourne. Je voudrais le remercier d'avoir été mon ami, d'avoir été un meilleur père que celui que le sort m'a attribué. Je voudrais prononcer des paroles fortes et authentiques, comme le ferait un héros à la fin d'une histoire.

Malheureusement, je ne suis qu'un homme.

— Qu'est-ce que Dieu va penser de tes mensonges ?

— Espérons que je n'aurai pas à le Lui demander, rigole-t-il.

Il disparaît. Une crainte immense m'étreint. Il se peut qu'Issac ait raison, finalement, quand il affirme que Dieu se soucie encore de nous. Qu'Il entend peut-être la prière que je Lui adresse.

Protège-le.

Protège-nous.

— Quelle que soit la tournure que prendront les événements tout à l'heure, je tiens à ce que vous sachiez que votre respect envers moi a été un honneur.

---

1. Matthieu, 10, 16.

La lumière du jour entre par les fenêtres de toit, éclairant ce qu'il reste du clan Castellano. Pour peu que nous soyons encore un clan. Des hommes ont filé à la faveur de la nuit pour rallier la bande de Gabriel, mais ceux auxquels je parle à présent ont été mes camarades de travail, et je serais prêt à leur confier ma vie.

— Votre puanteur, vos sales gueules et votre manque d'hygiène criant vont me manquer.

Ils se marrent, mon estomac se noue. Je dis vrai : cet endroit me manquera. Il a été mon seul foyer depuis que le monde s'est écroulé.

Après le départ d'Ara, de Sam et d'Issac, je n'ai pas réussi à dormir. J'ai donc veillé près du feu, peu à peu rejoint par ceux qui n'avaient pas déserté. Nous avons discuté du temps jadis, raconté des histoires idiotes, surtout à propos des filles que chacun avait connues, ri à de vieilles blagues. Maintenant que le jour s'est levé, je n'ai plus qu'une chose à faire. Une boule dans la gorge, je contemple ces gars en m'efforçant de trouver une façon de leur dire au revoir.

— Allons, Kaden, me lance Jake, garde ton sentimentalisme pour ta nana !

Les autres rigolent. Je fixe les portes du magasin, conscient de ce qui nous attend de l'autre côté. J'avale ma salive et je gratifie mes maigres troupes d'un ultime sourire.

— Dans ce cas, assez perdu de temps.

Nous sortons sur le parking. La journée est radieuse. Les flaques et la boue sont les seules preuves de la pluie qui est tombée la veille. Sous le soleil, je mesure l'ampleur de ce que nous allons affronter. Même moi, je suis sous le choc. Des centaines d'hommes nous encerclent. Au lieu de se détruire mutuellement comme je le pensais, Gabriel et Colborn ont fait alliance. En d'autres circonstances, cela aurait pu m'amuser. Là, je me demande comment nous allons réussir à sauver nos têtes.

Gabriel se tient devant les grilles, flanqué de Colborn dans sa fourrure miteuse. *J'aurais dû l'achever quand j'en avais l'occasion.*

Nous approchons.

— Comme je suis content que tu te joignes à nous, Kaden ! raille Colborn.

— J'aimerais pouvoir en dire autant. La dernière fois que je t'ai croisé, je n'ai pas eu le temps de te dire au revoir correctement. Je ne réitérerai pas mon erreur.

Ses yeux luisent et un sourire vipérin étire ses lèvres. L'ignorant, je me tourne vers Gabriel, non sans d'abord balayer des yeux ses sbires. Issac n'est pas là. Où est-il ? S'est-il échappé ? Est-il déjà à la cathédrale avec Sam et Ara ?

— Gabriel.

— Kaden.

Il a enfilé une chemise, et l'envie me démange de me moquer de lui pour s'être mis sur son trente et un.

— Je suis heureux de constater que tu as enfin trouvé un partenaire digne de ce nom, je poursuis. Tu m'expliques comment ça s'est passé ?

Ma curiosité est peut-être déplacée, mais j'ai besoin de savoir. C'est Colborn qui se charge de me renseigner :

— Je me suis réveillé avec une belle bosse sur le crâne, alors que je venais de trouver une partenaire digne de ce nom.

Il me sourit et, les mains tremblantes, je me jure que cet enfoiré ne retouchera plus jamais Ara.

— Je me suis rendu compte, enchaîne-t-il, que j'étais las de piller, de tuer et de diriger… comment l'appelles-tu, déjà ? Ma horde ? J'ai décidé qu'il était temps de me ranger, de nouer des amitiés. Et qui est mieux placé que Gabriel pour m'apprendre à gouverner un clan ?

Il abat sa paluche sur l'épaule de son voisin et le gratifie d'un rictus que je reconnais trop bien. Même si j'ai choisi de partir, je suis envahi par la peur de ce qu'il risque d'arriver à la quarantaine de vieux briscards qui ont choisi de rester à mon côté, mais aussi à ceux qui m'ont préféré Gabriel. Ce dernier mourra des mains de Colborn à la première occasion.

Ce n'est pas – plus – mon problème, cependant.

— Faites comme chez vous, je dis en tendant le pouce par-dessus mon épaule.

Gabriel est persuadé d'avoir choisi le bon associé alors qu'en réalité il a signé son arrêt de mort. Le clan est voué à disparaître, et la horde à se développer.

— Où est Ara ?

Gabriel a enfin prononcé les paroles qui le hantent depuis le début. Un sentiment de victoire m'envahit et je me retiens de plastronner. S'il a posé la question, c'est qu'elle a filé. Elle et Sam sont libres.

— Elle est partie.

Si Gabriel me fixe sans broncher, Colborn avance d'un pas, l'air furieux, tandis qu'un grondement monte de l'autre côté de la clôture. Je conserve ma posture décontractée, bien que j'aie envie d'attraper une arme pour me sentir moins vulnérable. Sauf que je n'en ai pris aucune, exprès. Pas question de leur donner une raison de me descendre.

— Je sais qu'elle est ici, insiste Gabriel. Issac ne ment pas.

Toutefois, ses yeux scrutent le QG, puis ses troupes, et il semble s'apercevoir de l'absence de l'intéressée.

— Je t'en prie, Gabriel, fouille le bâtiment. Fouille les hommes. Fouille la terre entière.

Tu ne la trouveras jamais. Tous ceux que j'aime sont à l'abri désormais, tu n'as aucun pouvoir sur moi. Du pouvoir, il en a peut-être sur ceux qui sont derrière moi, mais il ne leur tiendra pas rigueur de mes erreurs. Il ne dit rien. Sous le soleil qui tape, quelqu'un tousse dans ma petite bande dépenaillée.

— Tes hommes peuvent partir, finit par décréter Gabriel – et je suis submergé par une vague de soulagement. En revanche, toi, tu restes ici.

Voilà qui ne devrait pas me surprendre. Il n'empêche, mon étonnement doit se lire sur mes traits, car il ajoute :

— Tu as raison, je pourrais fouiller la terre entière. Je suis cependant prêt à parier que ce ne sera pas nécessaire si je te tiens.

Dans mon dos, un clic retentit. Un de mes gars vient d'armer son pistolet. Dans le camp adverse, des types portent la main à la crosse de leur flingue et écartent les pieds. Cela n'échappe pas à Colborn, qui jubile.

— Très bien, je réponds en levant les mains. Si tu laisses mes amis s'en aller, car ils n'ont rien à voir là-dedans, je me rendrai.

Me retournant, j'adresse un signe de tête à Jake pour lui faire signe d'avancer. Bien qu'il plisse les paupières avec mécontentement, il acquiesce.

C'est le cœur lourd et d'un pas pesant que je vais ouvrir les grilles. Je n'avais pas prévu cette issue au conflit, mais l'essentiel est qu'Ara, Sam et Issac soient loin d'ici. Exiger que nous nous en sortions tous était sans doute trop demander. L'un après l'autre, mes hommes évacuent les lieux, pendant que je m'approche de Gabriel et de Colborn. Les deux brutes qui flanquent ce dernier entreprennent aussitôt de vérifier que je n'ai aucune arme sur moi. En passant, Jake me gratifie d'un ultime sourire triste. Il m'a confié avoir l'intention de gagner le nord du pays pour y chercher un sanctuaire légendaire, une ville où les nouvelles technologies fonctionneraient encore et où les femmes seraient toujours vivantes. Je n'ai pas eu le cran de le dissuader de se lancer dans une quête aussi vaine. Pas alors qu'il me soutenait.

— Que les unités 1 et 2 s'assurent de la sécurité du bâtiment principal, ordonne Gabriel.

Des « unités », mon vieux ? Tu es sérieux ? Il n'y a que lui pour considérer ces événements comme une occasion de réorganiser le clan. Dommage qu'il n'ait pas compris qu'il s'était associé avec le diable. Quoi qu'il en soit, ses gars défilent devant moi, incapables pour la plupart de me regarder en face. J'en éprouve un étrange sentiment de solitude. Si je n'ai pas rallié la cathédrale au coucher du soleil, Sam et Ara partiront-ils comme je le leur ai demandé ? Gabriel a toujours eu confiance en Issac. J'espérais que ce dernier viendrait à mon secours, sauf qu'il a disparu.

Le seul sur qui je puisse compter, c'est moi-même.

Deux costauds m'encadrent, pendant que Gabriel et Colborn observent le magasin et son enseigne qui a survécu tout en bavardant à voix basse. Leur entente me donne des sueurs froides. Leur armée investit les lieux, les bois ne sont qu'à quelques mètres de là. Y arriverai-je ?

Je n'ai pas le temps de me décider, car un martèlement rapide et bruyant résonne.

Mes gardes pivotent pour voir de quoi il s'agit. Comprenant avant eux, je culbute l'un des deux et décampe en direction du bruit.

Un cheval roux surgit des arbres et fonce droit sur nous.

Sam.

Malgré mon appréhension, je suis empli de fierté. Couché sur l'encolure de Red, mon frère déboule vers nous comme un véritable ouragan. Un homme crie, je continue de courir, distinguant tout avec une netteté due à l'adrénaline : la terre qui vole sous les sabots, l'expression concentrée et déterminée de mon frère.

Plus que quelques enjambées. Je m'imagine déjà en train d'agripper le cou de mon cheval, puis de sauter sur son dos et d'enfoncer mes talons dans ses flancs. Nous allons nous réfugier dans les bois, Red galopant à une vitesse telle que personne ne sera en mesure de nous rattraper. J'ai en tête les chemins les plus courts pour me rendre à la cathédrale. Nous nous fondrons dans le crépuscule et disparaîtrons à jamais.

Au moment où je les rejoins, Red se cabre en battant des jambes, comme s'il voulait m'attaquer. Je tombe à la renverse tandis que l'un de ses sabots frôle ma joue. Je suis incrédule. Comment ma monture bien-aimée a-t-elle pu essayer de me blesser ?

Un coup de feu déchire l'air.

Red hennit lorsque la balle le frappe en plein torse.

Son poitrail explose et, dans une ultime cabriole et avec un bruit infernal, il s'écroule, si brutalement que la terre tremble.

Sam !

Sonné, je ne bouge pas. Derrière moi, des hurlements retentissent, ainsi qu'une nouvelle déflagration. *Sam, protège Sam.* Ça tiraille de partout, sauf dans ma direction. Lorsque je me retourne, je suis glacé d'horreur. Les hommes qui me sont restés fidèles reviennent se jeter dans la mêlée, menés par Jake qui s'époumone : « POUR KADEN ! » Moi qui ai veillé à me présenter sans arme, je n'ai pas songé aux leurs. Les balles sifflent dans une confusion totale. Je perçois les ordres de Gabriel et le rire de Colborn, mais j'ignore s'ils essaient d'arrêter le combat ou si, au contraire, ils l'encouragent. C'est la folie générale. Une seule chose m'importe, cependant.

Sam.

Je rampe autour de Red, qui gît sur le flanc, le regard vitreux. Il pousse un tout petit hennissement quand il me voit.

— Salut, mon vieux.

Un chagrin immense me submerge. Il méritait de finir ses jours dans une prairie herbeuse, pas sur un champ de bataille débile, au cours d'une guerre qui n'en vaut pas la peine. Le monde s'est effondré, et nous continuons de nous entre-tuer. Au nom de quoi ? Tapi derrière Red, je pose une main sur lui. Il me protège même dans l'agonie. Étendu près de lui, Sam a été désarçonné. Je distingue une pierre couverte de sang juste à côté de sa tête. Il a les yeux clos, une flaque rouge s'élargit sous lui.

— Sam, je t'en supplie, non…

Il ne réagit pas. Terrifié, j'hésite à tâter son pouls.

Ce qui se révèle être une erreur, car des mains s'emparent de moi. Je me débats et hurle le prénom de mon frère, mais il ne bouge pas. On me force à m'agenouiller, tandis que, autour de moi, mes hommes meurent. L'un d'eux lève les bras en signe de reddition, il est aussitôt déchiré par une salve de balles.

Ces gars, ma famille, sont revenus me défendre et n'ont trouvé que la mort au bout du chemin. Je hurle, lutte, tente de me libérer jusqu'à ce qu'un coup sur la nuque m'assomme.

Lorsque je reprends conscience, je ressens d'abord une vive douleur, aussitôt suivie par le désir de sombrer de nouveau. La souffrance se concentre sur l'arrière de ma tête. Quand j'essaie de me redresser, je m'aperçois que j'ai les mains et les pieds liés. *Où est Sam ?* Soudain, l'image de son corps inerte dans une flaque rouge me revient.

— SAM !

Malgré le sang chaud et collant qui dégouline sur mon visage, baigne mes yeux et ma bouche, je m'escrime à l'appeler. Quelqu'un finira bien par m'entendre et se manifester. Je me tortille sur le sol, pareil à une créature des plus viles, jusqu'à ce que ma voix me lâche. Le temps s'écoule, impossible à mesurer.

Enfin, la porte coulisse sur une lumière aveuglante. Est-il possible qu'une nuit et un jour aient passé ?

— Sam ? Où est-il ? Il va bien ? Il s'est cogné, il faut l'aider.

Deux gars indifférents à mes suppliques se saisissent de moi et me relèvent. Étourdi, je tangue entre eux. Sans leur poigne de fer, je retomberais aussi sec.

— Sam !

Ils me tirent dehors. La clarté me fait cligner des paupières. Quand je découvre le parking et le magasin, je comprends qu'on m'a enfermé dans une des cabanes qui servent aux quarantaines. Le soleil tape dur, des hommes sont rassemblés dans l'espace où nous avions l'habitude de jouer au foot. Il y a foule, mais il règne un silence tel que, un instant, je me demande si j'ai perdu l'ouïe. Sauf que je perçois le bruit lourd de ma respiration et l'écho de nos pas sur le bitume. Ce silence pesant n'est pas celui d'une place déserte ; il est celui de centaines de types qui se taisent.

Mes gardes-chiourmes se postent devant l'assemblée et, sans me prévenir, me lâchent. Je m'écroule sur les rotules et un cri de douleur m'échappe. Nos barricades de fortune ont été transformées en une espèce de scène surélevée. Mon attention est tout entière focalisée sur les gars qui sont devant, ensanglantés, ligotés, agenouillés. Je les reconnais à peine. Je croise le regard de Jake, aussi horrifié que le mien. Une entaille lui fend une joue, ses yeux sont des coquards, sa chemise est rouge et du sang suinte d'une blessure à sa jambe. Le sourire qu'il tente de m'adresser ressemble à une grimace. Ce petit groupe est composé de ceux qui ont essayé de me défendre. Ils sont sept. Sept sur quarante. Et l'un d'eux manque à l'appel.

Sam.

— Voilà ce qui arrive à ceux qui trahissent leur chef.

La voix de Gabriel, froide et coupante, s'élève de la scène. Près de lui, telle une ombre monstrueuse, se tient Colborn.

— Sont accusés de…

— Où est Sam ? je croasse.

Gabriel me scrute avec une pitié qui me glace. Colborn, lui, sourit, comme toujours.

— Il est mort, Kaden. Colborn s'est chargé de l'enterrer. Je suis désolé. Nous avons tous perdus des frères, aujourd'hui.

Mes oreilles tintent, je respire avec difficulté, je revois son corps immobile, la flaque sous sa tête. Sam n'est plus, et c'est ma faute. Après le décès de ma jeune sœur Kia, j'ai voué mon existence à retrouver et à protéger Sam. Tous mes actes ont été dictés par le souci que j'avais de lui. Pourquoi suis-je vivant et pas lui ? Prisonnier de ma stupeur, je suis absent jusqu'au moment où quelqu'un approche et me gifle avec violence.

— Kaden !

Je reviens sur terre. Abasourdi, je découvre les prunelles si bleues de Liam. Il s'accroupit près de moi et, baissant la voix, murmure :

— Je devine ton chagrin. J'ai perdu mon propre frère il y a trois ans. Mais sept hommes risquent de mourir si tu ne fais rien. Tu pleureras Sam plus tard. Là, tu tiens une occasion de les sauver.

Ses paroles rebondissent dans mon crâne, dénuées de sens. Tirant un bout de tissu de sa veste, il essuie le sang et la sueur qui maculent mon visage. Puis il reprend lentement, en soutenant mon regard pour s'assurer que je l'écoute :

— Tu as filé, Jake et les autres sont venus à ta rescousse. Six des gars de Colborn ont été tués dans la bataille. Il exige de te liquider, ainsi que tes complices, en guise de réparation. Gabriel a proposé un marché.

Il s'interrompt, les traits déformés par les regrets.

— Colborn a accepté d'épargner tes amis si tu acceptes de mourir à leur place.

Il se redresse et recule d'un pas, m'abandonnant à la curiosité de la horde. Pour la première fois depuis des heures, je songe à l'une de mes raisons de vivre. Ara.

C'est peut-être mieux ainsi. Elle est libre et, sans Sam, mon monde n'a plus de sens.

— C'est d'accord, je dis en baissant la tête.

28

KADEN

Un fin rayon de lumière transperce un angle de ma cellule. Des poussières y dansent un instant avant de disparaître dans l'obscurité.

Comme il est impossible de trouver une position confortable dans un abri en ferraille, pieds et poings liés, j'ai renoncé à essayer. Du sang a séché sur mon front et mon tee-shirt, qui est trempé de transpiration. Hier, Gabriel m'a annoncé la mort de Sam et la mienne, imminente, pour sauver mes derniers compagnons.

Pourquoi est-ce que cet enfoiré ne m'a pas encore liquidé, alors ?

J'ai perdu la notion du temps, que ne rythment que les gouttes de sueur qui roulent de mon crâne. Il s'est écoulé des heures ou seulement quelques minutes, je n'en ai pas la moindre idée.

Enfin, j'entends des pas lourds et mesurés. Un costaud qui n'est pas pressé. Un bruit de chaînes à la porte – me croient-ils tellement dangereux ?

Le battant s'entrouvre, laissant entrer une vive clarté.

Plusieurs hommes envahissent les lieux. Le soleil caresse une de mes joues. Les yeux fermés, je m'en détourne. Je perçois des raclements et des coups sourds. Des parfums de nature se mêlent à des odeurs de bouffe. Comment puis-je avoir faim ? Pourtant, mon estomac gargouille. Je résiste à l'envie de regarder ce qui se passe jusqu'à ce que la porte claque. Je soulève les paupières.

Colborn.

Assis sur une chaise, devant une table qu'on vient d'installer, d'où les arômes de nourriture – des légumes grillés, du pain frais et de la viande. Je salive. Il y a aussi un pichet d'eau. Je meurs de soif. Colborn m'observe dans la pénombre. Son siège paraît minuscule par rapport à sa masse. C'en est presque comique.

— Il est normal qu'un condamné ait droit à un dernier repas, lâche-t-il.

Contrairement à Gabriel, il ne s'est pas mis en frais pour récupérer le clan et porte toujours sa fourrure hideuse. Sa barbe est crasseuse et ses prunelles luisent comme deux charbons ardents.

— Viens manger, en souvenir du bon vieux temps.

J'éclate de rire.

— Le bon vieux temps ? À quoi fais-tu référence ? À notre rencontre, quand tu m'as obligé à tuer un homme, ou au jour où tu m'as obligé à mener l'assaut contre Gabriel et mes anciens camarades ?

Il veut répondre, mais je l'en empêche :

— À moins que tu ne parles du massacre de mes compagnons par tes sbires ? Ou de ton exigence que je me sacrifie pour les épargner ? Sois plus précis, mon vieux.

Attrapant le couteau posé près de son assiette, il s'en sert pour se curer les dents puis en lèche la lame.

— Bien aiguisée, commente-t-il en s'arrangeant pour qu'un rayon de soleil filtrant par la porte la frappe.

Puis, avec la grâce d'une panthère, il se lève et vient s'accroupir devant moi. Je me fige. J'ai beau avoir affronté la mort à plusieurs reprises, je trouve lâche d'être abattu alors que je suis ligoté, impuissant. Colborn se contente toutefois de trancher mes liens avec rapidité et adresse.

Ensuite, il se redresse et plante son couteau dans la table en bois avant de se rasseoir.

Pendant plusieurs minutes, je frotte mes membres endoloris pour que le sang y circule de nouveau. Après, puisque je n'ai pas le choix, je rejoins mon geôlier.

— Restaure-toi, m'invite-t-il en montrant les plats.

Il n'a pas besoin d'insister. Tel un animal affamé, je me gave directement avec les doigts, fais passer le tout avec de grandes gorgées d'eau. Ce n'est qu'au bout d'un moment que je me rends compte que la nourriture a un drôle de goût. Mon ventre se noue. Du poison ? Ça aura l'avantage d'être rapide. Je me ressers de l'eau.

Le poison n'est pas du tout le genre de Colborn, mais j'ai du mal à ne pas vomir.

Quand je suis rassasié, je m'empare du couteau, dont j'examine la pointe acérée. Colborn ricane. Un éclat déçu traverse son regard quand, lentement, je repose l'arme.

— Pourquoi faut-il toujours que tu luttes contre ta nature ? soupire-t-il en se penchant vers moi. Enfonce-moi ce truc en plein cœur. Je sais que tu en as envie.

Bien que les veines de son cou soient toutes proches, si faciles d'accès, je ne réagis pas. Parce qu'il me nargue et me défie. J'en ai assez d'être manipulé. Je suis aussi accablé par le poids de tout ce qui s'est passé. À quoi bon me battre ? Une vie sans Sam ne vaut pas la peine d'être vécue.

— Tu me connais mal, je chuchote.

— Je t'ai compris dès que je t'ai croisé, au contraire.

Sa certitude m'agace. Il me tend un hameçon auquel je refuse de mordre. Il m'en a déjà trop fait baver.

— Tu m'as obligé à tuer un homme.

— Mais c'est bien toi qui l'as tué.

— Que veux-tu ?

— Qu'on me rende justice.

— C'est déjà fait ! Sam est mort et je le serai bientôt moi aussi. Les types valables du clan Castellano ont été liquidés, un salopard le dirige et, sauf erreur de ma part, son nouveau lieutenant ne tardera pas à s'en débarrasser.

Un sourire sournois étire les lèvres de Colborn.

— Au moins, j'ajoute, n'oublie pas de le faire souffrir. C'est la seule justice que reconnaît le monde.

D'un geste élégant, il récupère son arme.

— Tu as raison, répond-il en croisant ses paluches derrière sa nuque. La justice est un idéal que réclament les faibles mais que seuls les forts sont en mesure d'atteindre. Tu te trompes sur mon compte, en revanche. Je t'ai toujours admiré et je te rendrai justice à ma façon. Dans une semaine, tu seras exécuté. Ni pendu ni fusillé, toutefois. Ce sont là des morts faciles pour les lâches. Je te tuerai de mes propres mains.

Je comprends enfin.

— Deux hommes, deux poignards, susurre Colborn, qui se réjouit d'avance. L'un de nous meurt, l'autre s'en tire. Appelle ça comme tu veux. Justice, vengeance, goût du sang…

Un rugissement a envahi mes oreilles. Je me force à me concentrer sur mon interlocuteur.

— Tu es venu juste pour m'annoncer ça ?

Je flaire une embrouille. Il part d'un rire qui déforme horriblement ses traits.

— Tu n'es pas facile à entourlouper, Kaden. Tu me ressembles trop.

Il s'esclaffe de nouveau, et un affreux pressentiment s'empare de moi. Si mon instinct me dicte de m'enfuir, ma curiosité m'enracine sur place.

— Je te respecte, Kaden. Je t'aime bien, même. C'est pour ça que je dois t'éliminer. J'ai hâte de trancher la gorge de cet enfoiré de Gabriel. Avec toi, ce sera plus difficile. Impossible, peut-être. Voilà pourquoi j'espère que tu me pardonneras.

Sur ce, plus rapide qu'un cobra, il plante sa lame dans ma main, la clouant à la table.

Je ne me rends compte que c'est moi qui crie qu'au moment où je plaque mon autre paume sur ma bouche. Une grosse bulle de sang éclate autour du couteau avant de couler le long de mes doigts.

— Je pourrais te promettre que tu ne souffriras pas, mais, contrairement à Gabriel, je ne suis pas un menteur. Tu vas souffrir, Kaden. Je te briserai. Ensuite seulement, tu mourras.

Il se lève en bousculant la table. Une telle douleur irradie dans ma main que j'ai l'impression qu'elle est en train de brûler. Ouvrant la porte, il se retourne et lâche :

— Il m'a fallu des heures pour débiter ton foutu canasson. Je suis content que tu te sois régalé.

Sur ce, il claque le battant derrière lui et m'abandonne dans le noir. Son rire sonore s'estompe peu à peu.

29

ARA

Tapie dans un bosquet de trembles frémissants, je frissonne de froid. Bien que le soleil ne se soit pas encore levé, les oiseaux chantent leur mélodie moqueuse. Même si je meurs d'envie de retourner vers ma jument pour réchauffer mes doigts dans sa robe, je continue de faire le guet. J'ai une vue imprenable sur l'enceinte du clan, plus bas. Jusqu'à présent, je n'ai aperçu que des sentinelles en patrouille. Aucun signe de Kaden, Sam ou Issac.

Au fur et à mesure que je me suis rapprochée du QG, il m'a été plus difficile de maîtriser ma monture. À la fin, j'ai dû mettre pied à terre puis l'attacher à un tronc, assez haut pour qu'elle ne broute pas les jeunes pousses vertes qui émergent du sol humide. Lorsque le soleil dépasse les cimes des arbres, je décide de rebrousser chemin. Il y a deux jours, le plan de Kaden a fonctionné. Sam et moi sommes parvenus à nous réfugier dans la cathédrale. Malheureusement, Kaden et Issac ne nous y ont pas rejoints et, hier, je me suis réveillée seule, un mot fourré dans la paume.

Ara,

Je tiens à ce que tu sois libre de décider par toi-même. Moi, je retourne au camp chercher Kaden et Issac. Si tout se

passe bien, nous serons ici au crépuscule. Sinon, je t'embrasse. J'espère que tu trouveras ce que tu cherches.
Sam

Ils ne sont pas revenus. J'en ai déduit qu'il s'était passé quelque chose de grave, qu'ils étaient prisonniers de Gabriel.

Un vent froid secoue les trembles, jouant dans les feuilles et dans mes cheveux, seule tache rousse dans la verdure ambiante. Sur le trajet, j'ai repéré de l'oignon sauvage, des pissenlits, du mouron des oiseaux, des écureuils et des lièvres. Assez de nourriture pour tout l'été. Ayant un cheval, je pourrai rentrer chez moi. Afin de remonter la piste.

Pour la première fois, je n'en ai pas envie.

Pas si ça suppose que j'abandonne Kaden, Sam et Issac. Je regrette depuis trop longtemps d'avoir laissé ma sœur et perdu mon père. La piste dont il a parlé, quelle qu'elle soit, sera encore là dans un jour ou un an. Les garçons ont besoin de moi maintenant. Il est exclu que je les autorise à devenir des souvenirs ou des regrets si j'ai la possibilité de l'empêcher.

Ma jument hennit et secoue la tête quand je m'approche d'elle. J'enfouis mes doigts dans son poil. Quand ils sont réchauffés, j'accroche une note autour de son encolure. Je l'ai rédigée sur une feuille arrachée à un recueil de cantiques.

Gabriel,
Rendez-vous à midi au parc Phillippi. Viens seul.
Ara

D'une tape sur la croupe, j'envoie la jument en direction du clan. Je la regarde descendre au galop jusqu'au grillage. Lorsque les gardes lui ouvrent, je me fonds dans la forêt. Ces types verront mon mot et le porteront à son destinataire. Si je n'ai aucune garantie qu'il accepte la rencontre, je compte sur son orgueil pour le décider : il ne loupera pas l'occasion d'être celui qui m'aura retrouvée et ramenée au QG.

N'ayant rien de mieux à faire, je m'oriente en direction du parc, qui n'est pas très éloigné de la base du clan Castellano. Deux lapins s'égaillent devant moi et les doigts me démangent à force de serrer mon arme. La chasse me manque, avec ce qu'elle suppose de concentration et la récompense d'un repas amplement mérité.

Arrivée à destination bien avant midi, je mange quelques pissenlits, dont les feuilles amères apaisent temporairement ma faim. Ensuite, j'escalade l'un des arbres les plus hauts et je m'y juche afin de surveiller les alentours, tel un aigle. L'aire de jeux est rouillée mais les balançoires sont encore là, mangées par le lierre. Des écureuils se pourchassent et, une fois n'est pas coutume, je ne réfléchis pas à une façon de les tuer. *Que penserais-tu de tout cela, Père ? Serais-tu fier que je n'abandonne pas mes amis ou en colère que je les fasse passer avant de respecter tes dernières instructions ?*

Depuis mon perchoir, j'aperçois Gabriel longtemps avant que lui ne me repère. Il est seul. En apparence, du moins. Lorsqu'il n'est plus qu'à une vingtaine de pas, je saute à terre avec légèreté.

— Ara, me salue-t-il de sa voix calme et égale. Je suis heureux de constater que tu vas bien.

Je n'en dirais pas autant de mon côté. Il porte des vêtements propres, ses cheveux sont assez longs pour cacher le trou béant de son oreille et il a un pistolet à la ceinture.

— On s'inquiétait, enchaîne-t-il en se rapprochant. Tu seras contente d'apprendre qu'Addison est en pleine forme et qu'elle s'habitue à la vie au sein du clan. Tu lui manques.

Au lieu de tomber dans le piège de la culpabilité, je recule.

— Est-ce que Sam, Issac et Kaden sont là-bas ?

— Pourquoi cette question ?

— Je suis ici pour négocier leur libération.

Je jette un coup d'œil aux bois qui environnent le parc. J'espérais qu'un terrain ouvert assurerait ma sécurité. Maintenant, j'ai l'impression que ça n'a aucune importance.

— Qu'as-tu à mettre dans la balance ?

— Moi.

Ses yeux ne trahissent aucune émotion, juste de froids calculs.

— À quelles conditions ?

— Tu les relâches tous les trois.

— Il m'est impossible de m'engager à ça.

— Pourquoi ?

La colère pointe. Si, jusqu'à présent, j'étais en paix, je commence à regretter de ne pas avoir profité de l'attente pour me fabriquer une arme de fortune.

— Issac est loyal envers le clan. S'il manifeste le désir de s'en aller, je céderai.

— Et Kaden et Sam ?

De nouveau il avance, comme pour me réconforter. Je m'écarte pour maintenir une distance entre nous.

— Qu'en est-il d'eux ? j'insiste.

— Kaden va bien, soupire-t-il. Il est notre prisonnier.

— Et Sam ?

— Il est mort, assène-t-il en me regardant droit dans les yeux. Son cheval l'a désarçonné.

Au lieu de m'effondrer, je ne réagis pas, incrédule. Sam ne peut pas être mort. J'entends encore sa voix. Son mot est plié dans ma poche. Soit Gabriel a été mal informé, soit il ment. Parce que je refuse d'admettre que Sam ne soit plus.

— Quand Kaden sera-t-il relâché ? je demande.

— Il ne le sera pas. Ses hommes ont tué beaucoup des nôtres. Pour ça, il va être exécuté.

J'essaie d'avaler de longues goulées d'air frais, mais mes poumons semblent soudain avoir rétréci. J'ai l'impression de revivre l'instant où mon père m'a quittée, celui où j'ai découvert les prunelles sanguinolentes d'Emma. *Trop tard.* Je suis revenue sauver mes amis, sauf qu'ils sont déjà morts.

Non, pas Kaden. Pas encore. J'inspire profondément, prête à tout pour le sauver.

— Tu peux empêcher ça, je dis.

— La décision a été prise, Ara.

— Laisse-le partir et vivre, et je serai tienne. À tes conditions.

Une émotion indéchiffrable traverse furtivement ses traits. L'idée qu'il refuse me ramollit les jambes. Je retiens mon souffle avant d'expirer lorsqu'il répond :

— Ça ne va pas plaire aux troupes, que tu te constitues prisonnière, après ce qui est arrivé à Sam et Kaden.

— Dans ce cas, prétends que je suis avec toi de mon plein gré. Débrouille-toi pour qu'ils le croient.

— Comment ?

— Je t'épouserai devant eux. Lors d'un mariage qui leur prouvera que je t'ai choisi. Seulement si tu me jures de libérer Kaden.

— Il a été jugé, mais l'exécution n'aura pas lieu avant la semaine prochaine. Une cérémonie a toutes les chances d'attirer l'attention et un garde pourrait oublier de verrouiller la porte de sa cellule. Il n'aura qu'à filer pendant les réjouissances.

Je suis si engourdie que c'est une autre que moi qui avance, la main tendue, pour sceller notre pacte, et je lâche d'une voix stable quoique distante :

— Marché conclu ?

Gabriel serre mes doigts, je ne sens rien.

— Marché conclu.

30

KADEN

Les jours passent.

Si, la dernière fois que j'y ai été enfermé, j'ai comparé ma cellule à l'enfer, ce n'était rien par rapport à maintenant. Je suffoque de chaleur la journée, je gèle la nuit. À part un seau pour mes besoins, la cabane est entièrement nue. J'ai utilisé mon tee-shirt pour panser ma main, réussissant au moins à arrêter l'hémorragie. Mais elle reste douloureuse, gonflée et chaude. Je suis incapable de plier les doigts. Alors, tenir un couteau…

Plus insupportable que la souffrance, il y a le silence. Je me suis surpris à souhaiter une visite de Colborn, ne serait-ce que pour avoir un brin de compagnie. Je me divertis avec de vieux souvenirs : Sam et moi jouant au base-ball, Red et moi galopant dans les collines, Ara souriant dans mes bras tandis que je murmure à son oreille.

Soudain, dehors, des bruits de pas.

J'ouvre les yeux et oublie la prairie verte et le sourire d'Ara. La porte s'ouvre, le soleil m'aveugle. Un homme grand et mince se tient devant moi.

— Issac, je croasse, tu en as mis, du temps !

Il entre, suivi par une bouffée d'air frais. Les deux gardes qui me surveillent s'éloignent. Comme je n'ai pas la force de me lever, mon ami s'assoit par terre près de moi.

— Tiens.

Il tire de son sac une bouteille. L'eau me dégouline sur le menton quand je l'avale avec avidité. Je dois avoir l'air bien piteux, avec mon teint cireux et ma main emmaillotée dans un pansement de fortune, mais ça m'est égal.

— Tu as apporté de la bouffe ? je demande.

Au lieu de répondre, il sort deux autres bouteilles et un livre, dont je reconnais la couverture en cuir et les nombreuses pages fines. Je retiens une grimace. *Je ne suis pas sûr que Dieu soit en mesure de m'aider, Issac.*

— Ils m'ont fouillé avant de m'autoriser à venir, explique-t-il. Je n'ai eu droit qu'à ça. J'ai versé des antibiotiques dans l'eau, ajoute-t-il en baissant la voix.

La nouvelle m'émeut. Comment ai-je pu douter de lui ? S'il ne refait surface que maintenant, c'est qu'il a de bonnes raisons. Il aura pris soin de convaincre Gabriel qu'il était de son côté tout en dégotant les médicaments qui me sont nécessaires. Mieux encore, il prend le temps de me parler alors que ce n'est pas dans son intérêt.

— Comment vas-tu ? je m'enquiers après avoir vidé ma première bouteille.

— Mieux que toi, murmure-t-il en m'observant.

Sa concision m'arrache un petit rire. Le silence s'installe.

— J'ai cherché le corps de Sam, lâche-t-il soudain.

Le chagrin me frappe avec la violence d'un coup en plein visage.

— Et ?

— Les tombes sont anonymes. Désolé.

Sous-entendu : « Je suis navré que tu n'aies pas pu lui dire au revoir. Et de ne pas avoir été là. Et qu'il soit mort. » Il pose une main sur mon épaule dans un geste paternel qui me donne l'impression d'être redevenu un enfant. Je fonds en larmes.

— Il n'y a pas de place pour la paix dans ce monde, je hoquette avec amertume.

— Seule existe celle qu'on trouve.

Quand il ramasse la Bible et me la tend, je refuse de l'accepter.

— Comment réussis-tu à croire en Dieu, alors qu'Il t'a tout pris ? Ta femme et ta fille, Sam, et bientôt moi ?

— J'y crois parce qu'Il m'a tout donné aussi, répond-il de sa voix grave, sereine comme la mer après une tempête.

— Donc, Il a le droit de le reprendre, comme ça ? Comme un sale gosse qui embête les autres ? Il est hors de question que je suive aveuglément un tel dieu.

Issac garde le silence, alimentant ma colère :

— Tu estimes qu'Il t'a tout donné, hein ? Eh bien, à moi, il n'a rien donné, j'ai tout obtenu de haute lutte et, même ça, Il me le reprend.

Il continue de fixer la lumière en silence. Ses mains sont usées et calleuses, son visage est fendillé de rides. Il n'empêche, il ne me paraît pas âgé, de la même façon qu'un arbre ne semble jamais vieux. Il hausse les épaules, comme pour me signifier que la parlotte n'est pas son truc, puis attrape dans sa poche un portefeuille en cuir. Il y pêche une photo défraîchie et me la montre. Je le découvre posant près d'une femme au regard brillant. Entre lui et elle, une fillette qui lance un ruban blanc par terre.

— Elles sont mortes, Issac.

Je regrette aussitôt la cruauté de mes paroles.

— Uniquement dans ce bas monde. Je les reverrai un jour.

— Tu es sérieux ?

— Oui.

Malgré ce qui nous sépare, je suis heureux qu'il soit là.

— Il est temps de partir, Issac ! lance une des sentinelles.

Une terreur inattendue s'empare de moi.

— Je t'en prie, ne me laisse pas !

Je ne me sens pas capable d'affronter la mort avec courage. Pas seul.

Il se penche vers moi et prend mon visage en coupe. Je scrute les traits de cet homme que j'ai appris à aimer. Après s'être étiré, le garde entre dans la cabane.

— On se reverra un jour.

Les mots qu'il a choisis me glacent. Alors que je me retrouve livré à moi-même dans l'obscurité, je me demande s'ils sont sa manière de me faire ses adieux. Je m'accroche à la foi et à la force que j'ai lues dans ses yeux.

Personnellement, je suis dénué des deux, désormais.

31

ARA

— De qui viennent les fleurs ?

Je montre le bouquet coloré qui orne la table de nuit, dans la réserve reconvertie en chambre à coucher pour Addison et moi. C'est une profusion de bleus, de roses et de jaunes. Un gâchis. Mieux vaudrait manger ces plantes plutôt que de s'en servir comme décoration. En même temps, pourquoi se priver, puisque la nature doit s'épanouir en dehors de ces murs ?

Les odeurs de pluie et de terre sont une torture à chacune de mes promenades quotidiennes. Alors que je devrais être en route pour chez moi avec Kaden, je suis obligée, le cœur serré, de réintégrer le clan et ses relents de corps mal lavés et de fumée.

— Addison ? j'insiste en retirant mes chaussures boueuses.

— Tu n'as qu'à le découvrir par toi-même !

D'une pirouette, elle s'éloigne de moi. Un instant, je songe à laisser tomber. Elle ne m'a fichu la paix qu'à mon arrivée ici, parce qu'elle me boudait de l'avoir abandonnée. Ça n'a pas duré. Au bout d'une heure, elle a fondu en larmes, m'a enlacée et a repris ses incessants monologues. Puis je pense à Issac, dont je guette un message depuis un moment. Je m'approche du vase et, dessous, je trouve un papier à l'écriture élégante.

La splendeur de ses joues ferait honte aux étoiles
Comme le jour fait honte au lumignon ; ses yeux
Illumineraient tant les espaces du ciel
Que l'oiseau, oubliant qu'il fait nuit, chanterait[1].

La missive est signée de Gabriel. Je me raidis. Tandis qu'Addison rigole, je me retiens à grand-peine de fracasser le vase. Qu'est-ce qu'il croit, bon sang ? J'ai accepté un mariage, pas l'amour. Et certainement pas une pitoyable tentative de séduction.

Sauf que, soudain, sous les vers, je vois deux mots rédigés d'une main différente :

Presque prêts.

Feignant l'impassibilité, je m'allonge sur le lit. Il n'y a qu'un homme ici susceptible de citer Shakespeare, et ce n'est pas Gabriel. Issac a été malin. Il a réussi à me transmettre son message tout en m'incitant à la prudence.

Deux sentinelles armées surveillent notre porte. Nos moindres gestes sont supervisés par des types constamment relevés qui ne nous adressent pas la parole. Je ne connais même pas leurs noms. Si cet isolement ne gêne pas Addison, il me tape sur les nerfs. Lors de mon premier séjour, j'ai travaillé comme tout un chacun. À présent, je suis désœuvrée. Avec Addison,

1. *Roméo et Juliette*, acte II, scène 1, traduction Victor Bourgy, éditions Robert Laffont.

nous gaspillons le temps précieux des gardes et avalons une nourriture que nous ne gagnons pas. Le regard des hommes n'est plus amical.

Il se peut que je cède à la paranoïa, mais j'ai le sentiment que notre mise à l'écart est une erreur. Kaden, lui, m'a jetée dans le grand bain, obligeant ses gars à me considérer comme une égale. Désormais, ceux avec qui j'ai plaisanté et ri se détournent de moi ou me fixent avec une froideur qui n'augure rien de bon. Pour eux, j'ai trahi Kaden, qui pourrit dans une cellule alors que je vais épouser Gabriel. À leur place, je me détesterais, moi aussi.

Mais le plus grand changement qui s'est produit au sein du clan tient à la présence de Colborn. Lorsque je l'y ai découvert, j'ai eu le sentiment de chavirer. Mon marché avec Gabriel suppose que je vive ici, pas que je côtoie un cinglé pareil. Sa seule vue me donne la chair de poule et l'envie tant de fuir que de me saisir d'une arme et de le liquider. Lui me reluque sans vergogne et répète à l'envi qu'il est étrange que Gabriel ait dissimulé l'existence d'une femme dans ses troupes, ce qui laisse supposer qu'il cache peut-être d'autres choses. Gabriel a passé un pacte avec le diable. Et moi avec.

— On pourrait ressortir aujourd'hui, non ? je suggère à Addison.

J'espère persuader nos gardes de nous permettre d'approcher des cabanes dédiées aux quarantaines. D'après les ragots, c'est là qu'est enfermé Kaden. Hier, j'ai demandé à aller sur la tombe de Sam pour lui rendre un dernier hommage. *Sam*… Je repousse le chagrin qui me transperce. Ça m'a été refusé, ce qui est sans doute aussi bien.

J'ai du mal à penser à Sam, à Kaden, à tout ce à quoi j'ai renoncé. Mon unique préoccupation dorénavant, c'est de m'accrocher, de ne pas montrer le dégoût que m'inspire Gabriel et d'ignorer l'intense froid intérieur qui me paralyse.

— Il faudra que je pose la question à Gabriel, répond la gamine sans me regarder.

Ben tiens ! Il dira non, c'est clair.

— Et puis, ajoute-t-elle, j'ai déjà prévu plein d'occupations.

En gémissant, je me couvre le visage avec mon oreiller. La cohabitation avec Addison, c'est comme parcourir à l'infini un champ de boue.

— En plus, il a fallu toute la nuit aux garçons pour les apporter, alors tu as intérêt à être contente.

J'agite vaguement un bras. S'emparant de mon oreiller, Addison m'en donne un coup sur la tête.

— D'accord, d'accord.

Je me lève.

— De quoi s'agit-il ?

J'espère que ce sera une activité violente, comme tirer à l'arc, lancer des couteaux ou mettre le feu quelque part. Ravie par mon soudain intérêt, la môme va ouvrir la porte du placard où elle range ses vêtements. Les miens sont encore dans mon sac à dos, que je n'ai pas pris la peine de défaire.

Je me pétrifie quand je découvre des robes de mariée.

Toute une armoire de tenues blanches terrifiantes.

Addison aurait dévoilé qu'elle y planquait des cadavres que je n'aurais pas été plus horrifiée. Je profite de ce qu'elle fouille dedans pour me ressaisir.

— Je ne crois pas que…

N'écoutant aucune de mes protestations, elle m'attire afin de me détailler chaque modèle.

— Ne me dis pas que je suis obligée d'en porter une, par pitié !

L'intérieur du meuble me donne l'impression qu'une princesse de conte de fées a dégobillé partout sur un pays enchanté couvert de neige. Par ailleurs, si je me suis déjà imaginée marcher vers l'autel dans une tenue somptueuse, c'était pour y rejoindre un homme que j'aimerais, pas un monstre.

— Ils ont pris tout ce qu'ils ont réussi à trouver ! s'extasie Addison en tapant du pied.

— Il n'y a rien de moins… blanc ?

Le premier adjectif qui m'est venu à l'esprit est « absurde ».

— Les mariées sont toujours en blanc, assène-t-elle comme si j'étais une enfant.

— Que dis-tu de celle-ci ? j'insiste en attrapant une robe verte qui s'est glissée dans le lot grâce à l'ignorance des hommes en matière de mode.

Plus courte, elle est sans doute destinée aux demoiselles d'honneur. Sa teinte m'évoque la forêt. Et la couleur des yeux de Kaden.

— Elle est verte ! se récrie la petite.

— Elle me plaît.

D'autant plus si ça contrarie Addison. La plaquant sur moi, je virevolte dans la pièce. Peut-être que, si je m'habille ainsi, mon mariage semblera moins réel.

— Tu es insupportable, Ara ! s'exclame-t-elle.

Mais elle dissimule un sourire.

— Merci du compliment.

— OK, essaie-la.

Pendant que j'enfile la tenue, elle entreprend de fouiller de nouveau son placard. La chambre est la plus confortable que j'ai connue en trois ans. Il y a des meubles, des miroirs, des fringues et même un vrai matelas, que nous partageons. Je contemple le couvre-lit lavande avec une certaine gêne.

Bientôt, je dormirai avec Gabriel. Je serai son épouse et il me volera plus que ma seule liberté.

Une fois prête, je me tourne vers la glace. Une jeune femme me dévisage. Ses cheveux longs sont auburn, ses yeux féroces et ses pommettes saillantes. Elle a l'air plus âgée et plus dure que dans mon souvenir. La robe est magnifique, sa couleur vraiment identique à celle des prunelles de Kaden. Alors, tout à coup je ne la supporte plus. Je m'en débarrasse si vite que, dans mon élan, je m'arrache une mèche de cheveux, manquant de hurler de douleur. La jetant au sol, je la piétine, le cœur battant. Addison me scrute avec stupeur.

— Tu as raison, je m'entends dire de très loin, ce vert ne va pas, donne-m'en une blanche.

Sans commenter ma crise, elle entreprend de m'habiller comme si j'étais une poupée. J'acquiesce à tout ce qu'elle raconte, je hoche la tête quand il le faut, m'accroche à mon sourire comme un naufragé agrippe une bouée de sauvetage. Elle finit par arrêter son choix sur une tenue dos nu aux épaules en dentelle. Lançant un dernier regard au tas de tissu vert par terre, je me vois la porter en plein soleil, dans un pré plein de fleurs des champs en guise d'église. Mes amis et ma famille me fixent, mais je ne leur prête aucune attention. La seule chose qui compte, c'est, à l'autre extrémité de la prairie, Kaden qui m'attend, son sourire canaille aux lèvres, qui me regarde comme s'il n'avait besoin de rien d'autre que moi.

C'est là que je comprends.

Je l'aime. Je l'aime au point d'en avoir physiquement mal.

Or, il ne sera jamais mien.

32

KADEN

La porte s'ouvre en grinçant et je me redresse, aux aguets.

Pourtant, ce n'est pas mon heure. Je ne suis censé affronter Colborn que demain matin.

Tout de suite, je devine une embrouille. Trois hommes se tiennent sur le seuil. Avec difficulté, je me lève et m'appuie contre le mur, les genoux tremblant sous l'effort.

Sans un mot ni un regard, les types s'emparent de moi et me propulsent dehors. Une peur sourde m'étreint. Est-ce un nouveau stratagème de Gabriel ? Une exécution en douce ? Au loin, venant du magasin, j'entends les accords d'une guitare et des chants. Mais il se peut que je sois devenu fou et que j'hallucine. Je trébuche, mal assuré sur mes pieds, secoué par l'invasion brutale des couleurs et des sensations. Le ciel. L'herbe. Le vent.

Pardonne-moi, Sam. Pardonne-moi de ne pas avoir été le héros que tu croyais que j'étais. Pardonne-moi de t'avoir déçu.

Tout à coup, je me rends compte que nous allons dans la mauvaise direction. La forêt et le grillage se rapprochent. Je me retourne, il n'y a personne. Bizarre. Gabriel et Colborn ne souhaitent-ils donc pas assister à ma fin ? Une fois devant la clôture, mes escortes me lâchent et je m'écroule. L'un des types, barbe clairsemée et yeux perçants, tend le doigt. Un pan de l'enceinte a été arraché. Dessous, un trou assez grand pour qu'un chien – ou un humain – s'y faufile.

Je suis paralysé. Serait-ce une sorte de blague perverse ? Mais le gars me pousse et, soudain, mon corps réagit de lui-même et plonge dans l'étroit passage. Comme si je m'étais transformé en rat. Je sais que je ne pourrai pas faire machine arrière, que je ne supporterai pas une journée de plus dans la cabane. Je suis prêt à saisir la chance qui m'est offerte. Qu'elle mène à la mort ou à la liberté, au moins elle me conduit quelque part.

Le grillage m'égratigne le dos, mais je finis par m'extirper à l'extérieur du périmètre du clan.

Je suis libre… Comment est-ce possible ?

Un filet de fumée s'échappe du toit et des sentinelles patrouillent sans me prêter attention.

C'est un peu trop facile, non ?

La forêt, là-bas, m'appelle, pareille à un refuge. Malgré mes réticences, je décide d'y croire. Sam n'est plus, mais Ara vit encore. Pour la première fois depuis longtemps, je cède à l'espoir. Je suis en mesure de la localiser. Elle veut rentrer chez elle. Si c'est nécessaire, je consacrerai chaque jour qu'il me reste à la chercher. L'espérance gonfle comme un ballon dans ma poitrine.

Puis éclate.

À l'ombre des arbres, Colborn est adossé à un chêne. Un sourire venimeux à la bouche, il s'approche de moi.

Je suis pétrifié.

— Gabriel est un homme cruel, Kaden.

Il passe un bras autour de mes épaules, comme s'il retrouvait un vieil ami, et me force à avancer avec lui. Son énorme paluche pèse sur mon corps osseux et j'ai du mal à en supporter le poids. Un oiseau jaillit des fourrés. Si, à une époque, j'aurais pu défier la force de Colborn, je suis aujourd'hui comme un squelette affrontant un tigre. Il m'entraîne sans peine dans son sillage.

— Je t'aurais volontiers tué sans chichis, mais ta sauvage de rouquine m'a mis des bâtons dans les roues.

Il ment. Ara s'est évadée. Je regrette vraiment de ne pas avoir achevé Colborn lorsque, dans le cinéma, il a essayé de… Non, je refuse d'y repenser.

Soudain, il s'esclaffe.

— Allez, mon vieux, pourquoi les choses ne pourraient-elles pas être comme avant ? Tes gars ont zigouillé des gars à moi, j'en ai éliminé des tiens, on n'a qu'à dire qu'on est à égalité. Tu me ressembles. Ce n'est pas comme ce crétin de Gabriel. Ça me démange de m'en débarrasser, mais il a son utilité. Il bosse comme un malade et il est doué pour stocker de la bouffe. Je le garderai peut-être encore un peu.

— Arrête avec tes jeux, Colborn. Quelles que soient tes intentions, accouche.

S'arrêtant, il me lâche pour me scruter avec sa froideur habituelle et flippante.

— Tu es moins amusant qu'avant, soupire-t-il. Tant pis. J'ai ordonné à sept de mes meilleurs hommes de seller leurs chevaux. On a raconté à Gabriel qu'on partait chasser. Il n'a pas demandé quoi.

Il observe le soleil puis repart vers le clan.

— Je dirais que tu as une demi-heure d'avance sur nous, Kaden, lâche-t-il sans se retourner.

Je m'élance à toutes jambes.

Je cours sans la grâce d'un prédateur ni la confiance d'un chasseur, mais avec la maladresse d'une biche blessée pourchassée par une meute de loups. J'imagine déjà les chevaux qui piaffent d'impatience. J'ai capturé, entraîné et dressé la majorité d'entre eux. Il est ironique de songer qu'ils signeront ma fin. Ce qui m'effraie le plus cependant, c'est de voir à quel point je me suis affaibli depuis mon emprisonnement.

Mes poumons brûlent, mes pieds pèsent comme des boulets et, chaque fois que je trébuche et tombe, il m'est plus difficile de me relever. J'ai envie de ramper dans un terrier, de fermer les paupières et de m'endormir pour toujours. Tandis que les ombres s'allongent et que la température baisse, je ralentis l'allure, passant de la course au petit trot puis à une démarche lourde et pénible. Combien de temps s'est-il écoulé ? Combien avant qu'ils me rattrapent ? Je l'ignore.

Un ululement déchire le crépuscule. Aussitôt suivi d'aboiements.

33

ARA

Addison a cueilli diverses fleurs sauvages qu'elle a placées dans des bocaux et de vieilles conserves. Le résultat est beau et… terrifiant. Les corolles épanouies forment un étrange contraste avec le décor de rochers, de troncs et de bestiaux empaillés du QG. On dirait qu'une princesse a investi un pavillon de chasse. La gamine a suspendu des guirlandes fleuries aux loups menaçants et semé des pétales le long de l'allée centrale. Quelqu'un a déniché une guitare et chante une chanson d'amour triste.

— Tu aurais préféré qu'on fasse ça dehors ? demande la voix de Gabriel dans mon dos.

Je jette au feu le mot que je tiens avant de me retourner. Il porte un smoking et je mets un moment à retrouver l'usage de la parole.

— Non. Ça ira très bien comme ça.

Depuis l'extrémité opposée du rez-de-chaussée, je sens les yeux de Liam rivés sur moi. Colborn s'est éclipsé il y a quelques minutes, suivi par un groupe de ses sbires. On entend les chiens japper et les chevaux hennir. Ils partent sans doute à la chasse. Il va de soi que Colborn ne tient pas à assister aux noces, qu'il n'a cessé de critiquer depuis leur annonce.

— Je suis prête.

Gabriel sourit.

— Je vais avertir les gars.

Il s'éloigne. Je croise le regard de Liam et hoche la tête avant de suivre Addison au fond du magasin. Elle m'aide à enfiler ma robe, puis nous patientons.

Gabriel a joué ses cartes. À moi de jouer les miennes.

C'est le trajet le plus long de ma vie mais je n'en distingue aucun détail, comme si je voyais tout à travers le rideau d'eau d'une cascade. C'est Addison qui me conduit à son frère, sous le regard de centaines de membres du clan. Quand je fixe les yeux gris de Gabriel, je ne ressens rien.

Un homme officie et j'écoute vaguement ce qu'il dit. Je réponds quand on m'interroge, répète les paroles consacrées et passe un petit anneau en or au doigt de Gabriel avant d'accepter une bague en argent torsadée et incrustée de diamants. Mon esprit me transporte ailleurs, dans une prairie couverte de fleurs des champs, en robe verte, en train d'admirer l'homme aux prunelles vertes qui m'attend là-bas.

— Vous pouvez embrasser la mariée.

Je me réveille soudain. Bien que mes mains soient jointes à celles de mon époux, des millions de kilomètres me séparent de lui. Mon époux. *Tu as déjà fait pire pour survivre. Et tu feras pire pour protéger ceux que tu aimes.*

Dans un silence total, Gabriel m'observe comme si je risquais de me briser. Me penchant, j'effleure ses lèvres d'un baiser. Il se fige puis, telle une statue prenant vie, passe une main autour de ma nuque et l'autre autour de ma taille. Il m'attire à lui, bouche ouverte.

Lorsque l'assistance se met à l'encourager, il approfondit son baiser. Je ne résiste pas. Puis il s'écarte, m'offre son bras et me ramène vers l'avant du magasin, où Addison a tout prévu pour la fête. Il sourit à ses hommes et je tente de l'appréhender comme eux – un beau gosse en smoking. J'entraperçois mon reflet dans un miroir. Ma robe est superbe, mes cheveux tombent sur la peau nue de mon dos. Addison y a tressé de minuscules fleurettes blanches. Bien que je ne la reconnaisse pas, cette jeune mariée est belle.

— On danse ? suggère Gabriel devant la piste installée pour l'occasion.

Je lui adresse un sourire faux – Kaden ne s'y tromperait pas – tout en me demandant si le sien n'est pas tout aussi factice. Il m'entraîne au rythme lent d'un slow joué à la guitare.

Les tables sont décorées de bocaux en guise de vases et un gars a réussi à faire un gâteau surmonté de fleurs. Les hommes plaisantent et s'amusent, nombreux sont ceux qui me lancent des coups d'œil envieux, comme s'ils se souvenaient de leurs compagnes d'autrefois. Ce bal improvisé se déroule sans partenaires, pour eux. Incapable de fixer Gabriel, je scrute les visages. Ceux d'Issac et de Sam manquent à l'appel.

Je suis mariée.

La réalité me secoue. Si le bras de Gabriel n'était pas enroulé autour de ma taille, je m'écroulerais. Ma tenue me semble soudain trop étroite, je halète, j'ai du mal à suivre les pas de mon cavalier. J'ai envie de fuir le bruit et la foule, tout en redoutant de me retrouver seule avec lui.

Je ne suis pas prête à ça.

J'ai chaud aux joues, je tangue un peu sur mes pieds, mais je tiens bon et j'évite de songer à la suite. Le temps s'écoule de plus en plus vite, jusqu'au moment où Gabriel me chuchote :

— Tu veux qu'on s'éclipse ?

J'opine. Main dans la main, nous nous éloignons, observés et accompagnés par quelques sifflets. Au lieu de me conduire dans sa chambre derrière l'armurerie, Gabriel m'emmène dans une resserre qu'il a fait aménager en chambre nuptiale. Une fois devant la porte, il octroie une nuit de liberté aux sentinelles. Les deux crétins ricanent et l'un d'eux adresse un clin d'œil complice à son chef.

Quand nous sommes seuls, Gabriel pousse le battant. La pièce abrite un grand lit à la courtepointe blanche parsemée de fleurs. Un bouquet est posé sur une coiffeuse. La porte se referme avec un clic. Dans un silence de tombeau, nous nous dévisageons. La tension est palpable, pareille à un ciel envahi de gros nuages prêts à déverser leur déluge.

— Tu m'accordes un instant ? je murmure.

— La salle de bains est à côté.

Je m'y faufile. M'agrippant au lavabo, j'essaie de contrôler mon souffle. Addison a déposé un petit sac rose ainsi qu'un peignoir en soie noire à côté d'une plante en pot. Me débarrassant de ma robe blanche, j'ouvre le sac. Les dessous que j'y découvre me donnent la nausée. Je les enfile néanmoins puis, évitant le miroir, revêts le peignoir, dont je serre la ceinture au maximum. *Respire. Respire.* Un peu calmée, je ressors.

Gabriel, qui était assis sur le lit, se lève à mon entrée. Il ne se gêne pas pour reluquer mes jambes nues. Il est beau, c'est indéniable.

Une éternité s'écoule.

Il s'approche et, terrifiée, je regarde le sol, remarquant une petite tache rose sur le tapis beige. *Suis-je vraiment capable d'aller jusqu'au bout ?* Attrapant mon menton, Gabriel le relève avec douceur. Quand il constate que je ne recule pas, il m'embrasse avec avidité.

Ses mains courent sur tout mon corps, pétrissant la soie noire et ma peau. Fermant les yeux, je me laisse aller contre lui et noue mes doigts autour de sa nuque. Il resserre son étreinte, dépose un baiser sur ma gorge et souffle :

— Je te rendrai heureuse. Je te le promets.

Il recommence à m'embrasser, m'écrase entre ses bras, s'écarte juste assez pour ajouter :

— Je t'aime, Ara.

Je plonge l'aiguille dans son cou.

Son étonnement semble l'emporter sur le sentiment de trahison. J'enfonce le piston de la seringue, qui contient assez de tranquillisants pour assommer un cheval. Bien que, dans son mot, Issac m'ait recommandé de n'en utiliser que la moitié, je refuse de courir le moindre risque. Gabriel se raidit et écarquille les yeux sous l'effet de la douleur. Je comprends à cet instant ce qu'il ne cache plus : il a vraiment cru que j'étais sienne. Que j'avais renoncé. Il s'est peut-être également bercé de l'illusion qu'il m'aimait et que, avec le temps, je finirais par l'aimer en retour. Il n'imaginait pas d'autre réalité.

Nous sommes enlacés comme des amants, collés l'un à l'autre. Lorsqu'il réalise ce qui est en train d'arriver, il veut bondir vers la porte, sauf que je m'attendais à cette réaction. Lui serrant le cou, je lui fais un croc-en-jambe. Nous tombons comme des masses tandis que la seringue vole de l'autre côté de la pièce. Mon coude amortit notre chute et j'éprouve une vague de douleur qui ne me rend que plus alerte. Gabriel se débat, essaie de me repousser. Je m'acharne.

S'il est plus costaud que moi, ça ne dure pas.

S'arrachant à moi, il s'agenouille et hurle :

— Gardes ! Gard…

Je lui envoie mon pied dans la figure et il s'écroule en émettant un affreux son étranglé. Tel un animal acculé, je lutte à mort, prête à tous les coups bas pour qu'il ne s'approche pas de la porte, allant jusqu'à le mordre. Ses appels au secours éveillent en moi un plaisir mauvais. Il peut s'égosiller tant qu'il veut : il a donné congé aux sentinelles et le reste du clan fête notre mariage dans une liesse bruyante.

En l'affrontant, je lui découvre un aspect bestial répugnant. Il a perdu toutes ses inhibitions et se défend avec une force brutale qui m'effraierait si je n'avais pas remarqué qu'elle a commencé à s'amoindrir. De mon côté, je déploie une agressivité furieuse dont je ne me savais pas capable. Il s'affaiblit peu à peu et je finis par le clouer au sol. Un filet de sang lui coulant du nez, il me dévisage. Soudain, il se détend et je me raidis, soupçonnant une ruse. Non. Il se contente de murmurer :

— Pourquoi ? Je croyais que…

Il a l'air d'un enfant pitoyable, mais j'ai largement dépassé le stade de la pitié et des regrets. Ces émotions, je les ai perdues quand il m'a annoncé la mort de Sam, quand j'ai abandonné Emma.

Seule la rage m'anime à présent.

— Quoi ? je crache. Que j'allais céder ? Il a fallu deux jours à Issac pour dégoter les sédatifs, et trois de plus pour tout organiser. Moi, en revanche, je n'ai mis que quelques secondes à savoir que je ne vivrais jamais avec toi. Tu manipules les autres, Gabriel. Tu penses les posséder. Tu te prends pour Dieu. Tu te trompes !

Je le secoue. Déjà, son regard devient vitreux.

— C'est moi qui décide de mon destin, j'ajoute.

Ses paupières se ferment, sa tête roule sur le côté. J'ignore s'il m'a entendue ou comprise. Je m'en fiche.

Je l'ai vaincu, ça me suffit.

Je me relève, hors d'haleine, et j'inspecte la pièce. À part une chaise renversée et la seringue par terre, tout est impeccable. Après avoir tiré les couvertures du lit, j'y traîne Gabriel puis je le borde.

Une trace de sang macule le plancher, tant pis.

De sous le lit, je tire un modeste sac à dos qui contient un tee-shirt noir, un jean sombre et une casquette de base-ball. Je m'habille avec l'impression de redevenir moi-même.

Ensuite, je patiente. Le vacarme de la fête va et vient. Mon cœur bat follement, comme un oiseau qui voletterait sans relâche dans sa cage. L'envie me démange de me sauver, mais je sais qu'il me faut attendre que les membres du clan aillent se coucher. Je m'installe à côté de Gabriel puis j'arpente la pièce.

Finalement, je n'en peux plus. Toutes les précieuses minutes que je perds ici en sont autant que j'aurais tout intérêt à utiliser pour m'éloigner du QG.

Je sors dans le couloir. Je ferme la porte derrière moi comme un médecin recouvre un cadavre d'un drap. Arrivant au cœur du magasin, je marque un temps d'arrêt. Dans un coin éloigné, un seul feu brûle, autour duquel des gars continuent de faire la bringue. Ils chahutent, j'entends des cris et des rires. Apparemment, ils ont entamé l'alcool qu'Issac a pris soin de leur fournir pour la fin des réjouissances.

Je redoute chacun de mes pas. Ignorant s'il est préférable de marcher normalement ou furtivement, je baisse la tête et fonce en direction des cuisines, où se trouve la porte arrière non gardée.

Dehors, la lune éclaire la forêt au-delà du grillage où des gardes patrouillent, armés de torches. Rasant les murs, je grimpe la côte qui mène aux écuries. Lorsque j'y entre, l'odeur des chevaux et du foin envahit mes narines. Une fois que mes yeux se sont habitués à la pénombre, je discerne une silhouette.

— Liam ! je soupire avec soulagement.

Il m'étreint avec chaleur.

— Tout est prêt, chuchote-t-il.

— Merci. Tu es sûr de ne pas vouloir m'accompagner ?

— Non, c'est impossible.

Il ne m'explique pas pourquoi, mais nous savons l'un et l'autre qu'il n'y a de la place que pour un homme dans ma vie.

— Issac a rassemblé quatre bêtes de l'autre côté de l'enceinte ouest, poursuit-il. Tu trouveras un trou par lequel passer. Quand la grange explosera, les chevaux s'enfuiront. Leurs stalles sont ouvertes. C'est à ce moment-là que tu devras courir.

J'observe les lieux, remarquant que plusieurs box sont vides. Ça me rappelle la partie de chasse organisée plus tôt par Colborn.

— Tu crois que Colborn se doute de quelque chose ?

— Non. Lui et ses gars ont filé, sûrement pour agacer Gabriel en n'assistant pas au mariage. C'est mieux comme ça. Il y aura moins de monde pour s'apercevoir que Kaden et toi avez disparu.

J'acquiesce et je baisse les yeux, en colère contre moi de ne pas savoir comment dire adieu à Liam. Ce dernier rigole et m'embrasse sur le front.

— Au revoir, Ara. Tu vas me manquer.

Après m'avoir ébouriffé les cheveux, il sort des écuries – et de mon existence. Par-devers moi, je présente mes excuses aux bêtes pour ce que je m'apprête à faire. M'accroupissant près d'un tas de paille, je l'embrase. Le feu prend rapidement, les chevaux hennissent et s'agitent, et je me fonds dans la nuit.

Au bout de quelques minutes seulement retentit la galopade des animaux affolés. Les flammes lèchent déjà les murs des écuries. Des cris d'alarme résonnent depuis le QG, et des hommes se précipitent dehors. C'est le chaos. Les sentinelles abandonnent leur poste et j'en profite pour longer le grillage, en quête du mouchoir rouge mentionné par Issac dans sa note.

Je le repère soudain. Sans lui, je n'aurais pas remarqué le passage.

— Issac ? je souffle.

Pas de réponse. Où est-il ? Les arbres frémissent dans le vent nocturne. Derrière moi, les hurlements s'intensifient. J'ai bien peur d'être seule. Quelque chose a mal tourné puisque Issac n'est pas au rendez-vous. Mais bon, il en a fait assez comme ça, à moi de jouer. Le mieux est encore de m'en tenir au plan en espérant que je finirai par le rejoindre, de même que Kaden.

J'entreprends de creuser le trou pour l'élargir quand, soudain, une voix lance :

— J'étais sûre que je te trouverais ici.

Je virevolte sur moi-même, prête à me battre, mais la personne qui s'est exprimée se borne à me fixer d'un air triste.

— Addison, je dis en me relevant lentement.

Il lui suffirait d'appeler au secours pour que des gars rappliquent.

— Je t'ai vue filer par les cuisines. Tu as fait du mal à mon frère ?

Elle a les larmes aux yeux et j'envisage de lui mentir. Sauf que c'est peut-être la dernière fois que je lui parle.

— Rien de grave. Je lui ai donné un somnifère.

— Pourquoi ? sursaute-t-elle, éberluée. Il t'aime.

Non. Il veut juste me posséder comme un trophée.

— Je suis désolée, je refuse de vivre dans une cage.

— C'est à cause de l'autre, hein ? Celui qui travaillait avec les chevaux.

J'ai beau être pressée, je me sens obligée de me justifier.

— Oui, en partie, j'admets en prenant les mains de la gamine. Tu sais, toi non plus tu n'es pas obligée d'être enfermée. Tu pourrais venir avec moi.

À cet instant, une cloche sonne, pareille à un glas, et nous nous tournons vers le bâtiment. L'incendie s'est étendu jusqu'au magasin. Des hommes s'efforcent de l'éteindre. Sans eau, ce n'est guère possible.

— Addison ! je m'exclame. Gabriel est dans la chambre !

Se dégageant, elle me regarde avec une expression indéfinissable : regrets, colère, résignation ?

— Au revoir, Ara.

— Au revoir.

Elle est déjà partie.

Je me faufile dans le trou. Craignant qu'on m'ait repérée, je jette un coup d'œil dans mon dos. La nuit est illuminée par le feu, dont les flammes dévorent le magasin. Des membres du clan essaient d'organiser une chaîne de seaux, mais il est clair que le combat est perdu d'avance. Le QG est condamné, mais je ne serai plus là pour voir ça. J'ai perdu trop de temps ici, je veux rentrer à la maison.

Je disparais dans le noir.

34

KADEN

Sautant par-dessus un tronc, je manque de me casser la figure. Derrière moi, les chiens aboient dans une cacophonie infernale. Ils se rapprochent. Mon pantalon est trempé et boueux, mon torse couvert de vilaines égratignures causées par les ronces. Je suis hors d'haleine, mon flanc est douloureux. J'ai pataugé dans des torrents, traversé des buissons d'épines pour tenter de semer la horde.

En vain.

J'ai envisagé d'escalader un arbre, mais l'idée que Colborn me déniche tapi sur mon perchoir et se moque de moi comme d'un animal effrayé m'a fait renoncer. Je continue donc à tituber en direction d'une clairière. J'ignore ce que j'espère y trouver – un bâtiment, une arme, le salut ? Quoi qu'il en soit, je m'acharne à gravir une colline.

Je débouche dans une prairie magnifique, presque circulaire. La lueur de la lune transperce les nuages, révélant un ruisseau et de hautes herbes. Des trembles frémissants la bordent, pâles fantômes aux prunelles sombres. Je m'affale sur la rive du cours d'eau, dont le calme clapotis contraste avec mon souffle heurté et les bruits de la chasse au loin. Du sang et de la sueur brouillent ma vision, un goût de rouille et de sel me pique la langue. La température a chuté.

Je vais mourir.

Mon corps m'a porté dans la mesure de ses capacités. Je refuse cependant d'être achevé comme du gibier.

Je me lave à l'eau glacée afin de recouvrer mon humanité. Puis je fouille les abords jusqu'à ce que je dégote une grosse branche qui a l'air d'avoir été mise là exprès. Bien que lourde, elle s'adapte très bien à la taille de mes mains. *Tu te souviens, Sam, de toutes nos parties de base-ball au parc ?* Je m'efforce de ne songer qu'à lui, à une enfance où notre seul souci était de frapper la balle.

Les chiens sont les premiers sur place, agiles et vifs. La lune joue sur leurs silhouettes, tantôt éclairées, tantôt sombres. Je distingue peu à peu leurs crocs luisants et leur poil maculé. J'ai passé ma vie à travailler avec les chevaux et les chiens, et j'ai une meilleure opinion d'eux que des hommes. Ce n'est pas le moment d'être sentimental, cependant.

Un animal surgit des bois. Petit et souple, il est couturé de partout. Prenant ma décontraction affichée pour une invitation, il bondit en grognant. Je le frappe de toutes mes forces avec mon arme de fortune et son cou se brise en émettant un craquement sinistre. Il tombe avec un cri bref et pitoyable. Les autres m'encerclent en s'époumonant puis passent à l'attaque.

Chaque coup incendie mes muscles, mes bras donnent l'impression d'être de plus en plus engourdis. À deux reprises je vise juste, mais la meute s'acharne. L'une des bêtes réussit à planter ses dents dans ma jambe, me renversant presque. J'abats la branche une fois, deux fois, et le clébard recule, non sans arracher un morceau de tissu. Au moins, ce n'est pas de la chair. Après que j'ai liquidé un deuxième animal, le reste cesse de m'assaillir. Leur boulot était de me dénicher, ce qu'ils ont fait. Ils n'ont plus qu'à attendre leurs maîtres, qui se chargeront de m'achever. À moins qu'ils m'aient flairé ma faiblesse.

Un martèlement de sabots résonne dans la forêt, accompagné de faisceaux lumineux. Les hommes de Colborn sont équipés de torches, dont la lumière paraît déformer la réalité au lieu de la révéler. Dans la nuit, ils ressemblent à des démons, longues ombres distordues aux traits malveillants. Je les sens plus que je ne les voie et une étrange terreur s'empare de moi lorsque Colborn apparaît, monté sur le plus gros cheval du groupe.

Je me suis détourné des chiens une seconde seulement quand un corps me heurte par-derrière. Je me débats comme un beau diable, repousse mes assaillants. J'ai eu chaud.

Un coup de feu retentit.

Les bêtes gémissent et reculent, déroutées. Je m'inspecte – bien que mal en point, je ne suis pas blessé. Soudain, de l'autre côté de la clairière, l'un des chasseurs tombe de sa monture. Et ne se relève pas.

Une cavalcade secoue les environs et le vent tourne. Deux autres déflagrations déchirent l'obscurité, faisant deux nouvelles victimes parmi les cavaliers. Les chiens s'éloignent un peu en geignant et un cheval s'enfuit tandis que ses compagnons agitent la tête et trépignent. La confusion la plus totale règne.

— Où est-il ? rugit Colborn.

Parle-t-il de moi ou du tireur ? Ce qu'il reste de ses troupes mitraille aveuglément en direction des arbres, leur chef également, comme si les multiples ombres étaient autant d'adversaires. Ils n'ont pas l'air de se rendre compte que la lumière de leurs flambeaux en fait des cibles faciles.

Oreilles et queue basses, les chiens ne savent plus où donner de la tête. J'en profite pour leur asséner des coups de branche. Lorsqu'ils détalent, je me mets à courir.

Occupés à se défendre contre leur ennemi invisible, les chasseurs m'ont oublié. Seul Colborn éperonne son cheval et, abandonnant ses sbires, se lance à ma poursuite.

La fusillade continue, le tambourinement des sabots se rapproche. J'accélère, dans l'espoir d'atteindre l'abri des arbres.

Une balle fait exploser une motte de terre sur ma gauche. Bifurquant, je m'apprête à bondir par-dessus le ruisseau quand plusieurs événements se produisent en même temps.

La rive cède sous mon poids, m'empêchant de me raccrocher à celle d'en face. Une douleur fulgurante me traverse le crâne et m'aveugle un instant. Mon cœur s'emballe, je voudrais me relever mais mon corps ne m'obéit plus. Je ne sais plus où sont l'eau, le ciel et la terre, puis j'aperçois la silhouette floue de Colborn qui retient sa monture et me vise de son pistolet.

Un coup part.

Sauf que ce n'est pas le sien.

Un geyser de sang jaillit de sa gorge. Incapable de l'endiguer ou de respirer, il suffoque et s'écroule devant moi, qui suis paralysé par l'impuissance.

C'est l'eau gelée qui me pousse à sortir du ruisseau. Le cheval de Colborn, un rouan massif, se sauve vers la forêt, à l'instar des autres bêtes et des chasseurs ayant survécu.

Il faut un long moment pour que le sol cesse de tanguer sous mes semelles.

Soudain, je distingue un mouvement dans la clairière. Un homme émerge de l'ombre. Il avance de deux pas, s'appuie sur son fusil comme s'il se baladait.

— J'ai bien cru que toi et Dieu m'aviez abandonné ! je lui lance en boitillant vers lui.

— Tu n'as donc pas lu le livre que je t'ai offert ? Dieu finit toujours par se manifester.

La voix d'Issac est grave et rauque, comme si la Terre en personne s'exprimait. Je l'étreins et, durant un moment, le monde semble parfait.

L'odeur du sang m'incite à le lâcher. Un liquide chaud et épais me poisse les mains.

— Issac ?

Il bascule en avant. J'essaie de le retenir, mais il est costaud et je dois me borner à amortir sa chute. Il s'allonge en gémissant. Sans la tache rouge qui s'élargit au niveau de son ventre, on croirait qu'il est venu admirer les étoiles.

— Je vais panser ta blessure. Vérifier que…

— Laisse, murmure-t-il.

Je me détourne, regrettant aussitôt de l'avoir fait.

— Ça va aller. On a réussi, jusque-là…

Des larmes incrédules et rageuses me picotent les yeux. Il pose sa main sur la mienne.

— Il n'y a pas de place pour la paix dans ce monde, je finis par chuchoter.

— Seule existe celle qu'on trouve.

C'est lui tout craché.

— Tu crois vraiment que tu la trouveras ailleurs ?

Je ne le veux pas. Aussi égoïste et affreux que ce soit, je veux qu'il reste. Qu'il lutte. Qu'il soit près de moi pour affronter une société aussi noire et horrible.

— Va chercher ma sacoche de selle. Là-bas, à la lisière. Dépêche.

J'hésite, craignant de le laisser seul et qu'il ne meure durant ma brève absence. Mais son regard est suppliant. Je cours jusqu'à son cheval, j'attrape la sacoche et je reviens à toutes jambes. Agenouillé près de lui, je dépose doucement la besace sur l'herbe piétinée.

— Ouvre-la, croasse-t-il.

Un modeste volume est rangé dans un vêtement soigneusement plié. Un sourire fantomatique étire les lèvres d'Issac.

— Ma bible, souffle-t-il. Évite de t'en servir pour allumer du feu.

En riant, je pose l'ouvrage en me promettant d'y veiller jusqu'à la fin de mes jours. Ensuite, je sors le portefeuille avec ses initiales et la photo de famille. Il y a aussi une feuille jaune. Un spasme agite le corps d'Issac.

— Avec ce papier, tu… Tu sauras quoi faire.

J'acquiesce sans comprendre. Le dernier objet que je trouve est un coffret en bois qui tient dans ma paume. Il renferme une délicate bague en argent ornée d'une pierre verte.

— Donne-la…

Une quinte de toux l'interrompt.

— Donne-la à Ara. Plus tard.

— Autre chose, mon vieux ? je demande, le cœur lourd.

Il rigole presque et nous redevenons ce que nous avons toujours été, deux hommes soudés par une même appréhension de l'univers. Puis il sourit aux étoiles, qui se reflètent dans ses yeux pourtant en train de s'éteindre.

— Laisse-moi ici et pars la chercher.

Il ferme un instant les paupières et, cette fois, sa voix donne l'impression d'être irréelle :

— Trouve aussi la paix, Kaden.

Jusqu'à la fin, il se sera moqué de moi. Mon Issac, solide et fiable. Indéfectible dans la vie comme dans la mort.

— Il n'y a pas de place pour la paix dans ce monde, je marmonne.

Sans plus de rancœur cependant. Issac fixe le ciel et le Dieu auquel il accorde une confiance qui me dépasse, puis il prononce ses dernières paroles :

— Seule existe celle qu'on trouve.

35

ARA

Un pan de ciel bleu déchire la brume matinale. Le soleil est presque levé. Penchée au-dessus d'un tas de petit bois, je me débats avec une allumette. Mes doigts malhabiles la grattent, elle s'enflamme mais, dans ma hâte, je l'éteins aussitôt. Rouvrant la boîte, je découvre, au milieu des petits soldats de bois au chapeau rouge bien alignés, une plume duveteuse. Père passe son temps à en déposer çà et là : sous mon oreiller, dans le bouchon de ma gourde, au départ d'un sentier. C'est devenu une espèce de jeu entre nous. Petits cailloux que nous pouvons semer dans un monde qui exige que nous restions invisibles.

Percevant un craquement à l'autre bout du camp, je m'empresse de remettre la plume en place.

Loki bondit de sous les arbres qui poussent sur les contreforts de la montagne. Il s'est déjà baigné dans le lac, en bas. Sa queue expédie des gerbes de gouttelettes dans tous les sens.

— Salut, mon grand.

Je lui ébouriffe les poils quand il se jette sur moi, avant de repartir aussi vite en direction de mon père, chargé de la corvée d'eau. Ce dernier ne tarde pas à apparaître à son tour, incliné sous le poids d'un seau.

— Le feu n'est pas encore prêt ?

— Ce serait plus simple si Loki ne flanquait pas de la flotte partout.

Comme pour marquer son accord, le chien se secoue frénétiquement, inondant et dispersant mon tas de brindilles. Père s'esclaffe devant mon irritation.

Une bande d'oies sauvages passe soudain au-dessus de nos têtes en criaillant. Oreilles dressées, Loki observe leur formation en V et lâche un gémissement aigu.

— Comment savent-elles où elles vont ? je m'interroge à haute voix.

Au lieu de répondre par une blague ou une histoire drôle, Père garde le silence. Son visage tanné se ride lorsqu'il examine le ciel en plissant les paupières. Quand il se décide à parler, sa voix est tendre, identique à celle qu'il adopte lorsqu'il évoque la bicoque blanchie à la chaux dans laquelle il a grandi et qui a été depuis longtemps réduite en cendres :

— J'imagine que nous avons tous une boussole qui nous ramène chez nous.

La terre de la piste glisse sous mes pieds quand je me penche, les mains sur mes genoux tremblants, hors d'haleine, couverte de transpiration malgré la fraîcheur de la nuit. Bien qu'épuisée, je souris.

J'ai réussi, Père. Je rentre à la maison.

Une brise soulève mes cheveux et sèche la sueur sur mon front. Chaque pas supplémentaire me rend plus forte, plus vivante.

Au bout d'une heure, la terre se transforme en graviers dont les crissements rythment ma progression. Deux heures plus tard, le sentier rejoint une route goudronnée. Ma course régulière m'a permis d'avaler les kilomètres sans fléchir. Mes entraîneurs seraient fiers de moi.

Le ciel s'éclaircit à l'est quand je passe devant un ancien parc, où une famille de biches me scrutent de leurs grandes prunelles brunes. Les jambes me brûlent, j'ai des ampoules aux pieds, mais je ne m'arrête pas.

Si on m'attrape, ce ne sera pas à cause d'une quelconque faiblesse de ma part.

La journée s'étire. Je m'égare à plusieurs reprises – tout est très différent des images que conserve ma mémoire. Des bâtiments se sont effondrés, des rues ont disparu sous la végétation luxuriante, des endroits sont complètement calcinés. Toutefois, plus je me rapproche de ma destination, plus mes souvenirs se ravivent. Je ne croise ni animaux infectés ni hommes, une chance dont je me réjouis, comme si ma ville natale ne m'avait pas oubliée.

Je croise le vieux cinéma où Emma et moi nous sommes faufilées sans payer un jour. Le boui-boui où l'on dînait le dimanche, et dont le toit s'est écroulé. Mon ancien lycée. Une nostalgie monte lentement en moi au fur et à mesure que j'avance. Même après tant d'années, mon cœur se serre. *Mon foyer.*

Me voici enfin de retour.

Je tourne dans la rue où j'ai grandi. L'adrénaline me propulse, comme si j'apercevais la ligne d'arrivée lors d'une compétition. L'arbre sous lequel nous attendions le bus. Le chalet de Tommy. La boîte aux lettres que ma sœur a défoncée à vélo. Le buisson de mûriers dont nous mangions les fruits en été.

Notre maison.

Qui semble apparaître trop vite, soudain. La peinture s'écaille, les roses trémières ont fané. Un X rouge hideux et délavé barre la porte principale, à présent marquée aussi d'une spirale noire, symbole qui m'est inconnu. L'une des fenêtres de la façade est brisée. L'herbe est jaune.

Rien de tout cela n'importe, cependant. Rien n'entame les émotions vertigineuses qui m'agitent. *J'ai réussi, Père. J'ai remonté la piste.*

Debout sur la pelouse, je contemple mon chez-moi. Kaden devrait être avec moi. De même que Sam. Issac. Mon père. Sans eux, je ne serais pas arrivée ici. La seule chose que je puisse faire désormais, c'est honorer leur mémoire.

La femme qui se tient sur le gazon brûlé a vieilli et s'est endurcie. Elle a aimé et a perdu ceux qu'elle aimait. Elle a du sang sur les mains. Elle s'en moque, toutefois, tandis qu'elle grimpe jusqu'au porche et se plante devant la porte bordeaux, car cette dernière lui a toujours été et lui sera toujours ouverte.

La poignée tourne entre mes doigts tremblants, j'entre.

Le soleil envoie ses rayons sur une poussière épaisse et compacte. La porte se referme doucement derrière moi. Je suis chez moi et, en même temps, ce n'est pas chez moi. C'est un tombeau. Des toiles d'araignée s'accrochent au plafond.

Remonte la piste.

Les mots paternels résonnent dans ma tête. Debout au milieu du salon, je ne sais par où commencer.

Remonte la piste.

Le silence se moque de moi. J'ai envie de hurler : « Je suis là, Père. Je suis venue ! Aide-moi ! »

La maison ne me répond pas.

Je m'y enfonce, le plancher craque sous mes pieds. Les canapés ne sont plus que des amas fantomatiques, une lampe s'est renversée, l'ampoule est brisée. Les rideaux ont fané, usés par le soleil.

Je contemple les photos aux murs. La plupart sont droites, grâce à ma mère, mais quelques-unes sont de travers, une manie de mon père. Ce sont des portails menant vers un autre monde. Il y a un cliché gênant de moi, avec mon appareil dentaire, où je serre une minuscule Emma en tutu rose entre mes bras. Au-dessus de la cheminée, un portrait de Père et de moi dans le jardin. Trempée, menton levé, un immense sourire aux lèvres, je suis devant un pommier en fleur. C'est mon anniversaire, nous venons d'achever une bataille de ballons remplis d'eau et une chasse au trésor.

À côté, un instantané d'Emma, avec ses longs cheveux bruns et raides, si différents des miens. Personne ne nous a jamais prises pour des sœurs. Là encore, elle ne ressemble pas à celle de mes souvenirs. Est-ce parce que je ne parviens à l'imaginer qu'avec ses yeux ensanglantés ? Pire, est-ce parce que je l'ai oubliée ?

Derrière, notre dernière photo de famille.

Un grincement à l'étage. Je me fige.

Il y a quelqu'un là-haut.

J'ai du mal à respirer et à réfléchir. J'ai ignoré la marque sur la porte, mais a-t-elle une signification ? Comme un squatteur qui vivrait ici ? Ou quelqu'un qui aurait guetté mon retour ?

La colère chasse mon chagrin. Je suis chez moi, je n'en partirai pas. J'ai sacrifié trop de choses pour renoncer maintenant.

À pas de loup, je rejoins la cuisine. Contrairement au salon, c'est un véritable chantier. L'îlot central a été renversé, la fenêtre sur le jardin est un trou béant. Des feuilles et de la terre ont investi la pièce et les figurines d'éléphant que collectionnait ma mère gisent dans la saleté. Mais le tiroir près du lave-vaisselle glisse sans un son. Il renferme les couteaux que Père veillait toujours à garder bien affûtés. J'en prends deux. Un petit que je glisse à ma ceinture, l'autre que je brandis devant moi.

Terrifiée, j'emprunte le couloir étroit. Je passe devant la chambre de mes parents sans l'ouvrir. Le bruit venait de l'étage. Je monte les marches en grimaçant chaque fois que l'une d'elles gémit sous mon poids.

Bien qu'il fasse jour, le palier est plus sombre que le rez-de-chaussée, car les rideaux sont tirés. Je ne distingue aucun signe de vie.

Qu'est-ce que j'espérais trouver ici ? Un indice ? Une carte ? Des corps ?

J'observe la pièce au tapis vert où j'ai passé tant d'heures dans mon enfance. La télévision est installée dans un coin, œil noir qui me renvoie mon reflet. Avec Emma, nous avions l'habitude de dormir ici plutôt que dans nos lits. L'une des étagères s'est effondrée et des cadres brisés jonchent le sol. Si la porte de ma chambre est fermée, celle d'Emma bâille, laissant échapper un trait de lumière.

J'aperçois une ombre mouvante.

J'essuie mes doigts moites sur mon pantalon et avance. Je suis chez moi. Quel qu'il soit, l'intrus n'y est pas le bienvenu.

D'un coup de pied, je pousse le battant en agitant mon couteau. Une odeur forte me saute aux narines. Le cœur battant, je suis aux aguets.

Personne.

Soudain, un mouvement furtif attire mon œil.... Un chat roux.

Après avoir incliné la tête d'un air perplexe, il dresse les oreilles et s'approche de moi, pas du tout inquiet. Je me sens idiote. Son poil rayé est luisant, sa queue touffue forme un point d'exclamation. Bien qu'il ne soit pas gros, il a l'air mieux nourri et plus en forme que moi. Il se frotte contre mes mollets en ronronnant.

Je mets un moment à m'apaiser puis m'esclaffe. Cessant de ronronner, le matou me gratifie d'un regard offensé. Rangeant mon couteau, je me penche et lui gratte la tête. Se dressant sur ses pattes arrière, il fourre son nez rose humide dans mes doigts.

La chambre me paraît plus exiguë aujourd'hui. Le lit défait est couvert de poils roux, le sol parsemé de squelettes de petits mammifères. Ça empeste la pisse et la putréfaction.

— Tu as de la chance que je n'aime pas la viande de chat, je dis en caressant la bestiole.

Tous les objets posés sur la commode et les rayonnages ont été balayés par terre. Je ne pense pas que ce soit la faute de mon nouvel ami, dans la mesure où l'une des fenêtres est cassée, offrant là aussi un passage aux feuilles et à la poussière. Les décorations accrochées aux murs ont également dégringolé par terre. Seul un dessin d'Emma est encore punaisé près du bureau, un cheval qui galope dans la forêt. Je fouille çà et là, m'enroule dans une couverture supplémentaire prise dans l'armoire, puis pose mes deux couteaux sur la commode et m'assois sur le lit.

Comment expliquer que je sois arrivée à mon but et que, pourtant, je me sente plus paumée que jamais ?

L'inutilité de ma quête me frappe. Qu'est-ce que je m'attendais à trouver ici ?

Ceci n'est plus mon foyer, c'est juste un lieu hanté par des fantômes.

Me roulant en boule, j'essaie de digérer l'affreuse réalité : personne ne m'écoute, personne ne viendra me réconforter.

Quelque chose de froid et mouillé effleure mon bras. De grandes prunelles dorées me scrutent. Le chat saute à l'intérieur du cercle que forme mon corps, tourne sur lui-même puis s'installe dans le creux de mon corps, comme si c'était sa place attitrée. Il bâille, révélant des dents acérées et une langue râpeuse. Sur ce, il s'endort. Choquée, j'observe cette créature qui a suffisamment foi en moi pour s'assoupir à mon côté. Comment s'est-elle débrouillée pour survivre dans ce monde ?

Si stupide soit-elle, elle est aussi douce et tiède. Sa respiration régulière m'apaise. Je baisse la tête en veillant à ne pas la déranger, reconnaissante pour sa confiance et sa compagnie. Si j'ai toujours préféré les chiens, je me promets de ne jamais manger de chat, même si je meurs de faim. Réchauffée par le soleil et la couverture, je sombre à mon tour dans le sommeil.

Je me réveille au bout de plusieurs heures. Cette fois, j'ai froid.

Le soir est tombé, j'ai dormi trop longtemps. Le chat a disparu. J'ai des préoccupations plus urgentes cependant : mon ventre qui crie famine et une migraine carabinée.

Mes jambes courbaturées étant douloureuses, je m'oblige à bouger et à faire des étirements. L'inspection de ma chambre et de celle de mes parents ne révèle que meubles poussiéreux et reliques du passé. Pas de corps. Pas de message.

L'état de la cuisine, avec ses placards entièrement vidés, m'intrigue. Où Mère et Emma auraient-elles caché de la nourriture ? Et moi ? Et Père ?

Lorsque la réponse s'impose à moi, je souris. Le garde-manger recèle une collection d'ustensiles de cuisine. Poêles, plateaux, moules à gâteau. Écartant ce bric-à-brac, je cherche à tâtons la trappe pratiquée dans le sol. Elle mène à une petite cave. Père m'y a conduite, un jour, et j'ai été ravie d'y découvrir le squelette entier d'une souris. Je soulève le battant et une odeur de terre humide me monte aux narines. En bas, j'aperçois une pile de conserves. Je réfléchis, le souffle court.

Que s'est-il passé ? Il reste de quoi manger, et je n'ai vu aucun cadavre. Qu'est-il arrivé à Emma ? Cette question et le silence me hantent, au point que je finis par ne plus supporter de rester à l'intérieur de la maison. Faisant coulisser la baie vitrée, je sors dans le jardin.

Le pneu qui nous servait de balançoire est encore suspendu à l'arbre. Bien que les mauvaises herbes s'en donnent à cœur joie, les fleurs plantées par ma mère sont en pleine éclosion. Dans l'air pur et sous le ciel, il m'est plus facile de me rappeler notre existence d'autrefois. Comme Père adorait les feux de camp, je décide d'en faire un. Ça m'aidera peut-être à me souvenir de ce que j'ai pu louper en fouillant la maison.

Au fur et à mesure que la nuit s'installe, les flammes grandissent, alimentant ma colère. J'ai été idiote d'allumer un feu, mais je ne parviens pas à m'en soucier. Le brasier éclaire les recoins du jardin… et une silhouette encapuchonnée appuyée à la clôture.

— Qui est là ? je m'écrie en attrapant le couteau à ma ceinture. Qu'est-ce que vous voulez ?

Ma voix est à la fois rauque et aiguë.

L'étranger se redresse. Il est grand et fort, par rapport à moi, et la peur m'envahit. Je m'en veux d'avoir cru qu'un simple couteau de cuisine suffirait. Et d'avoir allumé ce feu. D'un pas mesuré et confiant que n'adopterait pas un ennemi, la silhouette s'approche.

Entre dans la lumière.

Quand il me sourit, toutes mes craintes et mon désespoir s'envolent.

— J'aimerais mieux que tu m'embrasses, princesse, mais j'imagine que me poignarder te ressemble plus.

Je lâche mon arme et cours vers lui. Il me serre entre ses bras, et plus rien n'existe que lui et moi.

J'avais oublié son odeur de poussière, de sueur et de cheval. Il me berce contre lui, je m'écarte pour le regarder. Son visage est émacié, des cernes profonds soulignent ses yeux, mais sa mâchoire reste carrée et sa bouche moqueuse et arrogante.

— Tu m'as manqué, princesse.

Il s'exprime avec une lassitude qui m'étonne.

— Toi aussi.

Rien ne va sans toi.

— Comment m'as-tu retrouvée ?

Il me lâche pour tirer un papier jaune de sa poche. Quand il le déplie, j'y distingue une longue ligne de nombres, de points et de noms. Il me faut un moment, dans la pénombre, pour identifier une page d'annuaire.

— Charles et Maria Edana, 3924 Blackhawk Avenue.

Je fixe le nom de mes parents, si nettement imprimé.

— Nous sommes les seuls dans le coin. Ça m'était sorti de l'esprit… Futé.

Il est étrange de vivre dans une société où les noms de famille ont perdu toute importance. J'ai l'impression d'avoir trahi les miens en oubliant le nôtre.

— Je n'y suis pour rien. C'était Issac.

Kaden inspire longuement.

— Où est-il ? Que s'est-il passé ?

— Il est mort.

Abasourdie, je sens un chagrin intense me tordre le ventre. Nous nous enlaçons de nouveau, différemment, comme si nous risquions de nous noyer si nous cessions de nous accrocher l'un à l'autre.

C'est irréel. Issac ne peut pas être mort. Je m'attends presque à le voir surgir de l'ombre, me sourire et m'assurer qu'il ne s'agit que d'un malentendu.

Plus tard, assis devant le feu, nous en contemplons les braises tout en montant la garde en silence. Kaden nous a enroulés dans une couverture, je m'appuie contre son épaule. De temps en temps, je me lève pour touiller une casserole dans laquelle j'ai versé des conserves. Nous ne parlons pas. Lorsque je me mets à pleurer, Kaden me serre contre son torse et me caresse mes cheveux.

Nous taire semble être la chose à faire. Issac était taciturne. Dans l'obscurité, je pourrais presque croire que le monde n'a pas changé. Ma sœur va bientôt apparaître pour m'embêter, mon père va sortir sous prétexte de vérifier que « ce gamin » reste correct, Issac va venir s'asseoir près de nous.

— Il est mort en me sauvant, chuchote Kaden, les bras autour de ses genoux.

— Il t'aimait. Il a rejoint sa famille, à présent.

— Tu y crois ?

Ses mots me surprennent, de même que son regard dur et son air de défi. Il est en colère. Aussi, je réfléchis à ma réponse, tout en regrettant que personne ne me l'ait soufflée auparavant.

— Oui. OK, personne n'est en mesure de l'affirmer, mais…

Le crépitement lent et captivant des braises me fait penser à Issac.

— Croire, même sans savoir, à quelque chose de beau, j'enchaîne. Issac aurait appelé ça la foi.

Tout en prononçant ces paroles, je m'aperçois que je ne suis pas certaine de la destination où ma propre foi m'a portée. À une maison déserte pleine de secrets ou à un homme que j'aime et à un nouveau départ ?

— Il ne méritait pas de mourir, soupire Kaden en jetant une branche dans les flammes, qui se ravivent. Il avait un plan. Pour lequel il avait rassemblé quatre chevaux, de la bouffe, du matos, des armes, des médocs, une carte du pays. Chaque fois qu'il disparaissait, je pensais que c'était pour être un peu seul. En vérité, il nous prévoyait une vie à tous. Nous l'aurions suivi n'importe où.

Il s'interrompt et me jette un coup d'œil comme s'il se rendait soudain compte de quelque chose.

— Il avait même songé à la façon dont je pourrais te localiser si jamais nous étions séparés.

La honte me transperce. À la clôture, en constatant l'absence d'Issac, je n'ai pensé qu'à moi, pas à ce qui pouvait lui être arrivé. Or, lui a pensé d'abord à Kaden et moi. Et il en a payé le prix fort.

— Je ne voulais pas dire que c'est ta faute, rectifie Kaden comme s'il lisait en moi.

Il a des accents malheureux cependant, et je devine que la culpabilité dont il m'exempte, il la prend sur lui. Ce que je comprends. Combien de fois me suis-je reproché la mort de Père ?

— Comment t'es-tu traînée jusqu'ici ? me demande Kaden. Issac n'a pas eu le temps de me raconter.

Il est clair qu'il essaie d'orienter la conversation vers un sujet moins douloureux.

— Comme il était impossible de communiquer oralement, on a échangé des mots. Ensuite, j'ai... roulé Gabriel dans la farine.

— De quelle manière ?

Un petit sourire étire la commissure de ses lèvres. Bien que j'aie envie de l'amuser, je dois être prudente. Il est hors de question que je lui révèle mon faux mariage.

— Je me suis débrouillée pour rester seule avec lui.

Kaden arque les sourcils. Le meilleur est à venir.

— Et là, je l'ai poignardé !

— Une seconde, s'esclaffe-t-il, tu es sérieuse ?

— Avec une seringue. Issac avait déniché des tranquillisants.

Je n'éprouve aucun remords à l'évocation des événements. Juste une sorte de triomphe mauvais. Mon seul regret, c'est de mesurer maintenant à quel point Issac m'a aidée et de savoir que je n'aurai pas l'occasion de l'en remercier.

Un coup de vent agite les arbres, soulève les feuilles et ranime les braises. La chair de poule me hérisse les bras quand je songe à Gabriel. Au bout d'un moment, je comprends pourquoi. Kaden m'a trouvée grâce à mon nom de famille. Sauf que j'ai donné ce dernier à Gabriel également, quand j'ai signé son fichu registre.

Si j'ai oublié qui j'étais, ce n'est sans doute pas le cas du chef du clan.

— Et après ? s'enquiert Kaden.

Ses prunelles et son sourire moqueurs chassent mes angoisses, pour l'instant du moins. Il se peut que je m'inquiète sans raison.

— J'ai flanqué le feu à la base.

— Tu déconnes ? s'esclaffe mon voisin.

— Pas du tout.

Il continue de rigoler et je tente de dissimuler ma satisfaction en ajoutant :

— Je comptais n'incendier que les écuries, au départ.

À mon tour, je cède à l'hilarité, submergée par une vague de joie insouciante. Je ne me rappelais plus l'effet que produit sur moi la présence de Kaden, cette sorte de liberté qui l'accompagne partout, tel un aigle qui plonge d'une falaise juste parce qu'il en a envie.

— Je t'imagine surgir des écuries, montée sur un énorme étalon noir, le drapeau américain dans une mains, un pistolet dans l'autre et adressant un doigt d'honneur à Gabriel au moment de détaler.

— Combien de mains m'attribues-tu ? Sept ?

— Au moins. Tu brandis aussi un sabre, tu portes une toque en raton laveur et tu graves un Z sur le mur.

Lorsqu'il rit, Kaden semble tellement plus jeune et heureux. J'aimerais qu'il en soit ainsi tout le temps.

— Tu m'épates, Ara.

La chaleur qui émane de son regard me fait rougir. Avec un bâton, je remets quelques bûches en place.

— J'ai vu un troupeau de chevaux, en venant ici, poursuit-il avec un soupir mélancolique.

— Ah bon ?

Il s'est rapproché de moi et me couve des yeux.

— Ils étaient dirigés par un magnifique rouan. Presque aussi puissant que Red. J'en capturerai peut-être un pour nous.

Il se gratte la gorge, détourne la tête et demande :

— Il y a un lit de libre ?

— Plusieurs. J'ai passé ma journée sur l'un d'eux avec un chat.

— Je vois, se moque-t-il, faussement vexé. Il suffit que je m'absente pour que tu saisisses la première occasion de dormir avec un autre.

Il resserre la couverture autour de moi.

— Tu as déniché quelque chose là-dedans ? ajoute-t-il en désignant la maison du menton.

— Non, rien de rien.

— On pourra fouiller ensemble demain, si tu veux.

Je hausse les épaules. En vérité, je n'ai qu'un projet pour le lendemain, mais je ne tiens pas à y réfléchir maintenant. Kaden est ici, il va bien. C'est une victoire suffisante pour aujourd'hui. Je l'entraîne à l'intérieur pour lui montrer les lieux.

— La chambre de mes parents, j'explique en pointant le doigt sur le lit fait comme s'il attendait le retour de ses propriétaires. C'est le plus grand lit, mais…

— Ce serait super bizarre, me coupe Kaden en refermant la porte.

Je souris en m'efforçant d'apparaître aussi détendue que lui alors que j'hésite. Où va-t-il dormir ? Et moi ? J'ai déjà partagé une couche avec lui, sauf que là, c'est différent. Un peu gênée, je l'emmène dans ma propre chambre. L'ambiance reflète la personnalité d'une fille que j'ai cessé d'être.

Des posters de sportifs couvrent les murs. Quand elle a vu ça, ma mère a piqué une crise avant de céder, non sans afficher sa réprobation chaque fois qu'elle venait dans mon antre. J'ai peint la pièce en bleu foncé dans l'idée de représenter le ciel après le crépuscule. Ça n'a pas fonctionné, et c'est moche. Mais j'ai gardé cette couleur parce que je m'étais tapé le boulot et que j'ai refusé de reconnaître que j'avais commis une erreur. La housse de couette est noire avec des motifs de galaxies.

Plus jeune, j'adorais l'astronomie et je voulais étudier les étoiles. J'ai passé les trois dernières années de ma vie à dormir dessous dans les montagnes. Elles étaient bien plus réelles que dans les livres. *Il faut toujours se méfier de ses rêves d'enfant.*

Kaden me suit. Mains dans le dos, il inspecte le portrait d'un athlète.

— Je savais que tu courais, commente-t-il, mais j'ignorais que tu étais une telle fanatique.

— Vu mes performances, mes entraîneurs me conseillaient de demander une bourse d'études pour la fac.

Mon armoire renferme encore mes vêtements d'autrefois. C'est une drôle d'expérience de fouiller dedans et de repêcher des couleurs vives et des tissus fragiles, instantanés d'une époque révolue. Si une chemise à manches longues semble encore m'aller, les pantalons ont l'air trop courts. Je me change, tandis que Kaden s'allonge sur le lit, le nez dans un oreiller. Il est trop grand et trop viril pour cette chambre qui était celle d'une adolescente anxieuse.

— C'est bon, je lance.

Mes cheveux sont emmêlés et sentent la fumée et le chat, mais ça attendra. Kaden roule sur le dos sans se lever. Mains sous la nuque, il contemple le plafond et les étoiles phosphorescentes qui y sont collées.

Nos regards se croisent, je me détourne la première. Il se met lentement debout.

— Tu veux que je pionce sur le canapé de la salle télé ou que j'apporte les coussins ici ?

— Pourquoi pas avec moi ? Il y a de la place pour deux.

— Non, je préfère le plancher.

Je suis piquée au vif.

— On a déjà dormi ensemble, je proteste d'un ton vexé. Mais d'accord.

Il m'effleure le coude, je recule. Il prend mon menton en coupe et m'oblige à lui faire face.

— Ce n'est pas que je n'en ai pas envie, Ara. Je crains seulement de vouloir faire plus que ça.

Oh ! J'ai consacré tant d'efforts à survivre jusqu'ici que je n'ai pas pensé une seconde à ce que pourrait ressembler la vie en compagnie de Kaden.

— Donc, je marmonne, tu ne me…

Il s'esclaffe puis, décelant ma peine, il m'enlace et chuchote en choisissant ses mots :

— Bien sûr que si. Tu es belle, et je ne suis qu'un homme. Je dis juste que nous avons le temps. Tu as enduré beaucoup d'épreuves, et tu es si jeune… Rien ne presse, Ara.

— Et si ce n'était pas vrai ?

— Ça l'est, répond-il en coinçant une de mes mèches derrière mon oreille. Je me fiche que tu sois la dernière femme sur terre. Le choix n'appartient qu'à toi.

C'est toi, mon choix. Il m'empêche de l'exprimer en m'embrassant tendrement.

— Le jour où tu seras prête, souffle-t-il.

Sans crier gare, il me soulève entre ses bras. Joueur, il me porte jusqu'au lit, tandis que je piaille et que j'agrippe sa nuque. L'embarras est passé, Kaden est redevenu moqueur. Il remonte les couvertures sur moi et me borde.

— Dors, Ara. Tu auras tout le loisir de te battre avec moi demain, le jour suivant, et plus tard… Aussi longtemps que je serai tien.

— Je ne me lasserai jamais de me battre avec toi, Kaden.

Il sourit, puis recouvre son sérieux. Son pouce caresse ma lèvre et, soudain, je m'embrase. Il me donne un baiser qui m'incendie. Trop tôt, il s'écarte, parfaitement maître de lui-même.

Après qu'il s'est fabriqué un lit de fortune par terre, nous parlons de ce qu'auraient été nos existences sans la pandémie. De la manière dont nous nous serions rencontrés. Des petits boulots que nous aurions eus. De l'université. Malgré l'obscurité, j'ai l'impression que nous réussissons à produire notre propre lumière, qui étincelle comme une étoile.

36

ARA

Je suis réveillée par une odeur de brûlé et un mauvais pressentiment.

La première n'a rien d'exceptionnel, puisque Père et moi nous sommes levés tous les matins pendant trois ans auprès d'un feu qui couvait et qu'il fallait relancer, de la rosée dégoulinant sur notre toile de tente, les oiseaux chantant à tue-tête, la forêt reprenant vie. Autant de souvenirs qui me hantent à présent. La maison ne recèle aucun secret, juste d'autres souvenirs. Je ne suis ni la fille ni la sœur que je croyais être. Quelle que soit la piste évoquée par Père, je ne suis pas certaine de la trouver un jour.

Le second persiste. Ouvrant les yeux, je me redresse pour contempler Kaden. Il est torse nu. Bien qu'il ait maigri, il reste large d'épaules et bien bâti et pourrait aisément figurer sur l'une de mes affiches de sportifs. Reposant sur sa poitrine, sa main est abîmée par une blessure profonde et encore enflammée. Que s'est-il passé ? J'ai envie de me rendormir mais, malgré la présence de Kaden, je ne peux me débarrasser de l'impression que quelque chose cloche. L'aube pointe derrière la fenêtre, l'odeur de feu…

Le feu !

Terrifiée, je bondis sur mes pieds et cours ouvrir la porte.

Non !

Un nuage de fumée envahit la cage d'escalier.

— Kaden !

— Quoi ? marmonne-t-il d'une voix pâteuse.

— La baraque brûle ! Lève-toi !

L'abandonnant, je dévale les marches. Très vite, j'ai du mal à respirer. Les idées se bousculent dans ma tête. *Gabriel nous a-t-il trouvés ? Pourquoi incendier la maison ? Où est l'extincteur ?*

Je déboule devant la cuisine, qui n'est qu'un brasier. Un vent souffle par la vitre brisée, attisant les flammes, qui ont atteint le plafond. Le feu de camp d'hier soir ne s'est pas éteint tout seul. Avec les feuilles mortes qui jonchent l'intérieur… *C'est ma faute.*

Un craquement et une nouvelle bouffée ardente m'obligent à reculer. Tournant les talons, je heurte Kaden de plein fouet. Il a eu la jugeote de prendre sa veste, qu'il plaque contre ses narines.

— Il est trop tard ! hurle-t-il. Récupère ce que tu peux ! Je te balance ce qui est à l'étage par la fenêtre.

Secouée par ses paroles, je me démène. Je n'ai pas le temps de fouiller une fois toute la maison, et les indices laissés par Père sont en train de se consumer. La fumée épaisse me déroute. Que devrais-je emporter ?

Pliée en deux, je file dans le salon. Des bruits résonnent à l'étage – Kaden, qui s'escrime à sauver un maximum d'affaires. Je cours jusqu'à la cheminée afin de m'emparer de notre dernière photo de famille. Soudain, quelque chose s'échappe de derrière le cadre et tombe à mes pieds.

C'est long, léger, mince, noir et blanc. Une plume de balbuzard.

De vieux souvenirs resurgissent. De ma vie avec Père dans les montagnes. De son habitude de cacher des plumes pour moi. Une blague, mais aussi une façon de me montrer le chemin. Un symbole que je suis la seule à pouvoir identifier.

Une boule de feu et un grondement me rejettent en arrière, une douleur envahit ma tête et mon flanc, me désorientant. *L'univers brûle, Père, mais je t'ai compris.* Je n'ai pas lâché ma photo, seul objet reconnaissable dans la fumée ambiante. Des taches noires obscurcissent ma vision. Mes jambes ne m'obéissent plus. Il fait trop chaud, il est trop difficile de respirer, de penser. Trop difficile de faire quoi que ce soit.

Je m'avachis, tenant toujours le cadre, tandis que le feu se déchaîne.

Tout à coup, une main m'attrape, me relève sans ménagement et me propulse en avant, au milieu d'une tornade de flammes.

Alors que je crois que c'est la fin, nous dégringolons sur le seuil, accueillis par de l'air frais.

Je suis secouée par des quintes de toux épouvantables tandis que j'essaie de cracher et de respirer en même temps. Mon sauveur continue de me pousser loin du brasier.

Je finis par recouvrer la vue. Le visage de Kaden est rouge et tavelé. Une brève déception me traverse. Je pensais que c'était Père qui était venu à ma rescousse, une fois de plus.

Dès qu'il a repris son souffle, Kaden me met debout et m'entraîne de l'autre côté de la rue sans cesser de jurer comme un charretier. Je m'accroche toujours à mon portrait de famille. Il m'obnubile, bien que j'aie failli causer notre mort à tous deux.

Nous nous écroulons sur la pelouse de la maison d'en face.

Au lieu de m'engueuler, Kaden me serre contre lui, me caresse les cheveux, me berce. Mes oreilles sonnent, mes mains et mes jambes sont couvertes de brûlures.

Aucune importance. Tout ce qui compte, c'est la photo.

— Tu finiras par avoir ma peau, princesse.

L'ignorant, j'ouvre le cadre.

— Qu'est-ce qu'il y a ? me demande-t-il en voyant ma stupeur.

Une enveloppe jaunie est collée au verso du cliché. « Pour Ara », y a rédigé mon père de son écriture allongée et paresseuse. Ce qui me frappe le plus, cependant, c'est la date inscrite juste en dessous. Un mois après que j'ai vu mon père pour la dernière fois.

Il est en vie. Il m'a laissé cette lettre, m'en a indiqué l'emplacement à l'aide d'une plume. Lui aussi est revenu pour remonter la piste.

Trop abasourdie pour parler ou pleurer, j'agrippe l'enveloppe.

Mon père est en vie.

Cette seule perspective m'enivre. On dirait qu'un barrage a cédé en moi, inondant un désert intérieur dont j'ignorais l'existence. Il est vivant !

Alors tout prend un sens. La douleur, la solitude, les trahisons, les doutes. Toutes mes épreuves en valaient la peine.

Inclinant la tête, je fonds en larmes. Une pensée unique m'empêche de me déliter.

J'ai réussi, Père. J'ai trouvé la piste.

Je suis rentrée chez nous.

37

ARA

Inspirant un bon coup, je décachette l'enveloppe. Malgré sa petite taille, elle me donne le sentiment que je tiens l'univers entre mes mains. Elle contient une feuille plastifiée repliée plusieurs fois sur elle-même. Une carte. Y est accrochée une page manuscrite, que je déplie et lis après m'être éclairci la voix.

Ma très chère Arabella,

Je ne sais pas trop si j'écris cette lettre sous l'emprise du désespoir ou de l'espoir, mais quelque chose me dit que tu es toujours en vie. Je me suis échappé de la rivière à grand-peine. Je me doutais qu'ils me pourchassaient, voilà pourquoi j'ai été obligé de fuir. Le temps que je les sème et que je revienne, tu étais partie. Ces salauds ont tué Loki… Mon bon chien, qui s'est sacrifié pour moi sans y réfléchir à deux fois. Pourquoi faut-il que les bêtes soient meilleures que les hommes ?
L'idée était de rentrer à la maison et de t'y attendre. Emma n'était plus là. Juste un foutu chat. J'ai songé à le descendre, mais elle en avait toujours voulu un, alors je l'ai épargné. J'aurais dû te révéler tant de choses, te les expliquer en personne. À la place, je te confie le secret que j'ai voulu te dévoiler à de nombreuses reprises sans y parvenir. Il existe, dans le Grand Nord, une ville de survivants. Elle a prospéré

pendant que le reste du monde s'effondrait. S'y sont rassemblées les personnes les plus riches de la planète. Son emblème est une spirale noire, la même que celle peinte sur notre porte.
Les habitants de cette cité recueillent les femmes et les emmènent chez eux. Non, ils ne les recueillent pas, ils les chassent et les vendent comme des marchandises inestimables. C'est là que je m'en vais chercher ta sœur.
Sois prévenue, Ara. Le trajet sera dangereux, mais cet endroit l'est encore plus. Il s'est développé, est devenu une société que les gens comme toi et moi ne sauraient imaginer. M'y rejoindre et m'aider à localiser Emma risque d'être extrêmement périlleux, d'autant plus que tu es une femme. Pourtant, je le souhaite. Encore une fois, je te place devant un choix cornélien. J'ajoute à ce mot une carte qui te conduira vers cette ville. Prends-en soin.
Tu me manques. Je suis désolé. Sans toi, Emma et ta mère, mes journées sont sans fin. Mon châtiment sera peut-être de passer seul le reste de ma vie. Il est possible que tu ne sois plus. Je n'arrive pas à y croire, cependant. Tu as toujours été le maillon fort de la famille, Ara. Ma foi en toi, à moins que ce ne soit mon entêtement, me murmure que je te reverrai un jour.
Viens me retrouver. Viens récupérer Emma, afin que nous puissions redevenir une famille.

Je t'aime.
Ton père

L'incendie continue ses ravages en grondant. Un rouge-gorge traverse le ciel. La vie semble s'être arrêtée.

— Ça va ? finit par me demander Kaden.

Il se tient à une certaine distance, comme s'il redoutait que j'implose. Dans un rugissement, le toit de la maison s'effondre, expédiant des étincelles partout.

— Je… Je…

Je regarde mon compagnon. Pas comme avant, quand je le prenais pour un homme qui m'empêchait d'atteindre mon but, ni comme plus tard, lorsque je l'ai utilisé pour arriver à mes fins. Non, je le dévisage comme celui que je veux désormais à mon côté, où que me mène mon chemin. J'ai l'impression de voir soudain en Technicolor une existence vécue en noir et blanc.

— Je t'aime.

La surprise le pétrifie un instant, avant qu'un sourire étire lentement ses lèvres. Pas son sourire railleur coutumier, plutôt un qui évoque le soleil déchirant les nuages.

— Je t'aime aussi, princesse, comme un dingue. Comment te sens-tu ?

Une allusion à mes brûlures. Je secoue la tête, hilare.

— J'ai l'impression que je pourrais sauter d'une falaise et m'envoler.

— Abstiens-toi, s'il te plaît, se marre-t-il.

— J'ai l'impression de renaître. Emma et mon père sont en vie. Je m'en vais les retrouver.

Ce n'est pas une décision, c'est le destin. Il hoche la tête et, un peu embêtée, je me rends compte que je suis partie du principe qu'il m'accompagnerait dans ma quête.

— Ce sera dangereux, Kaden. Impossible, peut-être. Je suis sans doute idiote de me lancer là-dedans. Tu… Tu n'es pas obligé de…

— Essaie seulement de m'en empêcher. Bien sûr que ça va être risqué. Tu attires les ennuis comme personne.

Décelant les larmes dans mes yeux, il s'interrompt une seconde puis reprend d'une voix grave :

— Je suis auprès de toi, Ara. Toujours.

Il m'attire à lui et je me fonds dans la chaleur de ses lèvres et la force de ses bras. Nous allons devoir partir bientôt. Pour affronter les périls, les trahisons et l'égoïsme qui caractérisent le genre humain. Mais, collée à Kaden, je constate que certaines valeurs ont survécu.

Nous observons la fumée noire qui monte dans le ciel bleu. Au loin, les cimes enneigées se dressent, pareilles à des sentinelles muettes qui surveilleraient le monde.

— Où allons-nous, princesse ?

J'étale la carte sur l'herbe et je promène mon doigt dessus. Comme Père me l'a appris.

— Vers le nord.

ÉPILOGUE

Ma vision est floue. J'ai l'impression qu'on m'a frappé la tête à coups de brique. Plusieurs fois.

Je bouge aussi lentement qu'un cheval boiteux. L'air froid sent le renfermé, le métal et la terre. Des rayons de lumière tombent du plafond.

Je suis dans une cave. Qu'est-ce que je fabrique là, bon sang ?

Je me redresse, aussitôt pris de vertiges. Le lit de camp sur lequel je suis allongé couine. Les murs autour de moi sont métalliques. Je suis sous terre, mais pas dans une grotte. La pièce rectangulaire est modeste, à peu près de la taille d'un camping-car. Il y a des étagères pleines de casseroles, de lanternes, de conserves et, sur celle du fond, sont posés d'étranges objets rouillés. En face de moi, un second lit. Vide, à part pour un oreiller et un duvet rouge.

Où suis-je ?

J'ai beau fouiller ma mémoire, rien ne me vient. Comme si j'ouvrais un réfrigérateur en quête de nourriture et n'y trouvais que de la poussière. C'est alors que je me rends compte que je meurs de faim.

J'essaie de me lever et une douleur m'étreint la nuque tandis que des taches noires dansent dans mon champ de vision. Mes genoux cèdent et je retombe sur le lit. Lorsque la souffrance s'est un peu calmée, je porte les doigts à l'arrière de ma tête. Aussitôt, le mal se réveille et je ne réfléchis pas plus. J'ai juste le temps de m'apercevoir que mes cheveux ont été rasés à ce niveau, remplacés par un pansement.

Soudain, un cercle aveuglant se découpe sur le plafond. Je me protège les yeux, distinguant à peine une silhouette masculine qui descend une échelle. Il a laissé ouverte la trappe, puits lumineux conduisant au paradis.

Il saute les derniers échelons et se tourne vers moi. De loin il m'a paru grand mais, en vérité, il est petit, avec un nez en patate. Il fronce les sourcils. On dirait un gnome ronchon.

— Tu es réveillé ? Pas trop tôt. Quel boulot de nourrir deux personnes !

Ses intonations sont neutres. Pas hostiles, rationnelles. Il ressemble à un médecin qui évaluerait son patient. Je me souviens vaguement d'une main me donnant la becquée.

— Où suis-je ? je demande d'une voix rauque et grave qui me surprend.

Se débarrassant d'un sac en toile, il entreprend de poser des bouts de métal sur l'étagère.

— Parfois, lâche-il, la question est plus importante que la réponse.

Il retourne une petite boîte en acier.

— Comment ça ?

— Ne vaudrait-il pas mieux demander « Qui suis-je » ? explique-t-il en fourrant l'écrin dans sa besace.

Pendant un instant, j'essaie de comprendre ce qu'il veut dire, ce qui ne fait qu'aggraver mon mal de tête.

— OK, qui es-tu ?

Il secoue le menton d'un air furieux et rétorque :

— Non, mon garçon, qui es-tu, toi ?

Il se remet à farfouiller dans ses affaires. Ses paroles restent suspendues dans l'air. Qui suis-je ? Pourquoi suis-je incapable de répondre ? Je me creuse la cervelle. En vain.

— Je... Je ne sais pas. Comment ça se fait ? Qu'est-ce qui m'est arrivé ?

— Qu'est-il arrivé au monde ? s'impatiente-t-il. À l'oiseau qui a quitté le nid ? À l'eau qui tombe du ciel ?

— Je ne pige pas.

— Parce que tu poses les mauvaises questions.

Pourquoi refuse-t-il de répondre aux miennes ? Lentement, en détachant chaque syllabe, je poursuis :

— Pourquoi suis-je ici ?

Il soupire et un silence s'installe, si long que je crois qu'il va refuser de m'expliquer, jusqu'à ce qu'il se décide à dire :

— Je t'ai trouvé dans un champ avec d'autres corps. Toi seul n'étais pas mort. J'aurais dû te laisser sur place, mais tu ressemblais tellement à mon fiston...

Il s'interrompt, le regard perdu, les doigts jouant avec une pelote de fil de fer. Il semble m'avoir oublié, puis me toise, sa décision prise.

— Tu vas mieux, maintenant. Je ne peux pas me permettre de te nourrir plus longtemps. Il faut que tu partes. Allez, ouste !

Il me tourne le dos et je devine qu'il a honte. Ça m'ennuie, car l'instinct me souffle que, sans lui, je ne serais plus de ce monde. Je me force à me lever, tangue sur mes pieds, finis par retrouver l'équilibre.

— C'est où, la sortie ?

Il me montre l'échelle. Je réfrène ma curiosité. Difficile de poser les bonnes questions quand on ignore où l'on est. Malgré la douleur qui me martèle les tempes, mes bras sont forts et me hissent, échelon après échelon, jusqu'à l'extérieur. Une brise fraîche et vivifiante m'enveloppe, porteuse de senteurs d'herbe, de fleurs des champs et d'eau vive. Je suis dans une prairie baignée de soleil. Le tout a une saveur bizarre, que je fais rouler sur ma langue.

— Soleil… soleil…

Sam.

— Sam ! je crie.

L'homme qui m'a suivi et me scrute avec des airs de marmotte me jette un coup d'œil offensé.

— Sam ! je rigole. Je m'appelle Sam.

Il cligne des paupières à deux reprises, m'adresse un mince sourire.

— Tu commences peut-être à te poser les bonnes questions. Je te souhaite le meilleur, mon garçon… Sam.

Sur ce, il s'apprête à s'enfermer dans son bunker. L'idée de rester seul, sans rien d'autre que mon nom, me flanque la frousse.

— Hé ! Une minute ! Qu'est-ce que je dois faire ? Où dois-je aller ?

Il me rit au nez.

— Qu'est-ce que tu ne dois pas faire ? Où ne dois-tu pas aller ?

La trappe métallique claque. Elle est soigneusement couverte d'herbe. Si je ne venais pas de la voir, je ne réussirais pas à la distinguer. Abasourdi, je la fixe. Je finis par sourire. J'aurais dû me douter que ça finirait ainsi.

Pivotant sur moi-même, je contemple les pics acérés, enneigés même en été. Au-dessus de l'horizon, le soleil illumine une vaste forêt à laquelle il donne des allures d'océan doré. Dans quelques heures, il se sera couché. Je suis seul, je n'ai pas la moindre idée de mon identité ni de mes origines. Mais les bois me font signe, comme si j'y avais ma place.

Je pars vers l'ouest, le cœur allégé par les chants des oiseaux. Il fait beau, je me rappelle mon prénom.

Qui sait ce que je vais découvrir ensuite ?

REMERCIEMENTS

Je tiens avant tout à remercier l'amour de ma vie, Travis. De toutes les histoires que j'ai lues ou écrites, c'est la nôtre que je préfère. La première fois que tu m'as vue, en cours de sciences naturelles, j'étais une adolescente dégingandée avec un tee-shirt *Twilight* que j'avais fait moi-même. Je savais qu'il m'apporterait de grandes choses. Tu es altruiste, gentil, encourageant. Tu es le meilleur mari, le meilleur père et le meilleur ami qui soit. Le soir où tu m'as dit « Tu pourrais l'appeler *The Last She* », tu ne te doutais pas que ça finirait comme ça.

Merci à Ella de m'avoir répété à l'envi : « Tu en es capable, m'man ! » En général, c'est pour tenter d'avoir un biscuit supplémentaire, mais j'apprécie l'attention. À Kinsley, qui vient juste de commencer à marcher, dont le sourire et les rires illuminent le monde. Je vous aime.

Merci à mon père de m'avoir donné l'amour de la montagne, de Dieu et des aventures. J'ai commencé l'écriture de ce roman à une époque de grande solitude personnelle, et je ne crois pas que ce soit une coïncidence si l'héroïne en est une fille qui n'a pour s'en sortir que les compétences enseignées par son père. Merci au mien de n'avoir jamais hésité à me lire encore une histoire le soir avant de me coucher.

Ce qui m'amène à remercier ma mère d'avoir toléré que papa me lise des histoires pendant des heures ! Maman, tu es une campagnarde solide et indépendante du Kansas qui m'a appris l'amour des livres, la valeur du travail et de la persévérance. Avec papa, vous avez généreusement donné de votre temps afin de garder mes deux petits monstres – mes enfants – pour que je puisse écrire, ce dont je vous serai éternellement reconnaissante.

Merci à Sadie, pour toutes les années passées à jouer au cheval et non à la poupée, pour être aussi la plus chouette des sœurs. Merci à toi, Luke, qui es un frère si cool que tu ne m'en as pas voulu de fréquenter (puis d'épouser) ton meilleur copain. Merci également d'avoir monopolisé l'ordi et la télé pendant toute notre enfance, ne me laissant d'autre choix que de me transformer en lectrice vorace. Merci à Diana, ma belle-mère, qui a lu mes multiples brouillons et s'est occupée des enfants quand je bossais.

Un immense et mondial merci à mes lecteurs et amis de Wattpad. Si j'ai toujours su que je souhaitais devenir écrivaine, c'est vous qui m'avez donné le sentiment que ça pouvait être plus qu'un rêve. Vous avez été les premiers à croire en cette histoire, vous avez permis qu'elle naisse, ce pour quoi je vous exprime toute ma gratitude.

À l'équipe de Wattpad, notamment à Deanna et I-Yana, merci d'avoir encouragé mon projet jusqu'au bout.

Merci à Natalia, que j'ai rencontrée en primaire et avec qui nous avons décidé que nous mesurerions la même taille jusqu'à la fin de nos jours. Je fais aujourd'hui 1,82 mètre et toi 1,57 mètre, mais ça n'a rien changé à notre amitié. Tu es la première à qui j'ai avoué que je voulais devenir écrivaine. Après quoi tu m'as offert un carnet vert pour que j'y rédige des histoires. J'ai obtempéré. Je l'ai d'ailleurs conservé, symbole que nos rêves d'enfant peuvent se réaliser. Merci pour ta longue amitié.

Merci à mon ami et merveilleux auteur Alex Constantino pour son inlassable soutien et nos multiples discussions approfondies sur la SF. Merci à l'Idaho Wordsmith, notamment à mes camarades d'écriture Brooke Urbaniak et Conda Douglas.

Merci à mes professeurs de l'université du Wisconsin, Ron Kuba et Judith Claire Mitchell, qui m'ont accompagnée dans mon destin d'autrice. Merci également au gars qui, en cours, a qualifié mon histoire de « daube ».

Merci à mon chat Oliver. J'ai travaillé dans un zoo, dans un important refuge pour félins, et je suis une biologiste spécialisée dans la faune sauvage, mais tu es la créature la plus perfide qu'il m'ait été donné de croiser. Tu es un formidable compagnon de travail. Merci aussi de m'avoir débarrassée de tant de bibelots fragiles.

Enfin, merci à toi, cher lecteur. Merci d'avoir partagé cette aventure. En attendant la prochaine.

PAPIER À BASE DE FIBRES CERTIFIÉES

hachette s'engage pour l'environnement en réduisant l'empreinte carbone de ses livres. Celle de cet exemplaire est de : 350 g éq. CO_2 Rendez-vous sur www.hachette-durable.fr

« Pour l'éditeur, le principe est d'utiliser des papiers composés de fibres naturelles, renouvelables, recyclables et fabriquées à partir de bois issus de forêts qui adoptent un système d'aménagement durable. En outre, l'éditeur attend de ses fournisseurs de papier qu'ils s'inscrivent dans une démarche de certification environnementale reconnue. »

Composition et mise en pages : Nord Compo

Achevé d'imprimer en France par le groupe
CPI Brodard et Taupin
Dépôt légal 1re publication : mai 2022
30.1373.3 - ISBN : 978-2-01-714046-7
Édition : 01 – Dépôt légal : mai 2022
N° d'impression : 3047499